DE

Simons & Van der Zijl

De val van Annika S.

thb

the house of books

© Jo Simons & Annejet van der Zijl, 2018
Een uitgave van The House of Books, Amsterdam 2018
Omslagontwerp: Riesenkind
© Omslagbeeld: Pentti Sammallahti
Foto auteur: © Mark Uyl
Afbeelding pagina 189: © Lona Aalders
Typografie: Crius Group, Hulshout

ISBN 978 90 488 4188 2
ISBN 978 90 488 4190 5 (e-book)
NUR 301

www.thehouseofbooks.com
www.overamstel.com

OVERAMSTEL
uitgevers

The House of Books is een imprint van Overamstel uitgevers bv

Alle rechten voorbehouden.
Niets uit deze uitgave mag worden verveelvoudigd en/of openbaar gemaakt door middel van druk, fotokopie, microfilm of op welke wijze ook, zonder voorafgaande schriftelijke toestemming van de uitgever.

'Geschiedenis is niet alleen maar wat achter ons ligt, het is ook iets wat ons achtervolgt.'
Henning Mankell, *Den orolige mannen*, 2009

'We don't see things as they are, we see them as we are.'
Anaïs Nin

Proloog

Ze vecht voor wat ze waard is. Maar wat is ze nog waard op haar leeftijd, oud en krakkemikkig als ze is? Haar handen, gerimpeld en vol bruine vlekken, klauwen naar de sterke, jonge armen die het kussen tegen haar gezicht duwen en haar het ademen onmogelijk maken. Ze voelt stof in haar mond, ziet sterretjes voor haar ogen.

Lucht, denkt ze, lucht. Met een uiterste krachtsinspanning probeert ze te schoppen, weg te rollen van het gewicht dat haar vastklemt. Ze hoort scherven rinkelend op de grond vallen. Wie moet dat straks opruimen?

En al die tijd hoort ze de muziek.

Hoe ironisch, denkt ze, al half verdrinkend in de grijze flarden die haar naar beneden trekken. Uitgerekend de vertrouwde melodieën die altijd haar innigste vrienden waren, de enigen die vrede en rust konden brengen in haar door boze dromen geteisterde geest, begeleiden haar nu naar de dood.

Ze worstelt nog, maar ze voelt de kracht al uit haar ledematen trekken en weet dat ze de strijd verloren heeft. Tegen het rood van haar oogleden ziet ze, als een film, donkere gestaltes in uniform, ronkende krantenkoppen, grommende vliegtuigen in de nacht. Wat raar, denkt ze dromerig, dat ze haar leven heeft laten beheersen door de angst voor het Kwaad van Buiten, voor de wereld en alle gruwelijkheden waartoe de mensheid in staat is. En nu komt de dood uitgerekend van de enige persoon die ze wél vertrouwde.

Dan trekken de flarden haar definitief onder water en maakt de duisternis een einde aan alles, zelfs aan de muziek.

Annika, 15 november

Wo ist Annika Schaefer? De kop schreeuwde me toe in harde vierkante letters vanuit het krantenrekje in de kiosk op de boulevard van Callantsoog, waarin naast lokale kranten ook een verregend exemplaar van de *Bild* zat gepropt.

Ja, waar is Annika Schaefer?

Niet hier, dacht ik, terwijl ik de statische acryl muts nog wat verder over mijn voorhoofd duwde en het goedkope grijze regenjack strakker om me heen trok. Vooral niet hier.

Toen viel mijn oog op de iets kleinere kop, linksonder op de halve pagina die ik kon zien. *'Sie hat uns alle verraten.'* Ernaast een foto van de bronzen voordeur in de Bleibtreustrasse, met de discrete koperen naamplaatjes en de bel voor de conciërge die tot gistermiddag halftwee de mijne was.

Walter. Hoe typerend. Niet: mijn vriendin heeft *mij* verraden. Of: *ik* ben zo teleurgesteld in haar. Maar ze heeft *ons* verraden. Ons, De Familie waar ik de afgelopen zes jaar toe mocht behoren. 'Mocht' en de familie met hoofdletters, want de Von Schönenbergs waren en zijn natuurlijk toch de Kennedy's van Duitsland. En geloof me – als je, zoals ik, vanuit het niets tot hun kring toegelaten was, dan voelde je dat ook zo.

Ik merkte dat ik trilde; ik wilde zo graag weten wat hij verder over me had gezegd. Maar ik durfde de krant niet te kopen. Stel je voor dat de verkoopster mij herkende en besefte: verdomd, dat is die verdwenen Duitse politica waar de halve wereld achteraan zit. Dat ze haar mobiele telefoon uit haar zak zou halen en het tipnummer van de *Bild* (*'Haben Sie Frau Schaefer gesehen...'*) zou intoetsen voor het tipgeld. Híér is Annika Schaefer, hier in het kale, winderige Noord-Hollandse dorp waar in deze tijd van het jaar geen toerist te vinden is.

Waar kon ik dan nog naartoe?

Dus liep ik door, het bloed bonzend in mijn oren, over de leeggewaaide boulevard, langs de restaurantjes waar het terrasmeubilair buiten onder plastic stond opgestapeld. Alles ademde de tristesse van een kustplaats op weg naar de winter. Ik probeerde te slenteren en te doen alsof de kranten en hun koppen me even weinig interesseerden als de meeuwen die krijsend klapwiekten rond de viskraam en de overvolle afvalbak ernaast.

De afvalbak. Met daarin het bekende logo, opzichtig wapperend in de wind. Een *Bild*.

De verveeld over de toonbank hangende visboer keek mijn richting op, dus ik durfde de krant niet zomaar uit de afvalbak te trekken. Voor de vorm kocht ik, nadat ik mijn muts nog wat verder over mijn voorhoofd had getrokken, een bakje gebakken vis. Mijn verkleumde vingers kregen amper vat op het plastic vorkje. De visbrokken smaakten als vet, melig karton, dat ik nauwelijks door mijn keel kreeg, ook al had ik, op wat met wodka weggespoelde pinda's na, nu al vierentwintig uur niets meer gegeten.

Na een paar happen liep ik naar de afvalbak. Terwijl ik het bakje met inhoud tussen de andere troep duwde, viste ik de krant eruit. Met een kloppend hart zocht ik naar een bankje dat enigszins beschut was tegen de wind. Ik ging zitten en streek de verfomfaaide, met vetvlekken bedekte pagina's glad. Ik haalde diep adem en begon te lezen.

'Ich habe nie davon gewusst,' had Walter gezegd tegen de *Bild*-verslaggevers die hem gisteravond kennelijk op de drempel van ons huis hadden overvallen. En dat was de waarheid. Hij had inderdaad niets geweten van de feiten die de Dortmundse journalist de afgelopen weken met zoveel ijver had opgediept en, met het nodige gevoel voor drama, om precies twaalf uur gistermiddag de wereld in had geslingerd.

Walter had dus niet geweten dat zijn vriendin, de grote belofte van haar partij en een van helderste sterren aan het Duitse politieke firmament, zo ongeveer haar hele leven bij elkaar had gelogen. Dat ik mijn universitaire opleiding had verzonnen en zelfs de middelbare school nooit had afgemaakt. En dat, om het helemaal compleet te maken, het grootste deel van de juridische werkervaring op mijn cv ook uit mijn duim gezogen was.

Pas toen de verslaggevers hem vroegen wat er waar was van de geruchten dat mijn weg naar de top vooral via de bedden van partijbonzen zou zijn verlopen, deed Walter wat hij ook zou hebben gedaan als ik nog naast hem had gestaan om hem van verstandig advies te dienen. Hij verwees ze naar de persverklaring die de advocaat van zijn familie er die middag had uitgedaan, op de kop af anderhalf uur nadat de hel was losgebroken.

Zie pagina 3, zo schreef de krant.

Op pagina 3 was het communiqué integraal afgedrukt, verluchtigd door foto's van mij en mijn schoonfamilie in gelukkiger tijden. Ik kon dus met eigen ogen lezen hoezeer de Von Schönenbergs alle ophef betreurden en hoezeer ze eraan hechtten te benadrukken dat er nooit enige formele band had bestaan tussen hen en mij, noch dat daar concrete plannen voor waren geweest. In plaats van de vrouw met wie hun jongste zoon al zes jaar samenleefde en die al die tijd haar stinkende best had gedaan om bij de clan te horen, was ik nu opeens veranderd in 'een vriendin' van Walter.

De verklaring eindigde met een dringend beroep op de media om de familie de privacy te gunnen om de gebeurtenissen rustig en in eigen kring te kunnen verwerken.

Over mij verder geen woord. Geen spoortje bezorgdheid over waar ik was of hoe het met me ging. Geen enkele behoefte, zelfs geen geveinsde belangstelling, om te weten hoe het nu allemaal zo gekomen was. De Familie deed gewoon wat koninklijke families al eeuwen doen met de ongelukkigen die uit de gratie vallen en die ze – ongetwijfeld tot hun diepe spijt – in het huidige tijdsgewricht niet meer kunnen laten onthoofden: ze negeren. Het laatste woord over mij was gesproken. Ik was lucht geworden.

Ik zuchtte en keek op uit de krant, naar de zee die in mijn herinneringen zo dromerig blauw en rustig was geweest. En die nu onder de vanuit het noordwesten aanwaaiende regenwolken zo grauw en dreigend oogde.

En ik realiseerde me nog iets anders. Mijn tas, die daarnet nog naast me op de bank had gestaan, stond daar nu niet meer.

~

Toen Walter en ik elkaar net kenden en ik voor de eerste keer mee mocht naar het befaamde familieweekend, waarover moeder Von Schönenberg in interviews met weekendmagazines vaak zei dat die haar gezin 'hecht' hielden, gingen ze parachutespringen. Het was een van vele sportieve activiteiten – zeilen, skiën, paardrijden, duiken – waar mijn potentiële schoonfamilieleden collectief in uitblonken en waar ze, stralend en zweetloos, voortdurend op hun voordeligst mee in de boulevardbladen stonden. Ze waren nu eenmaal een van de weinige families die in Duitsland een bijna koninklijke status genoten, en niet alleen vanwege hun rijkdom, maar ook vanwege hun geschiedenis.

Al op school werd ik doodgegooid met het verhaal van Walters grootvader, zo ongeveer de enige Duitser uit de recente geschiedenis die we een held mochten noemen. Friedrich von Schönenberg zag er in zijn naziuniform uit als een filmster, zo knap. In juli 1944 had hij samen met een stel bevriende medeofficieren geprobeerd Adolf Hitler op te blazen. De aanslag mislukte en een dag later werd hij opgehangen. Von Schönenberg werd aan ons schoolkinderen gepresenteerd als het summum van noblesse en moed, al had ik zelf weleens gedacht dat hij vanaf 1933 net als al die andere aristocratische types wél gewoon met die idioot van een Adolf Hitler had meegelopen.

Hoe dan ook, zijn naam was onsterfelijk en zijn tweelingzonen, nog niet eens geboren toen hun vader de strop kreeg, droegen daar aan bij door een vooraanstaande rol te spelen tijdens de opbouw van het moderne West-Duitsland. Walters oom was een geliefd bondspresident geweest; zijn vader had het tot secretaris-generaal van de NAVO geschopt. En aangezien succes in mijn schoonfamilie – sorry, mijn vóórmalige schoonfamilie – nu eenmaal even erfelijk is als hun perfecte arische uiterlijk, hadden hun zonen en dochters stuk voor stuk toonaangevende posities weten te veroveren in de politiek, de wetenschap of het culturele leven. Officieel mocht adel misschien geen rol meer spelen in Duitsland, de Von Schönenbergs figureerden wel degelijk als zodanig – voortdurend doken ze op in kwaliteitskranten en elegante maandbladen, steevast gefotografeerd in hun smaakvolle huizen en omringd door hun blonde nakomelingen en even fotogenieke rashonden.

Mijn Walter was de jongste van het stel en werd op zijn dertigste al benoemd tot hoogleraar politicologie aan de Humboldt-Universität van Berlijn. Hij gold als een veelgevraagd gast van actualiteitenprogramma's, dit overigens naar mijn bescheiden mening meer vanwege zijn chique achternaam en zijn knappe kop dan vanwege zijn heldere inzichten. Want díé kwamen meestal van mij, als ik in de late avond, na een lange werkdag in het parlement, nog eens zijn speeches zat te herschrijven.

Mijn Walter? Dus niet.

Zelf was ik verre van atletisch en nooit verder gekomen dan wat amechtige oefeningen in het aftandse gymnastieklokaal van de Hansa-Grundschule in Dortmund-Huckarde. Bovendien had ik hoogtevrees. Maar de kans om te tonen hoe Schönenberg-waardig ik wel niet was, kon ik vanzelfsprekend niet laten passeren. En wat kon er nou zo moeilijk zijn aan je laten vallen uit een vliegtuigje? Dus zei ik nonchalant 'jawel hoor', toen ze vroegen of ik zoiets weleens eerder had gedaan. Voor het geval dat er iemand door zou vragen, mompelde ik er nog iets bij over padvinders en luchtverkenners.

Maar niemand vroeg door. Alleen Walters moeder Erica keek me aan met een geamuseerd, ietwat sceptisch glimlachje boven haar parelketting. Als ik al had getwijfeld of ik dit werkelijk zou gaan doen, kon ik nu helemaal niet meer terug.

Als een mak schaap liet ik me meetronen naar het privévliegveldje vlak buiten Berlijn, waar me in de hangar een helm en valscherm werden aangemeten. Mezelf voorhoudend dat Walters familie toch niet zo groot kon zijn als ze bij bosjes waren doodgevallen, liep ik even gewillig achter ze aan het vliegtuig in. Eenmaal op de vereiste vlieghoogte keek ik met een almaar harder bonzend hart hoe de ene na de andere neef en nicht met een opgewekt duimgebaar geroutineerd door het open luik in de bodem van het vliegtuig verdween.

Toen was ik aan de beurt.

Ik sprong.

Nog keert mijn maag zich om bij de gedachte aan de blinde paniek die me die eerste seconden beving, rondtuimelend in het Grote Niets. Mijn ademhaling stokte, mijn oren suisden; mijn hart voelde ik bijna letterlijk wegzakken in mijn borstkas. Pure, onvervalste doodsangst. Dat ik die sprong uiteindelijk overleefde met niets ergers dan wat blauwe plekken en een verstuikte enkel was niets minder dan een godswonder.

En precies dát gevoel beving me die koude middag op het bankje in Callantsoog, toen het tot me doordrong dat met mijn tas zo ongeveer alles wat me nog restte in de wereld was verdwenen. In de voorafgaande dertig uur was ik van alles geweest: gestrest, woedend, paniekerig, wanhopig. Maar nu was ik voor het eerst echt bang. Doodsbang.

Mijn identiteitskaart, mijn rijbewijs, mijn Prada-portefeuille met gouden creditcards: weg. Mijn toegangspasje tot de Bondsdag, dat me gedurende al die jaren dat ik mezelf ermee langs de bewaking had geloodst zo'n goed gevoel over mezelf had gegeven: ook weg. Mijn Louboutin-lippenstift, al jaren dezelfde kleur, een kleur die bedoeld was om mee op te vallen: weg. Mijn sieraden – de Deense designringen, de Cartier-armband, het Zwitserse horloge dat Walter me voor mijn laatste verjaardag had gegeven: allemaal weg.

Alle symbolen van een succesvol en rijk leven, van de vrouw die ik wilde zijn, alles waarvoor ik mijn hele volwassen leven als een bezetene had gewerkt, alles wat ik met zoveel zorg had uitgekozen om de wereld te laten zien dat ik, Annika, het had gemaakt en daarmee mijn hele, zo zorgvuldig geconstrueerde IK – alles was weg.

En mijn tas...

Zachtjes kreunde ik. Zelfs voor mijn doen – ik hield van tassen, ik hield van duur en ik hield van het beste van het beste – was de prijs exorbitant hoog geweest. Maar meteen toen ik hem zag, discreet uitgelicht in een afgesloten glazen vitrine van Bloomingdale's, New York, wist ik dat mijn naam erop stond. Nog zag ik de verkoopster hem bijna eerbiedig pakken, nog voelde ik het zachte, donkerblauwe leer voor de eerste keer onder mijn vingers, zag ik de bijna sensueel glanzende, roze zijden voering voor me.

Op dat moment besefte ik hoe idioot ik bezig was: de afgelopen dertig uur was mijn hele leven onder me weggevallen en nu ging ik huilen bij de gedachte aan een tas.

Ik riep mijn tranen een halt toe en probeerde helder na te denken.

Wat nu?

In de binnenzak van het goedkope windjack dat ik die ochtend in Amsterdam had gekocht voelde ik het vertrouwde gewicht van mijn iPhone. In de zak van mijn jeans prikten de sleutels van de gehuurde Suzuki die ik verderop aan de boulevard had geparkeerd, en in een zijzak zat de sleutel van dat afschuwelijke vakantiehuisje dat ik vanochtend zo ondoordacht had gehuurd. En, de grootste opluchting van alles: in mijn beha schuurde nog steeds het stapeltje opgevouwen bankbiljetten dat ik daar vanochtend meteen nadat ik het uit de geldautomaat haalde, had weggestopt.

Het feit dat ik überhaupt nog aan cashgeld had kunnen komen, was überhaupt een wonder want verder was de actie 'Gum Annika uit' in volle gang. Ongetwijfeld – want zo doortastend, uitgekookt of hardvochtig was mijn Walter niet – onder leiding van Morten Reichmann, de consigliere die er al decennialang voor zorgde dat alle vuile was van de familie Von

Schönenberg even snel als geruisloos werd opgeruimd.

Ik ontmoette de familieadvocaat voor het eerst tijdens een dinertje bij Walters ouders in hun jarendertigvilla in Berlijn-Dahlem. Het was enkele maanden na het parachuteavontuur en een paar dagen nadat Walter zijn familie had verteld dat ik bij hem zou intrekken in zijn appartement aan de Bleibtreustrasse. Ze hadden Reichmann naast me aan tafel gezet. Hij was een lange, magere man van begin zestig, en waarschijnlijk, dacht ik, een studievriend van Walters vader. Van achter zijn zware hoornen montuur nam hij me op alsof ik net uit het riool gekropen was.

'Ik zorg voor de familie,' zei hij nadat hij zich had voorgesteld met een humorloos lachje dat zijn bijna kleurloze ogen op geen enkel moment bereikte. 'Ik regel dingen.'

In de taxi terug naar de Bleibtreustrasse vertelde Walter me dat er van mij verwacht werd dat ik, als nieuw lid van de familie, nog voor de verhuizing al mijn administratieve besognes bij Reichmanns kantoor zou onderbrengen. 'Zo gaat dat nu eenmaal bij ons,' zei hij. 'Hij en zijn mensen regelen alle praktische zaken voor ons en wij hebben nergens omkijken naar.'

Ik herinner me dat moment nog zo goed. Walter had zijn arm om mijn schouders, zijn lippen in mijn haar. Ik zat warm en geborgen tegen hem aan achter in de donkere taxi, die rook naar oud leer en de met aftershave vermengde zweetlucht van de chauffeur. Op de radio klonk een oud nummer van de Red Hot Chili Peppers:

The city she loves me
Lonely as I am
Together we cry

De taxi zweefde op het ritme van de muziek door het nachtelijke Berlijn – die grote, glorieuze stad vol littekens, die zich net als ik ooit helemaal opnieuw had moeten uitvinden en daarom misschien meteen als thuis had aangevoeld. Het ongemakkelijke gevoel dat ik aan de kennismaking met de familieadvocaat had overgehouden, ebde weg. Daarvoor in de plaats klonken Walters woorden in mijn hoofd. 'Lid van de familie' had hij me genoemd. Al die jaren afzien, al die jaren hard werken, al die jaren eenzaamheid hadden toch gebracht wat ik zocht: voor het eerst hoorde ik weer ergens bij. Eindelijk was ik veilig.

Annika, de dag ervoor

Alle veiligheid kwam ten einde op dinsdagmiddag 14 november om 13.58 uur in het omgewoelde bed in kamer 301 van Hotel Adlon – achteraf gezien zo ongeveer de laatste plek op aarde waar ik uitgerekend op dat moment had moeten zijn. Toen ik, bezweet en verzadigd, mijn telefoon weer aanzette, drong tot me door dat er twee uur eerder een persbericht over mij de wereld in was gegaan dat mijn hele leven onderuit haalde.

Om iets voor halfdrie scheurde ik in mijn rode hybride cabrio de Bleibtreustrasse in, nog buiten adem van mijn spurt van de kamer naar de parkeergarage onder het hotel.

Onderweg had mijn brein koortsachtig gezocht naar verklaringen, excuses, naar een manier waarop ik de schade zou kunnen beperken. Een misverstand? Iemand anders met dezelfde naam? Kon ik misschien zeggen dat ik mijn naam ooit veranderd had en dat daardoor verwarring was ontstaan? En welk plausibel excuus kon ik in godsnaam verzinnen voor het feit dat ik de afgelopen uren, op een tijdstip dat ik gewoon op mijn kantoor in het Paul-Löbe-Haus had moeten zitten, totaal onbereikbaar was geweest?

Ik nam niet de tijd om mijn auto de privéparkeergarage naast ons appartementengebouw in te manoeuvreren – in plaats daarvan parkeerde ik aan de straat en rende naar de voordeur. Met trillende vingers tikte ik de toegangscode van de voordeur in. In plaats van het vertrouwde groene, verscheen er een rood signaal. Ik belde aan. Hoewel het lampje van de intercom verraadde dat daarboven in het penthouse wel degelijk naar me werd gekeken, bleef het stil.

'Walter, *Liebling*,' smeekte ik in de luidspreker, 'alsjeblieft, laat me binnen, geef me de kans dit uit te leggen...'

Maar de deur bleef dicht en een halve minuut later doofde ook het lampje.

Door het glazen raampje in de bronzen voordeur zag ik Heiner, onze portier, in zijn loge zitten. Ik tikte op de ruit, bonsde op de deur om zijn aandacht te trekken. Maar zijn hoofd bleef hardnekkig gebogen over de pakketten die hij voor de bewoners in ontvangst had genomen. En nu had Reichmann het allemaal 'geregeld', met de efficiëntie die zijn handelsmerk was.

Ik keek om en zag achter mijn auto inderdaad de donkerblauwe Mercedes van de advocaat staan. En daarachter, aan het eind van onze op normaal gesproken zo rustige straat, zag ik nog iets anders: camera- en reportagewagens die, nog net niet met piepende banden, vanaf de Kurfürstendamm de hoek om kwamen scheuren.

Enkele seconden later was de wereld veranderd in een kakofonie van licht en geluid en stond ik, als een verblind konijn, gevangen in de onverbiddelijke lichten van camera's.

Ik rende naar mijn Audi. Fotocamera's klikten, filmcamera's draaiden, journalisten schreeuwden. 'Annika, *bitte*...!' '*Frau Schaefer, haben Sie eine Erklärung?*'

God, wat had ik die camera's en die microfoons al die jaren heerlijk gevonden. Ik voelde mezelf altijd centimeters groeien als ik, zorgvuldig opgemaakt, perfect in de kleren, bij een persconferentie binnenkwam of in een televisiestudio aan tafel schoof. Ik, Annika Schaefer. Maar nu wilde ik alleen maar krimpen, krimpen tot ik helemaal verdwenen was.

Ik trapte het gas in. De Audi gromde als een klein sterk beest. Ik hoorde gevloek en gebons. De verslaggevers die zich aan mijn portieren hadden vastgeklampt en bijna tegen de voorruit plakten, gleden weg terwijl de auto naar voren schoot.

Het laatste wat ik zag voor ik wegreed was Herr Clement, onze bejaarde benedenbuurman, die zoals elke middag precies om halfdrie het keffertje van zijn vrouw uitliet. Hij staarde verbijsterd naar de chaos op onze stoep. Maar toen verdween ook zijn gerimpelde hand in zijn jaszak en haalde hij een mobieltje tevoorschijn.

Iedereén had het op mij voorzien.

Weg moest ik, weg.

~

Hoe groot mijn paniek ook was, ergens in mijn hoofd was kennelijk nog een deel in staat om auto te rijden en het Berlijnse perskorps in het drukke stadsverkeer van me af te schudden. En ik kon min of meer rationeel bedenken dat het eerste wat ik nu nodig had een toevluchtsoord was.

Maar waar en bij wie?

Meter voor meter manoeuvrerend over de Kurfürstendamm, waar het verkeer op deze mistige novembermiddag behoorlijk vastliep, ging ik de opties af. Mijn moeder en mijn grootouders waren langer dood dan dat ik ze had meegemaakt, en de paar achterneven en -nichten die vanaf dat moment nog over waren geweest had ik na de laatste begrafenis definitief uit mijn leven gebannen. Ook de schaarse vrienden uit de tijd dat ik op het advocatenkantoor in het centrum van Dortmund werkte, waren zo goed als allemaal achter de horizon van de tijd verdwenen.

De enige van wie ik nog een adres had was Monika, met wie ik destijds een flat had gedeeld. Maar ons contact beperkte zich al jaren tot het sturen van kerstkaarten over en weer, die niet zozeer onze oude vriendschap als wel onze nu zo verschillende levens leken te benadrukken. Zij met haar gezinnetje in een buitenwijk van Dortmund, nog altijd de eindjes aan elkaar knopend zoals we dat ooit samen hadden gedaan; ik rijk en beroemd met een glanzende carrière en de glamoureuze schoonfamilie in Berlijn.

Van de honderden vrienden en kennissen die Walter en ik samen hadden, waren er eigenlijk maar twee die ik werkelijk persoonlijke vriendinnen kon noemen. Ingrid, Veronica en ik gingen in het weekend vaak samen shoppen, sporten en lunchen; we spraken geregeld af voor dinertjes met onze mannen, we gingen zelfs gezamenlijk op vakantie. En we deden wat vriendinnen doen: we kletsten, lachten en roddelden, we wisselden na een paar glazen witte wijn vertrouwelijkheden uit – al zorgde ik er natuurlijk wel voor dat mijn ontboezemingen beperkt bleven tot het soort onschuldige geheimpjes die zo in een vrouwenblad hadden gekund.

Had ik me de luxe van een hartsvriendin kunnen veroorloven, zo eentje die echt al je geheimen kent, dan had ik zonder meer voor Ingrid gekozen. Zij bezat – en kon zich dat met haar achtergrond ook permitteren – een zelfvertrouwen en een ruimheid van geest waar ik haar altijd hevig om had benijd. En ze had een warm hart. Ik had altijd gevoeld dat ze mij misschien niet snapte, maar wel mocht. Dus het allerliefst was ik nu regelrecht naar haar oude verbouwde boerderij aan de rand van de stad gereden, naar die warme, slordige woonkeuken vol honden, kleine kinderen, boeken en kunst. Een plek die voor mij misschien wel de meest troostrijke plek was die ik kende.

Maar Ingrid was óók Walters grote zus. Afgezien van het feit dat haar loyaliteit vanzelfsprekend bij haar broertje lag, had ze ongetwijfeld Reichmann al aan de lijn gehad om haar trouw aan de familie te verankeren. Ik vond haar te aardig en kon haar niet in de problemen brengen.

Veronica kwam nog veel minder *im Frage*, ook al was ze feitelijk mijn oudste vriendin. Ik kende haar nog uit Dortmund, uit de tijd dat Peter daar net de Neue Liberalen had opgezet en ik alleen nog maar als onopvallende vrijwilligster bij de partij betrokken was. Op een achternamiddag had Peter me aan haar voorgesteld en had ik in die smetteloze studente Frans meteen herkend wat hij ook in haar zag – de perfecte toekomstige echtgenote van een succesvol politicus.

En aangezien Peter meestal kreeg wat hij wilde, was Veronica nu inderdaad zijn vrouw – en daarmee de bedrogen echtgenote van de man met wie ik eerder die middag, in zalige onwetendheid van wat me boven het hoofd hing, in Hotel Adlon had liggen rotzooien. Ik had geen idee of dit pijnlijke detail de buitenwereld inmiddels ook al had bereikt, maar ik kon me de uitdrukking op Peters gezicht wel voorstellen als ik nu opeens op de stoep van hun loft-appartement in Prenzlauer Berg zou staan om hulp te vragen.

Ik moest dus een andere plek bedenken, een plek waar ik onopvallend naartoe zou kunnen reizen, waar niemand me kende en waar ik geen gevaar liep herkend te worden. Waar ik tot rust zou kunnen komen en een tactiek kon bedenken hoe de schade te beperken. Een plek ook die ik vanavond nog zou kunnen bereiken, het liefst zonder de veiligheid en anonimiteit van mijn auto te hoeven verlaten.

Ik dacht aan Nederland – acht uur stevig doorrijden hiervandaan. Eerlijk gezegd kende ik ons buurland amper – ik was er een jaar of wat geleden voor het laatst geweest, in het kader van een werkbezoek van onze parlementaire *Drogenausschuss* aan Den Haag. Maar mij kenden ze er zeker niet. Niemand zou me daar achtervolgen met een camera of telefoon. En bovendien: stonden de Hollanders niet bekend om hun liberale houding tegenover zo ongeveer alles?

Net op dat moment – ik was inmiddels op de Rathenauplatz bij de afslag naar de rondweg – viel mijn oog op een hardnekkig knipperend lampje op mijn dashboard. De benzinemeter stond bijna op nul.

Op het laatste moment wist ik me door een paar boos toeterende auto's naar rechts te wringen en de Hubertusallee in te slaan, naar het benzinestation. Bij de zelfbedieningspomp pakte ik mijn zachtblauwe pashmina sjaal van de achterbank, sloeg die om en stapte uit, mijn portemonnee stevig in mijn hand geklemd.

Het was nog geen vier uur, maar deze herfstdag was zo donker dat het al leek te schemeren. Ik voelde de novemberwind venijnig in mijn benen snijden, dwars door de zijden kousen die ik die ochtend nog met zulke andere plannen voor de dag had aangetrokken. Eerst dacht ik dan ook dat het de stress of kou was die mijn vingers zo deed trillen dat ik de pincode verkeerd intoetste. Maar ook bij volgende pogingen accepteerde de automaat mijn betaalpas niet. Ik probeerde het met een creditcard, maar ook nu verscheen het vernietigende 'kaart geweigerd' op het scherm.

De man die achter me stond te wachten drukte kort op zijn claxon en maakte verontwaardigde gebaren: hoelang ging dit nog duren?

Ik negeerde hem, pakte mijn nog altijd voortdurend zoemende en oplichtende iPhone – 'new message', 'new message', 'new message' – van de bijrijdersstoel en checkte de in mijn contactenlijst verborgen pincodes. Daarmee probeerde ik de passen nog eens.

Maar de betaalautomaat bleef ze hardnekkig uitspugen en opeens drong het tot me door: Reichmann. Wat had ik eigenlijk getekend toen ik zes jaar geleden akkoord was gegaan met het overdragen van mijn zaken aan zijn kantoor? Hoe ongelooflijk stom en onzakelijk was ik geweest, hoe verblind omdat een familie als de Von Schönenbergs mij, Annika Schaefer uit Dortmund-Huckarde, in hun midden wilde toelaten?

De man achter me toeterde weer. Woedend keek ik op. Dat had ik beter niet kunnen doen, want de vrouw die naast hem zat begon opgewonden te gebaren en pakte haar telefoon: weer een eerzame burger die de vluchtende Annika Schaefer had weten vast te leggen.

Ik dook terug mijn auto in, startte en reed weer weg. Ondertussen checkte ik de elektrische actieradius: 32 kilometer. Daar zou ik op de snelweg niet ver mee komen.

Uit wanhoop reed ik de stad maar weer in, richting het huis dat het mijne niet meer was. Bij een los-en-laadplek zette ik de Audi aan de kant. Wat had ik nog aan contant geld in mijn portemonnee? Ik telde een kleine dertig euro: bij lange na niet voldoende om met mijn auto, hybride of niet, zelfs maar in de buurt van de Nederlandse grens te komen.

Ik schudde de hele inhoud van mijn portemonnee uit op mijn schoot. En daar, bescheiden ogend tussen al mijn glanzende creditcards, lag de vrijreizenkaart voor de Duitse spoorwegen die ik elk jaar van de partij kreeg en – voor zover ik wist – nooit had gebruikt.

Lang leve het groene imago van de Neue Liberalen, dacht ik, terwijl ik voor de zekerheid de geldigheidsduur checkte. De kaart was nog tot het eind van het jaar geldig en zou me dus in elk geval tot over de grens kunnen brengen. En als ik eenmaal de anonimiteit van Nederland had bereikt, dan zou ik daar wel zien hoe ik me verder redde.

De tocht terug, dwars door de stad naar Berlin Hauptbahnhof aan de andere kant van de Spree, leek eindeloos te duren. Toen ik eindelijk de garage onder het Contipark had bereikt, parkeerde ik de Audi in een donker hoekje. Het kostte me grote moeite om uit de bescherming van de auto te stappen – ik was mijn huis al kwijt en nu stond ik op het punt om ook afscheid te nemen van het voertuig waar ik me altijd zo veilig en vaardig in had gevoeld.

Ik keek rond naar iets wat ik kon meenemen en wat me nog van nut kon zijn. Een rol pepermunt, mijn sjaal, een opvouwparaplu, de oplader van mijn telefoon: dat was alles wat ik kon vinden.

Het dashboardklokje gaf 16.20 uur aan. In de televisiestudio's zou al druk gemonteerd worden aan wat ongetwijfeld de opening van elk avondjournaal zou worden: 'De val van Annika Schaefer'. Wat een heerlijk onderwerp voor een editor, dacht ik, met al die beelden van mij voor mijn voordeur, gevangen in het meedogenloze licht van de camera's, mijn gezicht zo schuldig als wat.

Ik haalde diep adem, sloeg mijn sjaal weer zo goed mogelijk over mijn hoofd en schouders en stapte uit. Mijn hoge hakken echoden over het beton van de garage, op de cementen trappen – de lift durfde ik niet te nemen –, op de tegels van de stationshal. Met mijn hoofd gebogen, de sjaal over mijn hoofd getrokken, worstelde ik me tegen de stroom forenzen in die, hun gezichten grauw en moe van de werkdag, op weg waren naar hun warme huis waar ze zometeen tijdens het avondeten vermaakt zouden worden met de beelden van mijn ondergang.

Op het grote bord in de stationshal zag ik dat de laatste internationale trein naar Amsterdam vertrok om 16.52 uur vanaf perron 10B. Het was 16.41 uur. Terwijl ik naar het perron liep zag ik een geldautomaat zonder een rij wachtenden ervoor. In een opwelling probeerde ik, de telefoon in mijn hand geklemd, mijn passen nog eens uit.

Niets, nada, noppes. Reichmann was efficiënt geweest.

Maar de partij niet. Ik probeerde de creditcard die ik als tweede vrouw in de partijhiërarchie had gekregen om er onkosten mee te betalen. Meteen na het intikken van de pincode verscheen zowaar de vertrouwde boodschap op het scherm.

Hoeveel wilt u contant opnemen?

Ik koos het maximum: 750 euro.

Vijf minuten later zat ik weggedoken in een stoel in de eersteklascoupé. Het leeslampje boven mijn hoofd had ik meteen uitgezet en goddank was er niemand naast me gaan zitten.

Pas op het moment dat het perron naast me al aan het wegglijden was, bedacht ik dat ik met het geld dat ik zojuist had opgenomen, alsnog met mijn auto naar Nederland had kunnen rijden. Maar de gedachte aan alle mensen, alle ogen, alle smartphones die ik moest trotseren als ik bij het volgende station zou uitstappen en in een overvolle forenzentrein weer terug naar Berlin Hauptbahnhof zou moeten reizen, deed me huiveren.

Ik staarde naar de stad, die naarmate de trein vaart maakte steeds sneller langs me heen vloog. De achterkant van huizen, tuinen, flatgebouwen, soms een winkelstraat. Het voelde alsof mijn geliefde Berlijn me de rug toekeerde nu ik het ontvluchtte, als een dief in de nacht. Een korte stop in Berlin Spandau: vele passagiers verlieten de trein, slechts weinige stapten in. Wie wilde er op een snijdend koude avond als deze de warmte en de gastvrijheid van de grote stad verlaten, de onbekende nacht in?

De buitenwijken gleden langs me heen. Ik zag de eindeloze muren langs het spoor, opgetrokken vóór de eenwording van Duitsland, toen dit gebied nog de DDR was geweest. Ik herkende de sobere naoorlogse bouw; ik was er zelf in opgegroeid. De trein bereikte haar topsnelheid, de stad maakte plaats voor velden en bossen. Nu zag ik alleen nog maar mijn eigen witte gezicht in het raampje, mijn ogen als donkere holtes – af en toe onderbroken door korte lichtflitsen die erop duidden dat daarbuiten in de duisternis toch nog mensen woonden en leefden.

Ik deed mijn schoenen uit en wreef mijn ijskoude voeten tegen elkaar in een poging er weer wat gevoel in te krijgen. Daarna deed ik mijn horloge af en stopte het met de rest van mijn sieraden in een binnenvakje van mijn tas. Hoe onopvallender ik was, hoe beter. De zachtroze voering van mijn tas en de sieraden glansden discreet in het harde treinlicht.

Ik stopte de oplader van de iPhone in de USB-opening van de stoel voor me. Mijn telefoon piepte dankbaar.

Het eerste ongelezen bericht in mijn inbox was van 11.48 uur. Daarvoor – was het werkelijk nog maar zes uur geleden dat ik giechelend met Peter door de gang van Hotel Adlon liep? – had ik kennelijk nog alles gelezen, was mijn leven nog geweest zoals het hoorde. Om 12.05 uur meldde mijn secretaresse zich met een als 'urgent' aangevinkte boodschap: ze moest me zo snel mogelijk spreken over een persbericht dat ze net onder ogen had gekregen en dat meteen door alle nieuwssites was overgenomen.

Daarna volgden de berichten van Walter.

Aanvankelijk klonk hij vooral bezorgd – '*Wo bist du? Was ist los? xxx*' –, vervolgens ongeduldig, bozig: '*Annika, was ist denn das?*' Nadat hij ongeveer een uur lang contact met me had proberen te krijgen, volgde stilte. Niets meer van mijn secretaresse, niets meer van Walter. Toen de eerste, koele, formele berichten van het kantoor van Reichmann en van de juridische afdeling van onze partij. *Frau Schaefer, bitte melden Sie sich sofort.* En daartussen, als een aanzwellende storm die uiteindelijk mijn hele inbox leek over te nemen, de berichten van journalisten die in de loop van de tijd mijn privénummer gekregen hadden.

Ik had geen idee dat het er zoveel waren en ook niet dat ze zich zo massaal op me zouden storten, als een zwerm hongerige sprinkhanen, op zoek naar die grote primeur, in de hoop de eerste te zijn die de voortvluchtige Annika S. te spreken zou krijgen.

De nieuwssites durfde ik nog niet te checken.

Ik zette mijn telefoon op stand-by en sloot mijn ogen.

Ergens vanuit de onderste, diepste regionen van mijn brein viel me een naam uit het grijze verleden in. Ik pakte het toestel weer en googelde 'De Duindistel'. Meteen op de eerste pagina al was het raak. De duindistel was niet alleen een nogal prikkelig ogende plant waarover de Nederlandse Wikipedia een heel verhaal te vertellen had, maar ook de naam van het vakantieparkje waar ik als dertienjarige samen met mijn grootouders onze eerste en, zo zou later blijken, onze enige vakantie had doorgebracht. Ik had er de gelukkigste, meest zorgeloze weken van mijn hele jeugd beleefd.

De website zag er nogal amateuristisch uit en op de schaarse foto's oogde het park aanzienlijk minder idyllisch dan ik het me herinnerde. Maar het bestond tenminste nog en er waren, ook in het laagseizoen, huisjes te huur. En niemand zou me er herkennen.

In de geruststellende wetenschap dat ik voor het eerst sinds alle grond onder me was weggeslagen weer een bestemming had, een soort van plan, leunde ik achterover en sloot opnieuw mijn ogen. Buiten raasde de trein voort door de donkere wereld, af en toe onderbroken door stationnetjes die in een flits voorbijgingen en spoorwegovergangen met knipperlichten en waarschuwingsbellen. Binnen in de coupé heerste een beschaafde, bijna intieme rust.

Voor het eerst voelde ik hoe moe ik was. Mijn noodaggregaat ging op zijn laagste stand. Onder mij denderden de treinwielen over de rails, aan de andere kant van het raam vloog mijn vaderland voorbij. En ik sliep.

Josef, 15 november

J.I. Weismann
Weesperzijde 88
Amsterdam
tel. 50867

15 november, 1935

Lieber Fritz!

Onze 'vlucht' naar Holland is gelukt! Waarschijnlijk heb je mijn telegram al gekregen, maar dit is dus mijn eerste 'Hollandse' brief aan jou en ik denk, broertje, voorlopig nog niet de laatste!
    We zijn nu precies een week in Amsterdam en al goed geïnstalleerd. Het huis aan de Weesperzijde was ingericht door De Jong, papa's *Stellvertreter* hier, en al is het natuurlijk niet erg groot in vergelijking met ons huis in Berlijn, we hebben een mooi uitzicht over de rivier en voelen ons hier wel. De baby is gezond en Henriette heeft een lief kindermeisje voor hem gevonden.
    Ik moet je eerlijk zeggen: ik vond het echt een opluchting toen we bij Arnhem de grens passeerden en ik ben blij om hier rond te lopen, al spreek ik nog

steeds maar tien woorden Nederlands. Het is net of ik hier vrijer adem: de sfeer thuis was de afgelopen jaren zo beklemmend en beangstigend geworden. Ik ben zo blij dat onze ouders dat niet meer mee hebben hoeven maken.

Alleen kleine Anna moet nog ontzettend wennen: ze heeft vreselijke heimwee naar ons huis in Potsdam, naar haar pony en haar eigen piano. Als er iets is wat me spijt van alles wat we hebben moeten achterlaten, dan is het wel dat we het instrument onmogelijk mee konden nemen. Maar je weet hoeveel het ons al gekost heeft om überhaupt Duitsland uit te mogen. En de bruinhemden herkennen kwaliteit en hebben er heel *gründlich* voor gezorgd dat we niets van waarde hebben kunnen meenemen. Ik veronderstel dat Anna's arme piano nu iedere avond wordt mishandeld in de balzaal van een of ander nazikopstuk.

Maar... ik heb hier al een nieuwe piano voor haar op het oog waar ik haar waarschijnlijk volgende week mee kan verrassen. Als ze weer kan spelen zal het hopelijk beter met haar gaan. Anna mist haar oom Fritz trouwens erg en hoopt dat je ons snel komt bezoeken! En wij allemaal. Jongen, wat zal ik blij zijn om je weer in de armen te sluiten!

Ik werk nu alweer een paar weken op het kantoor van de zaak aan de Keizersgracht. Iedereen praat vol respect over papa en is erg vriendelijk. De meeste mensen spreken schande van wat er nu in ons vaderland gebeurt en verzekeren ons dat zoiets hier in Nederland nooit zal gebeuren. In mei is hier in het Concertgebouw zelfs een grote protestmanifestatie tegen de nazigezinde partij hier, de NSB, gehouden en in juni hebben de progressieven de verkiezingen in Amsterdam gelukkig gewonnen.

De kranten staan hier vol over het *Blutschutzgesetz* dat vorige maand in Neurenberg werd aangenomen. De verontwaardiging is groot en veel weldenkende Hollanders boycotten nu producten uit Duitsland. Verder is hier de crisis natuurlijk nog sterk te voelen – ik zie dagelijks lange rijen werklozen en overal failliete winkels – maar het is niet half zo erg als het bij ons was in Duitsland. Gelukkig draait de bank goed: we hebben veel Duitse cliënten die net als wij hier een heenkomen hebben gezocht. Ik vind het hoe dan ook heerlijk om na twee jaar gedwongen nietsdoen in Berlijn weer te kunnen werken en gewoon weer mee te kunnen doen!

Het wordt hier nu echt winter – minder koud dan bij ons, maar killer en vochtiger. Henriette en Essi zijn al uitgebreid de stad in geweest om de warenhuizen te verkennen en winterkleren te kopen. Veel namen klinken bekend: Hirsch, Metz – we zijn bepaald niet de enige Duitsers hier!

Mijn enige zorg ben jij. Ik begrijp dat je in Berlijn wilt afstuderen en gelukkig helpen de professoren je goed en zie je er behoorlijk germaans uit. Maar wees in godsnaam voorzichtig. Ik weet hoe heethoofdig je bent en hoe slecht je tegen onrecht kunt. Maar mijd elke confrontatie en hou dat hoofd laag. Je snapt dat ik je geen details durf te schrijven, maar wij horen hier soms verhalen over wat er thuis gebeurt... Echt vreselijk.

Ondertussen bid ik dat je gelijk hebt, dat de situatie zich alsnog ten goede keert en we over een tijdje allemaal weer gewoon naar huis kunnen. Dit kan toch niet eindeloos duren? Enfin, ik hou nu op, en hoop spoedig van je te horen.

Liebe, liebe Grüße van ons allemaal,
Dein Josef

Annika, 14-15 november

Het was al na middernacht toen ik aankwam in een kletsnat Amsterdam. Door de stromende regen liep ik naar het eerste hotel in de buurt van het Centraal Station en checkte in. De jonge receptionist keek me met een scheef oog aan – zo schichtig zag ik er blijkbaar uit, zo hoerig oogden mijn pumps, de zijden kousen en het net iets te korte rokje van mijn doorweekte mantelpak. Ik zag mezelf zoals hij me moest zien: een vrouw van middelbare leeftijd met gejaagde ogen, helemaal alleen, zonder bagage of zelfs maar een jas. Maar zijn pinapparaat accepteerde de creditcard van de partij – voor zolang het duurde.

Mijn kamer was op de onderste verdieping aan de achterkant van het gebouw, met uitzicht op het spoor waar voortdurend treinen overheen knarsten en knerpten. Maar ik was te moe en te murw om terug te gaan en op hoge toon een betere kamer te eisen. In plaats daarvan deed ik mijn kleren uit, gooide ze over de verwarming en stapte in bed. Ondanks de herrie buiten viel ik op een gegeven moment toch in slaap – daarbij, getuige de bonzende hoofdpijn waarmee ik de volgende ochtend wakker werd, geassisteerd door een royale hoeveelheid drank uit de minibar.

Toen ik me aankleedde was mijn mantelpak nog vochtig van de stortbui die ik de vorige avond over me heen had gekregen. Mijn slipje rook naar seks en mijn voeten deden zo'n pijn dat ik ze nauwelijks in mijn pumps kreeg. Hinkend en rillend ging ik na twee gehaaste koppen koffie in de ontbijtbar tegen negenen naar buiten, op zoek naar iets wat op een kledingwinkel leek.

Het regende nog steeds. Of alweer.

In een op dit uur zo goed als verlaten winkelstraat tegenover het station vond ik tussen de dichte rolluiken een warenhuis dat al open was en waar het, vroege ochtend of niet, al doordringend naar worst rook. De geur deed me kokhalzen: ik besefte dat ik behalve wat nootjes uit de minibar, sinds de vorige ochtend eigenlijk niets gegeten had. Ik kocht een paar goedkope sportschoenen, een windjack, twee truien, een spijkerbroek, een muts en ondergoed.

Paskamers had het warenhuis niet, dus hinkte ik terug naar het hotel en verkleedde me op een wc bij de lobby. De Annika die me even later in de spiegel aanstaarde was een heel andere dan die ik in Berlijn had achtergelaten. Verdwenen waren de glamour, het zelfvertrouwen, de glans. Ik zag er precies uit zoals ik er nooit uit had willen zien: gewoontjes. Het enige wat nog enigszins herinnerde aan wie ik was geweest – aan wie, dacht ik koppig, ik eigenlijk nog steeds wás – was mijn dure tas, die schril afstak tegen deze goedkope outfit.

De receptionist die me gisteren had ingecheckt, herkende me niet eens. Nadat ik de hotelrekening had betaald, bestelde ik een huurauto, die over een halfuur bij het hotel afgeleverd zou worden. In de tussentijd liep ik nog eens naar het station om te pinnen. Bingo: weer 750 euro.

Terug in de hotellobby, het geld veilig opgeborgen in mijn beha, belde ik de receptie van De Duindistel. Het duurde een tijdje voordat ik verbinding kreeg en even was ik bang dat het hele vakantiepark in de tussentijd alsnog opgedoekt zou zijn. Maar uiteindelijk nam een slaperig klinkende man de telefoon op en zei me in geroutineerd toeristenduits dat hij een recent gemoderniseerde bungalow voor me had, voorzien van alle comfort zoals centrale verwarming, breedbeeldtelevisie, een espressoapparaat en gratis wifi.

Even later reed ik Amsterdam uit. Het navigatiesysteem voerde me in noordelijke richting, langs nieuwbouwwoonwijken en natte weilanden waar paarden met hun kont naar de wind stonden. Na een uur rijden passeerde ik een stad waarvan ik me de naam nog vagelijk herinnerde – Alkmaar. Daarboven leek de wereld zo mogelijk nog leger, platter, natter en winderiger te worden. De kale bomen aan de kant van de weg stonden schuin, moegegeseld door dezelfde harde noordwestenwind die nu probeerde mijn huurauto van de provinciale weg te blazen.

Ik dacht aan het mapje verbleekte kleurenfoto's in een oude koffer met mijn naam erop in de berging van de Bleibtreustrasse. Alhoewel ik ze in geen jaren meer bekeken had, kon ik ze bijna uittekenen: mijn opa, sjekkie in zijn hand, blote buik over zijn riem, breed lachend in een rieten stoel op het strand. Mijn oma tevreden met haar picknickmandje in een bloemetjesjurk onder de parasol. En daarnaast ikzelf – een schriel, verlegen kind in badpak, nog nat van de zwemles die mijn opa me net gegeven had.

Vooral de laatste foto van het rolletje kon ik me nog tot in detail voor de geest halen – en ik moest er nog altijd bij glimlachen. De foto was genomen door de toenmalige beheerder van De Duindistel op de dag dat we vertrokken. Daar stonden we, de drie Schaefers op een rijtje, alle drie bruinverbrand, alle drie met een grijns van oor tot oor. Op de achtergrond stond mijn opa's volgestouwde Opel Kadett – had mijn oma hem nu werkelijk haar eigen balkonstoel laten meenemen? –, klaar voor de terugreis naar het Ruhrgebied.

'Over honderd meter rechtsaf,' onderbrak het navigatiesysteem mijn zonnige herinneringen. Ik reed over een kanaal en moest meteen weer linksaf, een hoge dijk op. Met zinkend hart zag ik wat er overgebleven was van het paradijs uit mijn jeugd.

Destijds was De Duindistel een fris nieuwbouwparkje geweest, met zo'n vijftig net opgeleverde stenen huisjes, omringd door bomen en weilanden. Maar in de tussenliggende jaren bleek de hele kilometerslange, smalle strook langs het water te zijn volgeplempt met stacaravans en andere onduidelijke bouwsels. De lieve huisjes die ik me herinnerde waren sleets geworden en nu grotendeels aan het oog onttrokken door schuurtjes, schuttingen en coniferenhagen. Her en der stonden wat auto's; nergens was een levende ziel te bekennen.

Ik manoeuvreerde de dijk af. Boven de receptie klapperden natte vlaggen in de koude wind. Ik haalde diep adem, pakte mijn tas, stapte uit en liep naar de deur met daarop een bordje GEOPEND/GEÖFFNET.

Het was alsof ik terug in de tijd stapte. Ik zou bijna zweren dat zelfs de verbleekte ansichtkaarten in de houder op de balie – 'Zonnige groeten uit Callantsoog!' – nog dezelfde waren die ik daar als kind had gezien. Ik drukte op de koperen bel op de balie. Na enkele minuten kwam een vroegtijdig kalende veertiger op plastic klompen aansjokken.

Hij stak zijn hand uit. 'Ronnie Groot, *Angenehm*,' zei hij.

Groot, dacht ik, dat was de naam van de toenmalige eigenaar. Dit zal dan wel zijn zoon zijn, die de boel van hem heeft overgenomen. Ondertussen leek hij in mij meteen de vrouw te herkennen die hem die ochtend uit zijn bed had gebeld. Waarschijnlijk was ik zijn eerste potentiële huurder in weken.

Gek genoeg leek de beheerder niet eens verrast toen ik de huur en de borg voor het huisje wilde pinnen en mijn creditcard geweigerd werd. Kennelijk waren mijn partijgenoten in Berlijn wakker geworden en hadden ze actie ondernomen. Ik zag ze voor me: zittend in de vertrouwde fractiekamer op de tweede verdieping van de Rijksdag waar ikzelf de afgelopen jaren ook elke woensdagochtend met mijn latte macchiato voor het wekelijkse fractieberaad was aangeschoven.

Alleen was mijn vaste stoel nu leeg en was ík het onderwerp van gesprek. En in plaats van de plenaire vergadering van morgen voor te bereiden, bespraken ze nu hoe mij *kalt zu stellen*, hoe ervoor te zorgen dat 'mijn geval' de reputatie van de partij en die van henzelf geen schade kon doen. Iemand was op de heldere gedachte gekomen dat ik nog steeds beschikte over een creditcard van de partij en had die met onmiddellijke ingang laten blokkeren.

Ronnie wachtte geduldig terwijl ik de creditcard tegen beter weten in nog eens probeerde.

'Ich verstehe das wirklich nicht,' mompelde ik.

Nadat ook mijn derde poging mislukt was, keek hij me met een bijna samenzweerderige blik aan.

'Vielleicht haben Sie Bargeld?' vroeg hij.

'Einiges,' zei ik aarzelend.

'In dat geval,' antwoordde hij, had hij misschien nog wel iets voor me aan de rand van het park – 'geheel privé, niemand ziet je daar.' Niet bepaald modern, als ik begreep wat hij bedoelde, maar alles erop en eraan – gaskachel, douche, twee slaapkamers, keukentje, parkeerplaats naast de deur. Tweehonderd euro per week. Geen gratis wifi helaas, maar het lekte niet.

Even later reed ik door het park, de sleutel die ik in ruil voor de tweehonderd euro had gekregen op de stoel naast me.

Nummer 24 bleek bijna tegen de kanaaldijk aan te liggen, slechts ervan gescheiden door een drabbig slootje met een plank eroverheen. Al meteen toen ik de auto uit stapte, zag ik dat hier al heel lang niemand meer was geweest. De tegels van het terras waren bedekt met mos en het grasveld was overwoekerd met onkruid. Onder de armetierige coniferenhaag die de tuin scheidde van de buren lagen twee plastic tuinstoelen waarvan de oorspronkelijke witte kleur door de groene uitslag nauwelijks meer te zien was. De oranje gordijnen van het huisje waren dichtgetrokken. Bij de ramen van de schuifpui kleefden ze aan het glas en waren ze zwart uitgeslagen van het vocht.

Ik liep om het huisje heen en vond de voordeur. Met enige moeite kreeg ik de sleutel in het slot. Ik stapte een piepklein halletje binnen. In het schemerdonker onderscheidde ik een openstaande deur naar de keuken annex woonkamer, ongeschilderde bakstenen muren, een badkamerdeur en nog twee smalle deuren, blijkbaar die van de slaapkamertjes.

Ergens tikte een klok in de oorverdovende stilte.

Meer hoefde ik niet te zien: ik rook het al. Dit was de geur van vochtige muren, van kou, van kierende kozijnen en haperende gaskachels. Dit was de geur van goedkope spullen, slecht geventileerde keukens, kettingrokers en armetierige levens. Dit was de geur van mijn jeugd; de stank van de armoede en de hopeloosheid waaraan ik mijn leven lang had geprobeerd te ontsnappen.

Hier ging ik niet blijven, hier zou ik niets met ook maar één vinger aanraken. Alles, álles was beter dan dit. Zelfs de hoon van de media, de minachting van het publiek, de kille ogen van Reichmann en de afgewende blik van de man die bijna mijn hele volwassen leven lang mijn geheime minnaar was geweest.

Ik wilde zo ontzettend graag weer gewoon naar huis, naar mijn ruime, zonnige Berlijnse appartement. Naar mijn luxe badkamer, met de grote stapels zachte handdoeken en de dure zeep waarmee ik al deze ellende van me af kon wassen. Naar mijn grote donzen bed met de perkal katoenen lakens, waarin ik weg kon zinken en alles zou kunnen vergeten.

Ik ga terug, besloot ik. Vanmiddag nog. Met de kleine elfhonderd euro die ik nu nog in mijn beha had kon ik me makkelijk veroorloven de avondtrein te nemen, een kamer te boeken in een ordentelijk Berlijns hotel, goed bij te slapen en te eten, een advocaat in de arm te nemen en de confrontatie aan te gaan. Precies zoals ik jongere partijleden altijd aanraadde wanneer die in de problemen waren gekomen. Ik hoorde het mezelf zeggen: 'Hoofd omhoog en recht tegen de storm in.'

Misschien, dacht ik hoopvol, zou het allemaal wel mee blijken te vallen. Misschien zou de partij me kunnen vergeven. Misschien zou Walter me terug willen nemen.

Het was toch ondenkbaar dat Peter, die ik zoveel jaar als trouwe adjudant had gesteund, met wie ik al zo lang het bed had gedeeld, met wie ik de hele opgang van de Neue Liberalen had meegemaakt, van splinterpartij naar de Grote Belofte van de Duitse politiek, me nu zomaar zou laten vallen? Hij wist als geen ander vanwaar ik gekomen was, hoe hard ik had gewerkt, hoe loyaal ik altijd zijn vuile karweitjes voor hem had opgeknapt. Hij móést me helpen.

En Walter... Ik snapte best dat hij gisteren niet tegen Reichmann in had durven gaan, en afgezien daarvan zou zijn moeder ook wel flink op hem hebben ingepraat. Maar hij was een goed mens en op zijn eigen weinig gepassioneerde manier op me gesteld. We hadden de afgelopen jaren zo eensgezind en harmonieus samengewoond – ik wist zeker dat als ik hem maar éven alleen zou kunnen spreken, ik hem zou kunnen overhalen mij een tweede kans te geven.

Op slag voelde ik me beter. En voelde ik mijn maag des te

nadrukkelijker rammelen. Na de rookworst in het warenhuis was ik met een grote boog om het ontbijtbuffet in het hotel heen gelopen, en gegeten had ik nog steeds niet. Geen wonder dat ik me zo flauw voelde. Geen wonder dat ik niet helder had kunnen nadenken en zulke domme beslissingen had genomen.

Maar het bleek niet gemakkelijk te zijn om iets te vinden in deze zee van verlaten huisjes langs het kanaal. Onderweg had ik ook al niets gezien wat eruitzag als een supermarkt of een horecagelegenheid. Het enige wat ik me herinnerde was een afslag naar Callantsoog, de badplaats waar mijn grootouders en ik tijdens onze vakantie elke ochtend naartoe waren gereden en waarvan de naam alleen al een geluksgevoel bij me opriep.

Destijds was de boulevard een aaneenschakeling van vrolijke eettentjes, hotels en restaurants geweest. Dáár zou in de tussenliggende jaren toch niet zoveel aan veranderd zijn? Misschien kon ik na de lunch zelfs even langs de zee lopen en mijn hoofd leeg laten waaien, alvorens naar Amsterdam te rijden, de huurauto in te leveren en op de avondtrein naar huis te stappen.

'Naar huis' – alleen al van die twee woorden knapte ik op. Bijna opgewekt stapte ik de auto weer in, reed de dijk op en het vakantiepark uit – die uitbater kon, besloot ik, zijn tweehonderd euro houden en de sleutel zou ik nog weleens per post sturen – en reed de tien kilometer noordwestwaarts naar Callantsoog.

Daar was, precies zoals ik me had voorgesteld, inderdaad de zee en daar waren ook meer dan genoeg restaurants en hotels die gewoon open waren.

Maar daar waren ook de kranten, en die vielen niet mee.
Helemaal niet zelfs.
En toen mijn tas werd gestolen, had ik helemaal geen keuze meer.

De man van de viskraam haalde zijn schouders op. Nee, hij had niemand gezien die er met mijn tas vandoor ging. Er hadden die dag wel wat vage types rondgehangen op de boulevard, maar dat had je nu eenmaal in een toeristische plaats als deze. En nee, een eigen politiepost hadden ze hier niet. Daarvoor moest ik naar Schagen, daar was er eentje tot vijf uur open.

'Skage?' vroeg ik, proberend mijn tong rond de ongebruikelijke klanken te krijgen.

'Schagen,' zei hij, en hij schreef het op een papiertje dat hij me toestak. Vervolgens draaide hij zich weer om naar zijn frituur en maakte zijn rug me duidelijk dat hij zich wel weer voldoende hulpvaardig had getoond jegens de bestolen medemens.

Opnieuw reed ik door het vlakke, verregende land; nu langs een kaarsrechte dijk die zich zo ver als ik kon zien naar het noorden uitstrekte. Waar waren die weelderige zandduinen die ik me herinnerde van de mij steeds mythischer voorkomende vakantie van toen? Waar was de blauwe lucht en die mooie zee? En was dit land toen eigenlijk ook al zo lelijk en ongastvrij geweest?

De politiepost lag aan de rand van het stadje. Het was een klein, felblauw betonnen gebouw dat alleen maar uit vierkanten leek te bestaan, kennelijk ontworpen om op te vallen in de verder weinig tot de verbeelding sprekende wijk eromheen. Ik parkeerde de auto en ging naar binnen. In de ruimte achter de balie stonden een paar bureaus. Even dacht ik dat er niemand was, maar toen zag ik ergens achterin een grote, zware man in uniform achter een computerscherm zitten. Hij keek verstoord op.

'Is er hier misschien iemand die me kan hélpen?' vroeg ik in het Duits, terwijl ik nadrukkelijk met mijn hand op de balie tikte.

Duidelijk tegen zijn zin hees de man zich uit zijn stoel en liep naar de balie. Ik zag dat hij een druipsnor had en sliertig blond haar dat in een staartje was samengebonden. Zijn uniform zag eruit alsof het minstens een maat te klein was en op zijn polsen zag ik uiteinden van tatoeages. Dit was nou typisch Hollands, dacht ik – zo zou een agent er bij ons in Duitsland nooit bij kunnen lopen.

Ongeduldig – ik moest die middag nog naar Berlijn, verdomme – legde ik uit dat mijn tas gestolen was in Callantsoog en dat ik daar aangifte van wilde doen. Ik noemde gewoon mijn naam: al zou hij me herkennen, als politieagent zou deze man toch zeker een soort beroepsgeheim hebben.

'Het spijt me,' zei hij, 'aangifte doen kan niet meer zonder eerst een afspraak te maken. *Das sollen Sie mit das Internet tun.*'

'Maar ik móét vanavond naar huis en mijn legitimatiekaart zat in die tas,' zei ik. 'Om de grens te kunnen passeren heb ik een print van de aangifte nodig. En u zult begrijpen dat ik natuurlijk geen printer bij me heb.'

'Uw hotel heeft er zeker een,' zei hij.

Nu was mijn geduld op.

'Luister,' zei ik, mijn autoritairste stem opzettend, de stem waar mijn fractiemedewerkers normaal gesproken voor sidderden. 'Ik ben een belangrijke politica en ik moet vandaag voor dringende zaken naar Berlijn. Ik heb zo'n document nodig en ik heb geen enkele boodschap aan incompetente politiemensen die te lui zijn om te helpen. Dus *bitte*, neemt u nu meteen mijn aangifte op!'

Vrijwel meteen besefte ik dat ik een vergissing had begaan. De agent monsterde me van top tot teen – pijnlijk voelde ik zijn spottende ogen glijden van mijn boze gezicht onder de acryl muts naar het goedkope regenjack en de merkloze sportschoenen.

'*Ach so...*' zei hij pesterig. 'Wel, als belangrijke Duitse politica kunt u vast en zeker bij uw ambassade of consulaat terecht. Ik wens u nog een goede dag.'

'Dat kan niet,' zei ik, en terwijl ik het zei hoorde ik hoe pathetisch en raar dat klonk. Opeens vocht ik tegen de tranen. '*Scheiß Holländische Polizei,*' kon ik nog net uitbrengen voor ik begon te huilen. En niet fotogeniek, zoals in een film, met glinsterende tranen op mijn wimpers en een hulpeloze blik, maar lelijk, met snot en lange, gierende uithalen.

Dit werd zelfs de agent te veel. 'Vooruit dan maar,' zei hij en hij klikte een scherm op de baliecomputer open. 'Dat laatste heb ik gelukkig niet gehoord. Naam?'

'Annika Schaefer,' zei ik snikkend.

Het was duidelijk dat mijn naam hem niets zei – hij leek me al geen type om zich uitgebreid in de buitenlandse politiek te verdiepen. Het afwerken van de vragenlijst verliep verder zonder problemen. Mijn beroep, mijn adres in Berlijn, mijn adres hier in Nederland, hoe de tas eruitzag...

Eén druk op de knop en ik hoorde het aangifteformulier uit de printer komen. Ik kreeg er nog een halfhartig 'goede reis' bij.

Even later stond ik, het formulier in mijn hand geklemd, weer buiten op het parkeerterrein. De lantaarns floepten aan. Het schaarse licht dat deze herfstdag tot dan toe had gehad, was zich alweer aan het terugtrekken en tot mijn schrik zag ik op mijn telefoon dat het al bijna vier uur was. Vanaf hier was het zeker anderhalf uur rijden naar Amsterdam en ik moest ook de huurauto nog inleveren. Het was uitgesloten dat ik vanavond de laatste trein naar Berlijn nog zou halen. En zolang ik geen idee had wanneer mijn bankrekening weer vrijgegeven zou worden, kon ik maar beter zuinig zijn met het cashgeld dat ik had.

Ik dacht aan het vreselijke huisje op het vakantiepark. Het

enige wat ik wilde was slapen. Nood breekt wet, hield ik mezelf voor. En bovendien: ik was niet van suiker. Eén nachtje moest ik het daar toch wel vol kunnen houden.

Mijn hoofd deed zeer van het huilen en mijn vingers trilden zo dat ik de autosleutel amper in het slot kreeg. Langzaam reed ik naar De Duindistel. Bij een supermarkt in een dorp onderweg kocht ik een blik kippensoep, brood, een fles wijn, lucifers en een tandenborstel. Toen ik aankwam was het vakantiepark op het licht van scheefgewaaide lantaarnpalen na zo goed als donker. Huisje 24 oogde nog desolater dan hoe ik het die ochtend had achtergelaten.

Binnen stonk het nog steeds. Ik klikte een paar lampen aan, draaide de dop van de wijnfles, schonk een limonadeglas vol en dronk dat in één teug leeg. De waakvlam van de gaskachel was uit en het kostte me een halfuur op mijn knieën op de koude laminaatvloer om het ding aan de praat te krijgen. Dat was, dacht ik grimmig, dan wel weer een voordeel van mijn achtergrond – ik wist hoe ik met dit soort ouderwetse dingen moest omgaan.

Terwijl de kachel flink begon te knallen – de metalen mantel van het toestel was duidelijk niet meer aan hitte gewend –, deed ik de soep in het minst smerige pannetje dat ik kon vinden en verwarmde hem op het met etensresten aangekoekte gasfornuis. Na een paar moeizame happen besloot ik dat ik eigenlijk helemaal geen honger meer had. Ik kieperde het restant in de wc en trok door.

In de grootste van de twee slaapkamers aan de achterkant vond ik een dekbed en wat lakens die weliswaar naar het huis stonken, maar waaraan ook nog vagelijk de geur van een goedkoop wasmiddel hing. Schone armoede, dacht ik, terwijl ik een bed improviseerde op de grijze leren hoekbank die het grootste deel van de woonkamer in beslag nam.

Ik zette mijn limonadeglas en de wijnfles op de salontafel en deed de lampen uit. Bij het licht van mijn telefoon schonk ik nog eens een glas wijn in en klikte mijn favoriete nieuwssites open. Het werd tijd om een idee te krijgen van wat mij de volgende dagen in Berlijn te wachten zou staan.

Erger kon deze dag toch niet meer worden.

Of wel?

Met open mond las ik site na site, artikel na artikel, update na update. Ik zag hoe er over mij geschreven werd, hoe er over mij werd gepraat, en vooral hoe er eigenlijk over mij werd gedacht. Collega's met wie ik jarenlang nauw had samengewerkt, die geregeld bij mij en Walter hadden gegeten, van wie ik had gedacht dat we op min of meer vriendschappelijke voet stonden, vertelden uitgebreid hoe ze altijd al hun twijfels bij mij hadden gehad. Annika Schaefer was, zeiden ze, boven alles een harde en rücksichtslose carrièrevrouw, die alleen maar uit was op macht en geen echte vrienden had. In de woorden van één van hen: 'Ze deed wel vriendelijk, maar je had nooit het gevoel dat het echt was.'

Ik las dat ik een vrouw was die zich niet liet kennen, iemand met een geheime agenda, iemand voor wie alle relaties functioneel waren. Dat ik bekendstond als daadkrachtig, intelligent en onder alle omstandigheden correct, maar ook als iemand die volstrekt gespeend was van warmte. Dat ik nooit echt lachte, dat ik geen humor had en maar met moeite empathie leek te kunnen opbrengen. Dat ik, kortom, een tekort vertoonde aan menselijke en vooral typisch vrouwelijke eigenschappen. 'Het was natuurlijk niet voor niets dat ze geen kinderen had,' zei een vrouwelijke collega.

Natuurlijk kwam ook mijn alliantie met de Von Schönenbergs

uitgebreid ter sprake, al durfde niemand – beducht als ze waren voor de macht van mijn voormalige schoonfamilie – dat te doen onder zijn of haar eigen naam.

'Onbegrijpelijk,' noemde een anoniem parlementslid onze relatie. 'Iedereen was stomverbaasd. Ze kenden elkaar pas enkele maanden en toen trok ze al bij hem in. Maar ja, Walter is natuurlijk een hele aardige, zachtmoedige jongen en absoluut geen partij voor zo'n ambitieuze dame als Annika. Het enige wat ze niet voor elkaar kreeg was een huwelijk. Persoonlijk denk ik dat zijn familie dat tegenhield: daar had men waarschijnlijk al meteen door wat voor type ze was.'

Een journaliste van *The Guardian* – het schandaal had inmiddels ook de internationale pers bereikt – had mijn voormalige flatgenote Monika in haar eengezinswoning in Dortmund-Nord weten op te duikelen. Getuige de lengte van het interview – een halve pagina, plus foto van haar, plus foto van ons beiden als twintigers – had Monika volop gebruikgemaakt van haar *fifteen minutes of fame*. Ze vertelde dat ik destijds al 'iets stiekems' over me had gehad en ik altijd uitermate zwijgzaam over mijn familie was geweest. Ze wist alleen dat mijn moeder vroeg overleden was en dat ik bij mijn grootouders was opgegroeid. 'Naar haar vader heb ik haar weleens gevraagd, maar dan werd ze heel ontwijkend, dan ging de deur dicht.'

En nee, voor zover Monika wist, had ik in die tijd nooit vriendjes. 'Annika werkte alleen maar, ze was geloof ik secretaresse of zoiets bij een advocatenkantoor in de binnenstad. Met mannen zag ik haar eigenlijk nooit – dat was meer mijn afdeling. Maar Annika was in die tijd natuurlijk ook niet bepaald aantrekkelijk – klein en onopvallend, geen man zag haar staan. Ik kan u niet vertellen hoe verbaasd ik was toen ik haar later op televisie en in bladen terugzag, opgedoft als een soort filmster, met zo'n knappe vent aan haar arm.'

Blijkbaar enigszins beledigd voegde Monika eraan toe dat toen ik het 'eenmaal had gemaakt', ze zelden of nooit meer wat van me had gehoord. 'Ze stuurde wel kerstkaarten, maar dat deed ze alleen maar om erin te wrijven hoe glamoureus en belangrijk ze wel niet was geworden.'

En kijk, daar hadden we, in *The Guardian* en daarnaast in ongeveer alle belangrijke nieuwsrubrieken van Duitsland, ook Peter de Farizeeër. Ik bewonderde hem bijna om de subtiele manier waarop hij met een paar welgekozen zinnetjes mijn politieke rol zo klein mogelijk maakte en tegelijkertijd impliceerde dat ik volstrekt vervangbaar was. 'Een groot persoonlijk drama voor Frau Schaefer,' noemde hij de onthullingen. Voor de Neue Liberalen was dit echter niet meer dan 'een vervelend incident' en hij verwachtte elk moment de naam van mijn vervanger bekend te kunnen maken.

Ik scrolde door en klikte een uitzending van de *Tagesschau* van die avond aan. Daar was Peter weer. Nee, verzekerde hij desgevraagd de ARD-verslaggeefster, persoonlijk contact had hij sinds ik die voorgaande ochtend zo onverwacht verdwenen was, niet meer met me gehad. Hij keek er bijna vies bij, alsof alleen de gedachte eraan al iets besmettelijks was. Maar hij had er het volste vertrouwen in dat deze pijnlijke zaak 'snel opgelost en afgehandeld' zou worden en geen enkele invloed zou hebben op de belangrijke beleidskwesties die deze week in het parlement aan de orde zouden komen.

'Met het verstrekken van valse gegevens over haar opleiding heeft Frau Schaefer weliswaar formeel niets strafbaars gedaan,' vervolgde hij, 'maar er is ons inmiddels ook andere, nog veel verontrustender informatie ter ore gekomen. Op grond daarvan verwachten we dat zij nog voor het eind van deze week zowel haar parlementszetel als het lidmaatschap van onze partij zal hebben opgegeven.'

'Andere, nog veel verontrustender informatie'? Waar had Peter het in godsnaam over? En waarom zou ik vrijwillig mijn positie opgeven?

Ik opende mijn mailbox en scrolde haastig door de honderden nog ongelezen boodschappen. Ik vond al snel een mail van de juridische afdeling van de partij, die middag verstuurd om 12.46 uur, dus meteen na de fractievergadering.

De boodschap was even kort als duidelijk. Tot grote ontzetting en teleurstelling van de partijleiding was gebleken dat ik onrechtmatig gebruik had gemaakt van de creditcard die mij ter beschikking was gesteld. Gaf ik voor middernacht niet zowel mijn Bondsdagzetel als mijn partijlidmaatschap vrijwillig op, dan restte de partijleiding helaas geen andere mogelijkheid dan morgenochtend aangifte te doen van diefstal en fraude bij de daartoe bevoegde opsporingsinstanties.

Het was 22.49 uur. Mijn hoofd tolde. De gaskachel suisde. De wind was gaan liggen, maar ergens ver weg, buiten in de donkere nacht, hoorde ik het onheilspellende geluid van sirenes over het kale land. Toen ik mezelf nog eens wilde inschenken, bleek de wijnfles al leeg.

Als in een roes zocht ik het antwoordicoontje. Ik tikte in: 'OK', met daaronder alleen 'A'. Vervolgens drukte ik op versturen.

'Zwoef!' deed de telefoon.

Bericht verzonden.

Carrière beëindigd.

Martin, 15 november

Hij wíst dat het mis zou gaan. Al vanaf het moment dat hij vanaf de provinciale weg vanuit Schagen de N9 was opgereden zwabberden de rode achterlichten voor hem, als een dronken man die probeert te doen alsof hij niet dronken is. Soms licht slingerend, dan weer onverklaarbaar langzaam, dan ongecontroleerd snel. Té snel om in te halen als je je buiten diensttijd op deze donkere, onoverzichtelijke tweebaansweg aan de geldende maximumsnelheid wilde houden – en dat wilde Martin Twisk, zo ongeveer voor het eerst van zijn leven.

'Eén overtreding en je ligt eruit,' had zijn chef (correctie: voormalig chef) gezegd. 'Sorry man, je weet hoe het gaat.' Jaap Bouwman had naar het plafond gewezen, richting de bovenste verdieping van het politiebureau aan de Edisonweg, waar hun bazen zaten. 'Ze willen je kwijt daarboven en ze zullen elke gelegenheid aangrijpen om je te lozen. Dat je hier nog rondloopt is een godswonder.'

Martin had gelaten geknikt. Hij wist heel goed dat God er minder mee te maken had dan zijn vriend Arend-Jan, die een bekend – sommigen zouden zeggen berucht – advocaat was, en de korpsleiding duidelijk had gemaakt dat een ontslagprocedure in het geval van een ervaren politieman als Martin Twisk lang en duur zou zijn. Om nog maar te zwijgen over de negatieve publiciteit die een veelgevraagd talkshowhost als AJ zou kunnen genereren.

En dus had Martin mogen blijven – zij het niet meer als rechercheur, maar in uniformdienst. Zelfs een vast team zat er voor hem niet meer in. Hij stond bekend als eigenzinnig en onorthodox en sowieso te oud om nog te veranderen: geen teamleider durfde het meer met hem aan. Daardoor rouleerde hij nu als een soort hete aardappel tussen de vele lokale politiebureautjes in de kop van Noord-Holland, die sinds de laatste bezuinigingsronde nog maar een deel van de tijd bemand hoefden te worden.

Op het hoofdbureau aan de Edisonweg, jarenlang zijn tweede thuis, kwam Martin nu alleen nog maar als er stomtoevallig in de hele regio niemand ziek, zwak, misselijk of met papadag was. Er was hem daar een kamertje op de derde verdieping toegewezen – zijn verdomhokje – waar hij geacht werd oude, allang afgehandelde proces-verbalen in het systeem in te voeren. Waarschijnlijk hoopte de leiding dat hij van pure ellende alsnog ontslag zou nemen.

Soms vroeg Martin zich af of dat inderdaad niet makkelijker was geweest. Of hij er niet verstandiger aan had gedaan de afkoopsom aan te nemen voor die mythische 'nieuwe start' die iedere loser tegenwoordig in het vooruitzicht werd gesteld. In zijn geval: een baantje bij een particuliere beveiligingsdienst, waar een stevig uiterlijk en een reputatie als vechtersbaas alleen maar als aanbevelingen golden. Bijkomend voordeel: hij had daar eindelijk eens een behoorlijk salaris kunnen gaan verdienen, precies wat Bianca (hij had altijd de neiging om te zeggen 'wijlen Bianca', al was ze er natuurlijk nog wel, zij het niet meer bij hem) had gewild.

In de eerste jaren van hun huwelijk had zijn lieftallige ex-echtgenote het feit dat alle vrijkomende leidinggevende functies aan Martins neus voorbijgingen nog toegeschreven aan vriendjespolitiek of domme pech. Pas toen ze merkte dat hij steevast verzuimde voor de cursussen die hij geacht werd te volgen om zijn gebrekkige vooropleiding te compenseren, begon ze te beseffen dat er voor haar echt nooit meer in zou zitten dan de eengezinswoning in Alkmaar-Noord waar ze tijdens hun verloving nog zo blij mee was geweest.

Achteraf, dacht hij, was zijn hele huwelijk gebaseerd geweest op een misverstand. En (Martin was een man die van zichzelf vond dat hij te allen tijde fair moest blijven) op seks natuurlijk. Want wat was het een prachtmeid geweest, zijn Bianca. Precies zoals hij zijn vrouwen het liefst zag, met alles erop en eraan – blonde krullen, borsten, billen, uitdagende ogen, een lachende mond. Dat ze uitgerekend hém, de rare, zwijgzame eenzaat uit Amsterdam, had verkozen boven al die vlotte kerels in Egmond aan Zee die destijds achter haar welgevormde kont aan zaten, had hem nog jaren vervuld van een soort oertrots.

Pas toen de seks wegebde, begon hij te begrijpen dat zijn echtgenote zijn ijzeren toewijding aan zijn werk had opgevat als ambitie en zich een toekomst als vrouw van (op zijn minst) een hoofdinspecteur had voorgesteld. Terwijl híj had gedacht dat ze hem had gekozen voor wat hij was en dat hij dat dus gewoon kon blijven.

'Jezus, natúúrlijk ben jij niet ambitieus,' had AJ lachend gezegd toen Martin in een aangeschoten bui eens zijn hart luchtte in hun vaste stek in de haven van IJmuiden. 'Jij bent bloedfanatiek – dat is iets totaal anders.'

Martin was enigszins beledigd geweest door de stelligheid van zijn vriend, maar hij wist dat het waar was. Als hij aan zichzelf dacht (iets wat hij, net als in de spiegel kijken, overigens zo veel mogelijk probeerde te vermijden), dan zag hij een bloedhond voor zich. En had iemand ooit een bloedhond aan een vergadertafel gezien? Hij wilde speuren, hij wilde de wereld in en de straat op, hij wilde onder de mensen zijn. Hij wilde bij een getuige kunnen aanbellen en zich geroutineerd met 'Twisk, recherche' kunnen voorstellen.

Want wat hij diep in zijn hart misschien nog wel het allerliefst wilde, was de bevestiging dat hij aan de goede kant stond. Dat hij geen klootzak was, zoals zijn vader, zijn tweelingbroer, zijn ooms en eigenlijk alle mannen waartussen hij was opgegroeid.

'Eigenlijk wel jammer,' vond Arend-Jan, die zelf uit een geprivilegieerd milieu uit Het Gooi kwam en grof geld verdiende met zijn advocatenpraktijk. 'Man, man, wat was jij een goede crimineel geweest als dat politiegedoe er niet tussen gekomen was.'

Maar dat politiegedoe was er dus wel tussen gekomen. Ook een godswonder trouwens, gezien de referentie die de directeur van zijn mavo aan de selectiecommissie had gegeven. Hij kon zich de conclusie nog altijd woord voor woord herinneren: 'Martin Twisk is zowel wat betreft achtergrond als karakter zo ongeveer de meest ongeschikte persoon voor een functie bij de politie.'

Dat Martin toch in het aspirantenklasje was terechtgekomen, dankte hij aan het schrijnende tekort aan politieagenten in die tijd en aan een linksig type in de commissie, die vond dat juist volksjongens als hij een kans moesten krijgen 'om de negatieve spiraal te doorbreken'.

Martin hád de spiraal doorbroken. 'Werk, wijfje, woning' zoals het adagium bij de reclassering luidde. Hij was getrouwd (zij het wat sneller dan hij had gedacht), had een gezinswoning gevonden in Alkmaar-Noord (omdat er onverwacht een kleine op komst was) en hij had zijn werk gedaan (omdat hij er zoveel van hield en er nog goed in bleek te zijn ook).

En toen, na eindeloos trekken en duwen en een héél klein akkefietje aan Martins kant (maar wie kan het een man nou kwalijk nemen als hij na al dat geklaag thuis eens een avondje plezier heeft met een pittige hoofdagente?), had zijn vrouw gedaan waar ze al jaren mee dreigde. Ze was vertrokken, met medeneming van haar geliefde woonprullaria (een opluchting) en hun veertienjarige zoon Siem (misdadig). 'Weet je wat het is, Mart,' had ze hem bij wijze van afscheid nog toegebeten. 'Dat je een onbetrouwbare hond bent is één ding, maar het punt is: met jou wordt het gewoon nooit wat.'

Bianca had niet eens het fatsoen gehad nog te doen alsof ze hun huwelijk een kans wilde geven en bijvoorbeeld een tijdje op zichzelf te gaan wonen. Ze was meteen ingetrokken in een vrijstaande nieuwbouwwoning in jarendertigstijl in Heerhugowaard, bij een man die ze had leren kennen via internet. Hij had een bloeiend bedrijf in tussenwanden.

Tússenwanden, dacht Martin bitter. Hoe verzin je het?

Hijzelf was achtergebleven in de rijtjeswoning in Alkmaar-Noord, samen met een oud leren bankstel en een brommende koelkast die hij voornamelijk gebruikte voor bier en restanten van afhaalmaaltijden. Als hij zijn best deed, kon hij op de muur boven de televisie nog net de omtrekken onderscheiden van de letters L O V E die Bianca daar ooit per se had opgehangen en die nu waarschijnlijk bij de tussenwandenman boven de bank hingen.

En aangezien Martin nog steeds te koppig was om zijn ex en zijn bazen hun gelijk te gunnen, reed hij nu na de zoveelste eindeloze klotedag op politiebureau Schagen in zijn oude Volkswagen Passat naar huis. In zijn huidige functie had hij niet eens meer de beschikking over een stoplicht op het dak van zijn auto om die maloot hier voor hem op de N9 ervan te weerhouden zich dood te rijden.

Ter hoogte van de afslag naar Burgerbrug werden de achterlichten in de donkere nacht opeens snel kleiner – kennelijk gaf de chauffeur flink gas, al was er in de weerberichten gewaarschuwd voor de eerste vorst van het seizoen en opvriezende weggedeeltes.

Toen zag Martin de lichten helemaal niet meer. Misschien, dacht hij, hóópte hij, had de bestuurder de afslag naar Petten of Tuitjenhorn genomen zonder richting aan te geven. Of misschien was de bocht naar de dijk langs het Noordhollandsch Kanaal scherper dan hij zich herinnerde en zag hij de voorligger daarom opeens niet meer.

Maar eigenlijk wist hij het al voor hij in het schijnsel van zijn koplampen de verse remsporen op het asfalt zag, net voor een flauwe bocht naar links. Ze liepen door in het doorweekte gras van de berm, en eindigden bij een boom waarvan de kale kruin in een vreemde hoek beschenen werd door een koplamp.

Automatisch deed Martin wat hem vanaf zijn begintijd als agent was ingeprent: vaart minderen, auto op de alarmlichten zetten op zo'n manier dat de plaats van het ongeval werd afgeschermd, en ondertussen met de mobilofoon om assistentie vragen.

'Brigadier Twisk hier, prio 1, eenzijdig ongeluk N9, vlak voor de afslag naar Petten. Letsel en aantal slachtoffers onbekend, maar een ambulance lijkt me niet overbodig.'

Maar toen hij, zaklamp in de hand, uit de Passat stapte, zag hij al dat hij dat laatste kon intrekken. Ambulances namen nooit een dode mee en voor de bestuurder van de donkerblauwe Volkswagen die om de boom gekreukeld lag kwam iedere hulp te laat. De jongen – een jaar of achttien, negentien, afgaand op de gave blote arm die naast de stoel bungelde en datgene wat er van zijn gezicht overgebleven was – hing als een kapotte lappenpop over het verbogen stuurwiel. Op en om hem heen lagen de splinters van de voorruit, als een sterrenregen die over hem was neergedaald.

De klap was zo hard geweest dat de auto zich half in de grond had geboord. Uit de motorkap kwam rook. Het was doodstil – het enige geluid dat in de stille nacht te horen was, kwam van de achterwielen, die, loshangend in de lucht, nog zachtjes ronddraaiden en van de muziek die uit de autoradio klonk. Martin herkende het nummer uit de tijd dat Siem nog bij hem woonde. Katy Perry, 'Dark Horse'.

Hij keek op zijn horloge zodat de schouwarts straks een zo precies mogelijk tijdstip van overlijden zou hebben. Het was 22.49 uur.

Toen zag hij het roze handtasje naast de bijrijdersstoel.

Hij vond het meisje even verderop naast de sloot, liggend op haar rug, haar donkerblonde haar om zich heen gespreid als een halo. De achterkant van haar hoofd was verbrijzeld, maar haar gezicht was nog bijna helemaal intact. Ze keek bijna vredig omhoog, naar de maan- en sterreloze hemel boven zich. Hij pakte haar smalle, bleke hand en voelde haar pols, net boven het turquoise leren bandje.

Niets.

Ze kon niet veel ouder dan zeventien jaar zijn. Het meisje droeg een kort rokje, dunne panty's, een glitterhesje onder haar spijkerjack en net iets te veel make-up op haar jonge gezicht. Geen outfit om in nat gras te liggen tijdens de eerste vriesnacht van november. Een outfit om in uit te gaan met de jongen waar je verliefd op bent en je onsterfelijk te wanen, zoals Bianca en hij dat ooit deden, nu een eeuwigheid geleden.

Nadat Martin de meldkamer had laten weten dat de ambulance vervangen diende te worden door twee lijkauto's, wachtte hij op de hulpdiensten. Terwijl hij met zijn voeten stampte om warm te blijven, dacht hij aan zijn zoon, wiens zestiende verjaardag hij in oktober in zijn eentje met een pilsje op de leren bank had gevierd. Het sms'je dat hij hem die ochtend had gestuurd was onbeantwoord gebleven, net als de talloze berichten daarvoor.

'Jij wílde hem niet eens,' had Bianca hem in haar nieuwe hal in Heerhugowaard toegeblazen toen hij de laatste keer had geprobeerd zijn zoon op te halen en Siem voor de zoveelste keer weigerde zijn kamer uit te komen. En natuurlijk had ze gelijk, maar hoe had hij tijdens die zwangerschap, die hem toen zo rauw op het dak gevallen was, kunnen weten hoe hulpeloos veel hij van zijn zoon zou gaan houden?

Zestien. Bijna oud genoeg om zijn rijbewijs te gaan halen. Hoe zou hij er nu uitzien?

Op dat moment hoorde hij de sirenes in de verte.

Anna, 15 november

Anna was bang.

Dat was iets wat ze nog nooit geweest was – althans niet hier, en niet op deze manier. In de oorverdovende stilte die de laatste klanken van het Brandenburg Concerto no. 6 in haar schemerige woonkamer hadden achtergelaten, zat ze verstijfd op de bank. Verbeeldde ze het zich nu maar of hoorde ze het echt: gedempte mannenstemmen in de donkere duinen vlak naast haar huis, auto's die wegreden over de boulevard? Door de spleet in de gordijnen dacht ze het geflits van zaklampen te zien.

Anna's ogen gingen naar het gouden reisklokje op de theetafel dat ooit een verlovingscadeau van haar vader aan haar moeder was geweest. Elf minuten voor elf. Dat was toch geen uur waarop ordentelijke mensen op zo'n gure najaarsavond hier nog iets te zoeken hadden?

Normaal gesproken zat ze hier rond dit tijdstip niet meer, maar lag ze allang veilig in bed, boven in de onverwarmde slaapkamer onder het schuine dak, een kruik onder de dekens om haar voeten aan te warmen.

Maar dit was een bijzondere dag geweest.

Aan het eind van haar middagwandeling had ze iets moois gevonden. Zomaar, tussen wat rommel onder een vuilnisbak bij de laatste strandafgang van de boulevard, vlak bij haar huis. De tas had eruitgezien alsof hij in woede was weggesmeten –

openhangend, de inhoud er half uit geschoven. Maar ze had meteen gezien dat hij iets bijzonders had. Ze had zich gebukt, de spulletjes er weer ingeduwd en met haar oude, door de kou verstijfde vingers aan het zachte blauwe lamsleer gevoeld. Ze had er zelfs even aan geroken. De tas rook nieuw en duur.

Oog voor kwaliteit – ja, dat was een van de vele erfenissen die haar ouders haar hadden nagelaten. Nog hoorde ze papa zeggen – meestal als haar moeder en Essi weer eens beladen met nieuwe aankopen uit de stad thuiskwamen – dat goedkoop uiteindelijk altijd duurkoop was omdat kwaliteitsspullen nu eenmaal veel langer meegaan. En wat had hij gelijk gekregen. Gebruikte ze nu, meer dan zeventig jaar later, eigenlijk niet nog altijd de spullen die haar ouders ooit hadden aangeschaft?

Kleren, schoenen, lakens, de grammofoon... niets had haar ooit in de steek gelaten. Op haar oude tas – een erfstuk van haar moeder – na dan. Een maand of wat geleden was het hengsel gebroken, en hoe ze ook had zitten peuteren met touwtjes en plakband, ze had de twee uiteinden niet meer goed aan elkaar kunnen krijgen.

Vanaf dat moment behielp ze zich met een plastic tasje dat nog ergens had rondgeslingerd. Een nieuwe tas was niet aan de orde. Hier in het dorp aan zee waren überhaupt geen winkels meer – allemaal weggeconcurreerd door de grote supermarkten in de dorpen achter de duinen – en daarbuiten was ze al zeker in geen twintig jaar meer geweest. Haar dagelijkse boodschappen liet ze, net als in de tijd van haar ouders, iedere week brengen door de kruidenier. En sinds zijn dood kwam zijn zoon nu wekelijks langs.

Een onsympatieke kerel, vond Anna. Hij stond altijd over haar schouder de gang in te loeren en hij was zelfs een keer zo brutaal geweest om te vragen hoelang ze nog van plan was hier te blijven wonen – hij was, zei hij, eventueel wel geïnteresseerd om haar huisje te kopen. Wat dacht die vent wel. Hij was dus de laatste die ze zou vragen om zoiets persoonlijks als een nieuwe tas voor haar te kopen.

En dat hoefde ook niet meer, want ze had dus zomaar een nieuwe gevonden. Waarom de vrolijk lachende blonde vrouw van de foto's in de portefeuille zoiets prachtigs weg zou willen gooien, was haar een raadsel. Maar wat deed het er toe – Anna zou er goed voor zorgen.

Vanavond had ze, zoals elke avond, muziek opgezet en de vondst uitvoerig geïnspecteerd. Ze had de geur van dure parfum opgesnoven, de zachtroze, zijden voering gestreeld. Ze dacht aan haar moeder, die haar, beeldschoon in een avondjurk en met glinsterende diamanten om haar hals, nog even welterusten kwam kussen voor ze zich beneden met haar gasten ging bezighouden. Dat moest nog in hun buitenhuis in Potsdam geweest zijn. Ze zag de enorme eetkamer voor zich, de kristallen glazen flonkerend in het licht van de honderden kaarsen in de kroonluchters. Buiten op het grind hoorde ze de auto's die af en aan reden om de in bontjas gehulde gasten te brengen. Haar vader toonde hun zijn verzameling oriëntaalse kunst. Haar moeder lachte.

Het was vreemd, maar hoe ouder ze werd, hoe levendiger de herinneringen aan haar jeugd werden. Al wist ze soms niet meer of ze het zelf gezien had of dat de oude foto's in haar geest tot leven waren gekomen. Ze was nog zo jong geweest toen ze naar Holland verhuisden, nog niet eens vier, dus het was onmogelijk dat ze zich herinnerde hoe haar ouders onder hun vele gasten onder anderen de koning van Zweden, buitenlandse premiers en het halve kabinet van de Weimarrepubliek telden. Met zijn vele internationale contacten en het gewicht van de familiebank achter zich, was papa een graag geziene persoonlijkheid geweest in diplomatieke kringen.

Maar er zijn ook herinneringen waarvan ze zeker wist dat ze van haarzelf waren, ook al zijn er foto's van. Zoals de herinnering aan pony Bobby, waarop wama haar leerde rijden. Anna hoefde haar ogen maar dicht te doen of ze voelde zijn ruige vacht onder haar handen – dat kon ze niet van een foto hebben.

Net op dit punt liep de muziek af, ging de grammofoonarm piepend terug naar zijn ruststand en viel de stilte. En werd Anna plots uit haar gedroom over Bobby gewekt door de geluiden buiten.

Ze spitste haar oren. Het had de hele dag gewaaid, maar de wind was inmiddels gaan liggen. Het was nu weer stil buiten.

Zou ze het zich verbeeld hebben? Zou ze nu zo oud zijn dat haar geest het verschil tussen realiteit en waan niet meer kon onderscheiden? Zouden de gedempte mannenstemmen en de geluiden van auto's in de donkere nacht óók alleen maar herinneringen kunnen zijn geweest – maar dan haar allerzwartste, de opmaat tot al die vreselijke dingen waaraan ze zozeer probeerde níét meer terug te denken?

Anna reikte naar de grammofoon en zette de naald weer aan het begin van de langspeelplaat. Ze sloot haar ogen, terwijl de muziek de kamer vulde en ze Johann Sebastian Bach alle boze geesten, echt of niet echt, weg liet jagen.

Annika, 16 november

Ik schrok wakker van zware mannenstemmen en het geluid van dichtslaande autoportieren. Het was aardedonker en enkele seconden lang – enkele heerlijke, gelukkige en zorgeloze seconden – wist ik niet waar ik was. Toen vielen de gebeurtenissen van de afgelopen dagen, de een na de ander, als zware stenen op hun plek.

Het persbericht, de dichte deur aan de Bleibtreustrasse, mijn vlucht, het hotel, de krant in Callantsoog, het verlies van mijn tas. De Duindistel. Huisje 24. De verhalen in de media, mijn ontslag.

Ik hoorde een oude dieselmotor kuchen en aanslaan. Enkele seconden later zwenkten autolichten door de kamer – over het keukenblok, over de tafel, over de lege wijnfles, over de bank, over mij. Ik hield mijn adem in, dacht even dat ze me konden zien, ineengedoken onder de lakens. Maar het licht gleed de kamer uit, het geluid van de motor stierf weg en ik was weer alleen. Alleen in het donker, alleen met de nachtmerrie die mijn leven geworden was en het verraad van de mensen die ik had vertrouwd.

Walter, die me na zes jaar zonder ook maar een woord van troost of spijt had opgegeven. Natuurlijk had ik altijd geweten dat hij, als het erop aankwam, naar de pijpen van zijn familie danste, maar toch, enige solidariteit, al was het maar voor de vorm, had ik toch wel mogen verwachten? Van de Von Schönenbergs had ik altijd wel geweten dat ze me nooit als een van hen hadden beschouwd, hoezeer ik me ook had uitgesloofd. Zij hulden zich in hun adellijk, hooghartig stilzwijgen en lieten het vuile werk over aan die pedante zak van een Morten Reichmann met zijn hoornen brilmontuur en die zelfvoldane grijns. En ja, ook met zijn bedrevenheid om dingen te regelen, om in te spelen op de verblindende werking van de familie die hij vertegenwoordigde en om sukkels zoals ik al bij voorbaat onschadelijk te maken.

En dan Peter, de vuile hypocriet. Al die jaren had ik mét en, besefte ik nu, eigenlijk vooral vóór hem gewerkt. Samen hadden we onze partij groot gemaakt, samen hadden we een ijzeren duo gevormd, dat liefdes- en familiebanden oversteeg. Nu verloochende hij me met een gemak alsof hij erop geoefend had. Nee, aapte ik hem in gedachten na, met die zogenaamd integere blik waarmee hij zijn kiezers zo vertrouwenwekkend kon aankijken, nee, 'persoonlijk contact' had hij na twaalf uur de vorige ochtend niet meer met me gehad.

Ze moesten eens weten. Ze moesten eens weten hoe intens persoonlijk, om niet te zeggen intiem, dat contact tussen twaalf en twee uur de vorige dag nog was geweest. Die seks tussen Peter en mij betekende overigens niets, althans niet wat er normaal gesproken aan wordt toegedicht. Het was meer een soort oude gewoonte, daterend uit de dagen dat ons partijkantoor nog bestond uit de eettafel in Peters eenkamerappartement in Dortmund-centrum. Na een lange avond werken was het dan wel zo makkelijk als ik daar bleef slapen en dan voelde het min of meer als vanzelfsprekend om de stress en spanning vervolgens samen weg te vrijen.

Dat laatste waren we blijven we doen – ook toen de koele,

onberispelijke Veronica in zijn leven was verschenen; ook toen we als gevestigde en steeds belangrijkere partij eerst naar Bonn en vervolgens naar Berlijn verhuisd waren. Als het om seks ging was Peter nu eenmaal onverzadigbaar – hij deed me altijd een beetje denken aan zo'n Duracell-konijn – en het was een publiek geheim dat geen stagiaire op ons partijkantoor veilig voor hem was.

Het rare was dat ik Peter eigenlijk niet eens echt aantrekkelijk vond. Met zijn brede kaken, vrolijke ogen en jongensachtige krullen deed hij het prima op verkiezingsposters, maar er was iets in de verhouding tussen zijn lichaam en zijn net iets te grote hoofd wat ik beslist onsexy vond. Toch bleven we elkaar opzoeken, waarschijnlijk geiler op succes dan op elkaar – na een spannend debat in de toiletten van de Rijksdag, in hotelkamers en soms, gewoon voor de kick, tijdens een etentje met onze wederhelften in onze slaapkamers.

Onze band voelde als een geheim genootschap, als een geruststelling bijna – wíj weten iets van elkaar wat verder niemand weet, dat maakt ons uniek samen en dat bindt ons voor eeuwig.

Nee dus. Een rotte oester had Peter niet resoluter kunnen uitspugen dan hij nu met mij deed. En hoewel ik beter dan wie ook wist hoe volstrekt rücksichtslos hij mensen loosde die hij niet meer kon gebruiken, had ik me nu toch, idioot als ik was, door hem laten overdonderen met zijn chantage met die creditcard. De laatste troef die ik nog in handen had gehad, had ik gisteravond met een druk op de 'send'-knop weggegeven. Want wie zou er nu, nu ik geen parlementslid en zelfs geen partijlid meer was, überhaupt nog willen luisteren naar die liegende, gefrustreerde Annika Schaefer?

Ik stapte uit mijn geïmproviseerde bed en trok mijn jeans en mijn trui aan. De ijskoude laminaatvloer voelde ik niet eens, zo kwaad was ik. Dan maar geen Berlijn, dacht ik. Dan maar geen deal met die schijnheilige klotepartij. Dan maar geen regeling met de arrogante rotzakken van de Von Schönenbergs. Allemaal hadden ze me gebruikt, allemaal hadden ze me verraden.

Maar vanaf nu was dat afgelopen. Want Annika Schaefer ging niet met hangende pootjes terug naar Berlijn, zoals ze allemaal zo graag wilden. Nee, Annika Schaefer bleef zitten waar ze was en dat was hier. Dat was het enige waar ik hen nog mee terug kon pakken. Níet terugkomen. Géén deal maken. Als een onontplofte bom uit de Tweede Wereldoorlog zou ik onder de grond blijven zitten, samen met al die kleine, vuile geheimpjes die noch mijn voormalige schoonfamilie, noch de Neue Liberalen graag aan de oppervlakte zouden zien komen.

Zoals de voormalige secretaresse die papa Von Schönenberg al ruim twintig jaar onderhield in haar minnaressenflat in Charlottenburg, of het feit dat zijn vrouw, Erica 'Mrs. Perfect' von Schönenberg met haar bevroren glimlach en geniepige ogen, steevast alles wat ze tijdens een dinertje in haar mond stak, er 's avonds in haar privébadkamer weer uitkotste. En maar schijnheilig doen als er tijdens interviews gevraagd werd naar het geheim achter haar maatje 36: 'O, goede genen denk ik, en natuurlijk gezond leven en sporten. Maar ik eet echt álles.'

Over wat zich afspeelde achter de schermen bij de Neue Liberalen had ik ook nog wel een en ander te vertellen – en dan had ik het nog niet eens over Peters seksuele vraatzucht. Hoe trouw zouden zijn kiezers hem blijven als ze wisten met welke vuile praktijken hun smetteloze held zich een weg naar de top had gebaand? *House of Cards* was er niets bij.

Ja, Annika wist veel. En wat zou het voor bepaalde mensen een ongemakkelijke gedachte zijn dat ze nog ergens rondliep en elk moment de verstopte bommen tot ontploffing zou kunnen brengen.

Verbeten stopte ik een halve boterham in mijn mond, dronk een glas water om hem weg te spoelen en stortte me op de keuken. Onder de spoelbak vond ik met spinnenwebben bedekte emmers en een assortiment aan schoonmaakmiddelen waarvan sommige, getuige de prijsstickertjes, nog van vóór de eurotijd waren. Maar ik wist van boenen – ik was die glanzende carrière van mij niet voor niets begonnen als schoonmaakster.

Woedend sopte ik de kastjes, de enige keukenla die het aanrecht rijk was en de vettige planken boven het fornuis. Woedend viel ik het aangekoekte fornuis aan met een oud schuursponsje en waste ik elk gedeukt pannetje, elk geschilferd bord, elk onderdeel van het allegaartje aan vorken en lepels dat in huisje 24 voor bestek moest doorgaan. Woedend schrobde ik de badcel en gooide ik een nog bijna volle fles chloor in de aangekoekte wc-pot.

De spinnenwebben die aan het plafond plakten ging ik, staande op de tafel, te lijf met een door muizen aangevreten zeem. Een oude theedoek gebruikte ik om de smerige koelkast schoon te maken, met mijn handen in oude plastic supermarkttasjes om de vergane stukken vlees eruit te halen. Bij gebrek aan een bezem deed ik de vloer met een versleten veger en blik, en dweilde vervolgens op mijn knieën met dezelfde theedoek na.

En toen mijn handen rood en ruw waren, er vele emmers vuilgrijs sop in de wc waren verdwenen en ik om me heen helemaal niets meer zag dat ik nog kon schoonmaken, pakte ik, als een soort kroon op mijn werk, de roestige schaar uit de keukenlade. Ik liep naar de badkamer en knipte in één beweging mijn haar, mijn mooie, glamoureuze, zo zorgvuldig door mijn dure Berlijnse kapper bijgehouden en gehighlighte haar af.

Zo, dacht ik, nu kan ik tenminste boodschappen doen zonder bang te hoeven zijn om door een verdwaalde Duitse toerist herkend te worden.

Zelfs het weer leek op te knappen van mijn hervonden strijdlust. Het was gestopt met regenen en in de auto op weg naar de supermarkt in het dichtstbijzijnde dorp zag ik boven de doorweekte weilanden en de kale bomen zelfs een glimp van een zwakke, bijna witte novemberzon. Ik kocht eieren, brood en kaas, blikken witte bonen in tomatensaus, een kartonnen doos met rode wijn, een rol vuilniszakken en huishoudhandschoenen.

Terug in huisje 24 gunde ik mezelf nauwelijks de tijd om te lunchen. Dóór wilde ik, vooral niet gaan nadenken. Ik sleepte mijn emmers naar buiten, het sop dampend in de koude lucht, om de ramen aan de buitenkant te wassen. Achter in de tuin zag ik een half in elkaar gezakt schuurtje, met een deur die nog maar aan één scharnier hing. Misschien zou ik daar een bezem of een ragebol vinden?

Ik werd opgeschrikt door een angstaanjagend luid geblaf. Het duurde even voor het tot me doordrong dat het monster dat me als een dolle blafte niet in het schuurtje zat, maar in de buurtuin, nog maar net tegengehouden door de bruin geworden coniferen langs het hekje. Tussen de takken zag ik de bloeddoorlopen ogen, een beschuimde bek met daarin gele tanden en het grote lijf dat het beest keer op keer tegen het vervaarlijk meebuigende hekwerk gooide, in een poging erdoorheen te komen en mij aan flarden te scheuren.

Binnen enkele seconden was ik weer binnen. Ik was al geen hondenliefhebber en dit was zonder twijfel het engste en afzichtelijkste exemplaar dat ik ooit was tegengekomen. Voor vandaag had ik, besloot ik, wel weer genoeg gedaan, dus installeerde ik me maar weer met een glas wijn op de bank om via mijn telefoon de laatste ontwikkelingen inzake mijn vrije val te volgen.

Ik was, zo zag ik meteen, nog steeds *Breaking News*. De koppen kwamen allemaal op hetzelfde neer: 'Annika Schaefer geeft parlementszetel en partijlidmaatschap op'. Ik vond zeker tien filmpjes van Peter die, staande op de treden voor het Rijksdaggebouw, verslaggevers te woord stond. Hij vertelde iedereen bijna woordelijk hetzelfde. Natuurlijk speet het de partijleiding zeer om met Frau Schaefer zo'n waardevolle kracht te verliezen, maar vanzelfsprekend hadden ze 'het allergrootst mogelijke begrip en respect' voor mijn beslissing.

'Het belangrijkste voor ons is nu,' zei hij vroom, 'dat wij haar alle ruimte en mogelijkheden geven om zich op haar toekomst te beraden.'

Ik spuugde bijna naar het scherm.

Zo verdiept zat ik te lezen, dat ik het busje pas hoorde toen de motor werd afgezet. Portieren werden dichtgeslagen, de hond blafte. Mannen schreeuwden tegen hem in een taal die ik niet verstond – iets Oost-Europees. Met hond en al verdwenen mijn nieuwe buren in hun huis.

Het was inmiddels halfvijf, de schemering viel alweer in. En ik bleef, de vijfliterdoos goedkope wijn binnen handbereik, ronddwalen op internet, surfend langs de eindeloze hoeveelheid artikelen en commentaren over mij.

Binnenlandse media, buitenlandse media, nieuwssites, actualiteitenprogramma's, bloggers en vloggers, twitteraars en facebookers... De hele wereld had iets over mij te vertellen. Fotoredacteuren hadden ijverig gezocht naar foto's waarop ik er zo onbetrouwbaar mogelijk uitzag, redacteuren hadden lijstjes gemaakt van eerdere politieke 'misstappen' en andere politici die als gevolg van een schandaal waren afgetreden, bloggers en twitteraars struikelden over elkaar heen in een poging mij zo hard mogelijk af te serveren. Gold ik eerder als kroonprinses van parlementair Duitsland, nu was ik, zoals iemand verontwaardigd schreef, 'het symbool van het failliet van de moderne politiek'.

Iedereen leek iets over me te zeggen te hebben. Iedereen had een mening. Maar niemand vroeg zich af hoe het allemaal zo gekomen was. En niemand, maar dan ook werkelijk niemand, vroeg zich af hoe het nu met mij ging.

Josef, 1938

J.I. Weissmann
Weesperzijde 88
Amsterdam
tel. 50867

Amsterdam, 23 november 1938

Lieber Fritz!

Mijn lieve jongen, wat was ik blij met je telegram uit New York! Sinds de afschuwelijke nieuwsberichten uit Duitsland over verwoeste winkels en verbrande synagogen die hier vorige week begonnen binnen te druppelen hebben we ons zo'n zorgen over je gemaakt. Je hospita, die ik zeker tien keer heb gebeld, wilde niets anders zeggen dan dat je weg was en dat ze niet wist waar je was. De laatste keer dat ik belde zei ze iets over *'verdammter Jude'* en gooide ze de hoorn erop.

Nog steeds begrijp ik niet wat er in onze landgenoten gevaren is. Ik ben toch ook gewoon een Duitser, net als jij – papa heeft ons speciaal daarom nog laten dopen.

Wat betreft je oproep om ook naar Amerika over te komen: ik hoop dat je begrijpt dat dat niet mogelijk is. We zijn hier nu net allemaal een beetje gewend – zelfs Anna, die gelukkig is met haar nieuwe piano en zich ook op school wat beter lijkt te redden. Vriendinnetjes heeft ze niet echt, maar ik geloof niet dat ze daar onder lijdt: ze is gewoon heel tevreden met ons hier.

Ik denk trouwens ook niet dat het noodzakelijk is om Europa te ontvluchten. Het lijkt me dat Hitler zijn veroveringsdrang met de annexatie van Oostenrijk voorlopig wel weer voldoende bevredigd heeft. De Britse premier heeft dat in september nog bevestigd. En *als* dat niet zo is en hij inderdaad vastbesloten is door te gaan met zijn heilloze missie om Versailles te wreken, dan zal hij zijn agressie richten op Polen en op zijn aartsvijanden Frankrijk en Engeland. Net als tijdens de Grote Oorlog zal Nederland neutraal blijven en daar net als toen economisch weer wel bij varen.

Daarover gesproken: onze bank heeft juist nu iemand nodig om de Europese belangen te behartigen en is er gewoon niemand anders dan ik. Wel hou ik er serieus rekening mee dat vakanties in het buitenland voorlopig niet mogelijk zullen zijn en daarom heb ik hier onlangs een vakantiehuisje aan de kust gekocht. Ik kreeg de tip van iemand op De Industrieele Club, waar ik inmiddels als lid ben geaccepteerd (zie hoe anders dat hier is dan in Berlijn: iedereen kent mijn afkomst, maar ik geloof niet dat er iemand om maalt!). Hij vertelde me dat er een aantal jaren geleden bij Bergen door de toenmalige burgemeestersvrouw een soort vakantiedorp is gebouwd, heel mooi en stijlvol allemaal, en dat die huisjes vanwege de crisis nu voor bijna niets weggaan.

Ik had Anna meegenomen toen ik er voor het eerst ging kijken. We gingen met de trein naar Alkmaar en toen met een trammetje dat 'Bello' heette door de duinen naar Bergen aan Zee. Het was inderdaad een schattig dorpje, met een paar prima hotels, een postkantoor, een kerk, een tennisbaan en enkele tientallen rietgedekte villaatjes. Dat van ons ligt helemaal aan het einde van de boulevard en is praktisch nieuw. Ik heb Anna niet meer zo verrukt gezien sinds we uit Berlijn vertrokken. Ze mocht van mij een naam verzinnen en ze heeft voor Het Zeepaardje gekozen.

Het is allemaal heel klein, natuurlijk – misschien maar half zo groot als de opzichterswoning van ons oude familiegoed in Brandenburg, maar ik geloof toch dat we het er de komende zomers heerlijk gaan hebben. Aan de achterkant kunnen we zo door de duinen naar het strand lopen! Wij hebben er alvast reuze zin in en ik weet zeker dat jij het er ook geweldig zult vinden – ook al heb je na je lange bootreis nu misschien genoeg van de zee.

Ik moet nu dringend naar kantoor, maar laat snel weer van me horen. Schrijf je ons over je belevenissen in het grote land aan de overkant? We zijn zo benieuwd en vooral Essi kan niet wachten je op te zoeken. Ze dweept nu al met alles wat Amerikaans is, van filmsterren tot auto's.

Goodbye for now, lieve jongen, en *good luck!* van ons allemaal!

Dein liebhabender Bruder,
Josef.

Anna, eind november

Anna was bang, maar ook slim.

Sinds de eerste keer dat ze de geluiden hoorde, had ze elke avond op haar gebruikelijke tijd de lichten uitgedaan en was ze naar boven gegaan. Maar in plaats van te gaan slapen, deed ze een warme sjaal om en bleef ze wakker om van achter het raam de duisternis in te turen. Ze mocht dan oud zijn, gek was ze nog lang niet, want ze wist het nu zeker: elke avond omstreeks halfelf kwamen er auto's voorrijden en liepen er donkere gestaltes om haar huis. Ze kon de geur van hun sigaretten in haar kamer ruiken.

Ze verwachtte elk moment gebons op haar deur, net zoals ooit aan de Weesperzijde, maar dat gebeurde niet. In plaats daarvan verdwenen de schaduwen, reden de auto's weer weg, meestal na een halfuur of zo. En als ze de volgende ochtend in de tuin ging kijken, was er geen spoor meer van ze te bekennen.

Dit waren geen herinneringen, dit was echt. Eigenlijk zou ze Frits moeten bellen. Maar al zou ze haar neef kunnen overtuigen dat er 's nachts schimmen door de tuin liepen, wat kon hij daaraan doen vanuit het verre New York? Bovendien, die jongen – hij was inmiddels begin zestig en had zelfs al kleinkinderen, maar voor haar zou hij altijd een jongen blijven – maakte zich al zo'n zorgen om haar. Hoe vaak had hij niet al voorgesteld dat ze bij hen kwam wonen?

Hij was in staat het eerste vliegtuig naar Nederland te nemen om haar te helpen. En dat was simpelweg *nicht im Frage* – niet in deze voor de bank altijd zo drukke decembermaand, met Kerstmis en de jaarlijkse familieskivakantie in Aspen in aantocht. Nee, Frits moest gewoon maar, zoals gebruikelijk, in februari komen – desnoods kon ze het dan met hem bespreken.

Maar wat moest ze in de tussentijd doen? Andere mensen zouden, wist ze, de politie bellen, maar dat was dus het laatste wat Anna zou doen. Het feit dat dit dorp geen politiebureau had, was juist een van de redenen dat ze hier destijds had willen blijven. Dat had ze ook zo fijn gevonden aan Vincent, dat hij dat zonder woorden had begrepen. 'Wij houden niet zo van uniformen, hè juffie?' had hij met een knipoog gezegd.

En dat terwijl ze het nooit rechtstreeks met hem had gehad over wat er gebeurd was, waarom ze hier zo heel alleen woonde. Ja, één keer, in de tijd dat ze hem nog pianoles gaf, toen haar mouw naar beneden was gegleden terwijl ze de bladmuziek op de piano omsloeg. Hij had naar het nummer op haar arm gekeken en alleen maar gezegd: 'Daar hebben we het bij geschiedenis over gehad.' Vervolgens was hij gewoon weer verdergegaan met het mishandelen van de prelude die ze hem probeerde bij te brengen – ongeïnteresseerd, ongeconcentreerd en onverschillig, zoals hij alles deed wat van hem verwacht werd.

Toch had ze nooit boos op de jongen kunnen worden. Hij had zo'n ontwapenende grijns onder die donkere krullenbol en ze voelde zo'n eenzaamheid achter al die rijkeluisjongetjesbranie. Hij had haar weleens verteld dat zijn ouders waren gescheiden toen hij vijf was en hem eigenlijk allebei niet in hun nieuwe leven wilden. Ze had bedacht hoe rijk zijzelf dan eigenlijk was: wat haar ook allemaal afgepakt was, ze had in elk geval nog haar herinneringen aan haar ouders en de warmte van het gezin waarin ze was opgegroeid.

Ondanks al het geld dat zijn vader aan bijlessen had besteed, had Vincent het niet de moeite gevonden zijn middelbare school af te maken. Hij werkte, meende Anna, nu ergens in het dorp. Een jaar of wat geleden was ze hem een keer toevallig tegen het lijf gelopen bij de strandafgang. Hij had haar meteen herkend en uit zichzelf aangeboden om een loszittende dakgoot te repareren. Later was hij zelfs nog eens teruggekomen om een loszittend snoer – 'Levensgevaarlijk,' had hij gezegd – van de bureaulamp in het kantoortje te repareren. Bij die gelegenheid had hij ook de opmerking over uniformen gemaakt en zijn telefoonnummer in grote viltstiftletters op een stuk karton geschreven en boven de oude bakelieten telefoon gehangen.

'Als er wat is, juffie, altijd bellen hoor!' had hij gezegd toen hij wegging.

Zó attent.

Ja, dat zou ze doen. Ze ging Vincent bellen.

Annika, eind november

Op een ochtend zag ik mijn moeder in de spiegel. Welke dag van de week het was en hoelang ik al in het huisje op De Duindistel bivakkeerde wist ik niet. Voor mijn gevoel was ik er al een eeuwigheid.

Het was vreemd om Katja weer te zien. Maar ze was het, onmiskenbaar. Datzelfde bleke en al wat verlepte gezicht, dezelfde zwarte kringen onder haar ooit zo stralend blauwe ogen, dezelfde gedesillusioneerde trek om haar dunne lippen. Precies het gezicht dat ik me herinnerde van de laatste keer dat ik haar had gezien. Dat was kort na mijn zevende verjaardag geweest, dus ze kon toen niet veel ouder dan dertig zijn geweest. Het feit dat ik er ruim na mijn veertigste precies zo uitzag als zij toen, zei iets ten voordele van dure gezichtscrèmes en botox. Of over de verwoestende uitwerking van het leven, als dat je maar hard genoeg te grazen neemt.

De strijdlust waarmee ik me door die eerste dag in huisje 24 had heen geslagen was allang verdwenen. Weggesijpeld in een grijze troosteloosheid waarin ik steeds dieper wegzonk. Zelfs de eenvoudigste dagelijkse dingen – tandenpoetsen, boodschappen doen, eten – kreeg ik nauwelijks meer voor elkaar. Alles was een opgave. Alles was zinloos. Ik hoefde niets en ik kon niets. Niemand bekommerde zich om mij.

Tussen de honderden mails die de eerste week na mijn

verdwijning in mijn inbox waren beland – hoofdzakelijk van journalisten die nog steeds hoopten op een exclusief interview –, had ik welgeteld één vriendelijk bericht gevonden. Het kwam van Ingrid, mijn voormalige schoonzus.

'Lieve Annika,' had ze geschreven. 'Pappi en Reichmann zouden me vermoorden als ze wisten dat ik je deze mail stuurde. En hoewel ik tot mijn grote spijt verder niets voor je kan doen – ik hoop zo dat je dat begrijpt, jeként onze familie – wil ik toch dat je weet dat ik aan je denk. Ik hoop dat je een veilige plek hebt gevonden, dat het je goed gaat en dat we elkaar ooit weer zien. Laat ze je er niet onder krijgen! *Liebe, liebe Grüße*, Ingrid.'

Terugschrijven deed ik niet – voor Ingrids bestwil. In zo'n clan als die van de Von Schönenbergs kon je er nu eenmaal nooit op vertrouwen dat een privémail inderdaad privé was en bleef. Het zou me niets verbazen als Reichmann op de achtergrond stilletjes meelas bij degenen die hij, zoals Ingrid, als te eigenzinnig of subversief beschouwde.

Dat was misschien het moment geweest dat ik mijn verstand had moeten gebruiken en mijn verlies had moeten nemen. Ik had een advocaat moeten bellen en hem laten onderhandelen met Reichmann en de partijadvocaten. Ik had genoegen moeten nemen met alles wat ze me boden, alles moeten tekenen wat me voorgelegd werd en ik had, voor ze de kans kregen om verder onderzoek te doen, alsnog moeten verdwijnen, maar nu met wat geld.

Maar het besef dat er in het volle Berlijnse bestaan dat ik met zoveel moeite had bevochten, zo goed als niemand was die werkelijk aan mijn kant stond, leek me totaal te verlammen. Machteloos keek ik toe hoe mijn bestaan van dag tot dag in alle opzichten alleen maar kouder en donkerder werd, en alles slonk en kromp – de dagen, mijn energie, mijn eetlust, het stapeltje bankbiljetten onder mijn matras, de hoeveelheid nieuwe berichten in mijn mailbox, de media-aandacht die aan mij werd besteed.

Eigenlijk vond ik die vergetelheid nog veel moeilijker te verteren dan de lawine aan negativiteit die ik eerder over me heen had gekregen. Als politica wist ik beter dan wie ook hoe duizelingwekkend snel je van *hot news* oud nieuws wordt, en van agenda's van de nieuwsredacties wordt afgevoerd. De ene dag staan alle journalisten om je heen te dringen alsof je de belangrijkste persoon ter wereld bent, de volgende dag lopen ze je straal voorbij op weg naar een collega die om welke reden dan ook net wat interessanter wordt geacht.

Maar met de wanhoop van een junk bleef ik dwangmatig nieuwssites afstruinen, journaals en actualiteitenprogramma's bekijken, mezelf googelen. Het was als een wond waaraan ik maar bleef pulken, terwijl ik wist dat ik het alleen maar erger maakte. Slapen deed ik nauwelijks – ik was te bang voor de dromen waarin ik door journalisten werd opgejaagd en waarin spoken uit mijn verleden met beschuldigende vingers naar me wezen.

Maar nog banger was ik voor de dromen waarin ik gewoon weer thuis was – in de ruime, lichte loft op de bovenste etage van het grote huis aan de Bleibtreustrasse, waarin ik 's ochtends zo graag met mijn eerste kop koffie naar het dakterras liep, mijn blote voeten wegzinkend in het dikke tapijt, om uit te kijken over de daken en in de verte de boomtoppen van de Tiergarten, om me te laven aan de geluiden van een ontwakend Berlijn.

Of voor de dromen waarin ik op mijn werk was, mijn hakken klikkend door de marmeren gangen in het Rijksdaggebouw waarin zich zo'n groot deel van de Duitse geschiedenis had afgespeeld, op weg naar vergaderingen of naar de parlementariërsbar op de hoek van het immense gebouw, naast de lobby die na zoveel jaren in het parlement als een tweede huiskamer voelde. Of daarna, lachend en pratend met collega's via de voor ons parlementariërs gereserveerde loopbrug over de Spree, teruglopend naar mijn kantoor in het Paul-Löbe-Haus, waarin ik me zo zeker had gewaand over mijn positie.

Om dan weer wakker te worden onder een kunststoffen dekbed, met ijskoude voeten omdat het raam van de slaapkamer kierde, en te beseffen waarin ik was terechtgekomen.

Ik vond het onverdraaglijk. *Nicht zu haben.*

Zouden, dacht ik terwijl ik in de spiegel bleef staren, haar laatste jaren ook zo gevoeld hebben voor de moeder die ik nauwelijks had gekend? Voor Katja, het prinsesje, het gekoesterde enig kind van mijn grootouders die, afgaande op de foto's en de schoolrapporten die mijn oma in het dressoir bewaarde, ooit zo'n stralende toekomst voor zich had gehad. 'Uitzonderlijk begaafd' en 'veelbelovend' hadden haar onderwijzers en leraren geschreven onder de indrukwekkende cijferlijsten die het haar, als een van de eerste kinderen in onze arbeidersbuurt, mogelijk maakten na haar eindexamen naar Frankfurt te vertrekken om daar politicologie te gaan studeren.

Mijn eigen jeugdfoto's, bewaard in datzelfde dressoir, vertoonden een bijna griezelige gelijkenis met de hare. Hetzelfde huis, hetzelfde meubilair, dezelfde liefdevol kijkende mensen en eenzelfde soort meisje op schoot. Zelfs de kinderwagen waarmee ik buiten op de stoep was gefotografeerd, was dezelfde als die waarmee Katja twintig jaar eerder op de foto was gezet. Alleen de kleuren waren anders – mijn moeder was nog in glamoureus zwart-wit geportretteerd, terwijl ik baadde in die armoedige, gelige jarenzeventiggloed van onze eerste kleurenfoto's.

Alleen als je ze beter bekeek, zag je dat mijn grootouders op mijn foto's zichtbaar ouder en bezorgder waren en dat ik als peuter in mijn blik al iets waakzaams had. Iets wat bij Katja nooit te zien was geweest. Alsof ik het nooit helemaal écht vertrouwde, er nooit echt zeker van was dat ik op een dag niet weer meegenomen zou worden, zoals ik ooit door mijn grootouders was meegenomen vanuit het kraakpand in de binnenstad van Frankfurt, waar ik volgens mijn geboorteakte in november 1973 ter wereld was gekomen. Pas veel later, toen ik een artikel las over de alternatieve scene in de jaren zeventig, besefte ik dat ik was geboren in wat in die door de Baader-Meinhof-Groep gedomineerde periode gold als een van de beruchtste broeinesten van radicaal Duitsland.

De plek op mijn geboorteakte waar de naam van een vader had moeten staan was leeg. Nadat ik eens op de lagere school had moeten vertellen wat mijn vader deed – en daar met een rood gezicht had staan stamelen, uitgelachen door mijn klasgenootjes –, was ik huilend naar mijn grootvader in zijn volkstuin gegaan. Hij had zijn handen aan zijn broek afgeveegd, mij op schoot genomen, en gezegd dat hij ook niet wist wie mijn vader was, dat Katja dat nooit aan hem en oma had willen vertellen. Voortaan, zei hij, moest ik maar gewoon zeggen dat mijn vader dood was, maar dat mijn grootvader hoofdelektricien was in de Hansamijn. Dan zouden ze hun mond wel houden, want de hele buurt draaide om de mijn en die hield híj gaande.

Waarschijnlijk wist mijn moeder zelf niet eens van wie ze zwanger was geworden en maakte het haar ook niet uit. In haar levensvisie was nu eenmaal geen plaats voor bezitsdrang, jaloezie of andere burgerlijke overtuigingen. Zelfs kinderen waren geen bezit: die werden door het collectief opgevoed. Ik was dan ook al bijna zes maanden toen mijn grootouders voor het eerst naar Frankfurt mochten komen om hun eerste kleinkind te zien. Ze namen mij dezelfde dag nog mee terug naar Huckarde.

'Ach,' zei mijn opa als ik later vroeg naar het waarom, 'Katja had het zo druk met haar studie en haar demonstraties en wij vonden jou meteen zo ontzettend lief dat we haar gevraagd hebben of je een tijdje bij ons mocht wonen.' Maar mijn oma liet zich een keer ontvallen, op een toon van afkeuring die onkarakteristiek scherp was voor zo'n zachtaardige vrouw: 'Dat huis *war ja überhaupt* geen plek voor een klein meisje.'

Na hun dood vond ik in oma's dressoir papieren van de kinderbescherming, met daartussen een rapport dat de huisarts had opgesteld nadat hij me voor de eerste keer had onderzocht. Anna Katherina Schaefer, zes maanden oud, was ondervoed, had luizen en was dusdanig vervuild dat haar billen en beentjes onder de open en vaak al ontstoken plekken zaten. Er bestond geen enkele twijfel dat het in het belang van het kind was dat de voogdij zo snel mogelijk aan haar grootouders zou worden toegekend.

Ik heb nooit gedacht dat mijn moeder erg heeft geleden onder het feit dat haar kind van haar was afgenomen. In haar ogen was ik meer een jong poesje dat zich op een of andere manier zelf wel zou redden. Later kwam ze heel af en toe bij ons langs – een dunne, rusteloze vrouw met rinkelende armbanden, die ik 'Mutti' moest noemen en die me bedolf onder zoenen en omhelzingen. Wat me het meest was bijgebleven is haar geur: een mengsel van shag, patchoeli en hasj. Hippiegeuren.

Ik heb er nog altijd een bloedhekel aan.

Later, zei Katja dan met een gezicht alsof ze iets heel geweldigs voor me in petto had, later zou ik weer bij haar in Frankfurt komen wonen en dan zouden we samen, als vriendinnen, *so viel Spass* gaan maken!

Aan de machteloze manier waarop mijn grootouders naar haar zaten te kijken, zag ik toen al dat we mijn moeder maar beter niet konden tegenspreken. Maar wat was ik blij als opa dat rare mens weer naar het station had gebracht en de rust terugkeerde in ons kleine huishouden aan de Thielenstrasse. Als opa tevreden de tuinbonen uit zijn moestuin zat te doppen of op het balkon met een biertje zijn krant zat te lezen, terwijl mijn grootmoeder bij het geluid van de radio of de televisie aan een van haar legpuzzels zat te werken.

's Avonds, als ik in bed lag, hoorde ik mijn opa vaak liedjes zingen voor mijn grootmoeder, die, zei hij, vaak niet kon slapen vanwege de oorlog.

Sag' beim Abschied leise 'Servus', nicht 'Lebwohl' und nicht 'Adieu', diese Worte tun nur weh...

De muren van ons flatje waren maar dun: ze waren gemaakt van de blokken samengeperst puin waarmee het verwoeste Dortmund bij gebrek aan stenen na de oorlog weer was opgebouwd. Soms maakte ik mezelf bang door me in te beelden wat er allemaal in die muren achter het behang moest zitten – restanten van meubels, van huizen, van bomen, van mensen misschien wel. Misschien zelfs wel van mijn overgrootouders en tantes en ooms, die allemaal in de oorlog omgekomen waren en wier sepiakleurige gezichten ik alleen maar kende uit een klein fotoboekje dat zo vaak bekeken was dat het papier helemaal zacht geworden was.

Maar dan hoorde ik vanuit de grote slaapkamer het geruststellende gebrom van mijn opa en het gelach van mijn oma en dan wist ik dat alles goed en veilig was. En ik besloot dat ik altijd bij opa en oma in de Thielenstrasse zou blijven, en nooit maar dan ook nooit mee zou gaan met die chaotische vrouw die ik Mutti moest noemen.

Op een dag kwam Katja voorgoed terug naar Huckarde, in

een kale houten kist die door een glanzende zwarte auto bij de Sint-Urbanuskerk werd afgeleverd. De dienst was kort, de opkomst laag. Mijn oma snikte, mijn opa keek grimmig en een buurvrouw omklemde me en vertelde me na afloop hoe lief en intelligent mijn moeder vroeger was geweest en hoe iedereen grote verwachtingen van haar had gehad. 'Denk erom, Annichen,' zei mijn opa die avond toen hij me naar bed bracht. 'Je moeder hield heel veel van je, maar ze was ziek. Deze wereld was geen plek voor haar. Maar nu is ze bij God en de engelen, en veel gelukkiger dan ze hier bij ons ooit kon zijn.'

Volgens de overlijdensakte die ik zes jaar later in oma's dressoir vond was Katharina Anna Schaefer op 10 november 1982 op 32-jarige leeftijd te Frankfurt overleden. Aan de akte was een kopie van een proces-verbaal vastgeniet, waarin werd vermeld dat haar lichaam in de vroege ochtend door een schoonmaker was ontdekt in een wc van het Frankfurter Hauptbahnhof. Als doodsoorzaak stond er 'overdosis verdovende middelen', als beroep 'prostituee'.

Ik verkreukelde het document en gooide het weg. Ter plekke besloot ik: wat het me ook kost, ik ga dit allemaal achter me laten en ik ga wat van mijn leven maken. En dat deed ik. Wat had ik gewerkt en geploeterd, al die jaren. Wat had ik mijn bloedige best gedaan. Maar nu was de hele theatervoorstelling die Annika Schaefer heette uit elkaar gespat. De acteurs waren van het toneel gevlucht en hadden mij, de hoofdrolspeelster, naakt, onteerd en weerloos in de spotlights achtergelaten. Het publiek had boe roepend de zaal verlaten. En de wereld, míjn wereld, ging zonder mij verder.

Toen ik een paar dagen later zoals gewoonlijk meteen na het wakker worden mijn mailbox checkte, zag ik dat ik geen verbinding meer had. Het drong tot me door dat nu echt alle draden met mijn oude leven waren doorgesneden. Aangezien mijn rekeningen geblokkeerd waren, werden de nota's niet meer betaald en had de provider waarschijnlijk mijn telefoonaccount afgesloten.

Ongetwijfeld was ook mijn inloopkast in het penthouse aan de Bleibtreustrasse ondertussen al leeggeruimd. Wat zouden ze met mijn kleren hebben gedaan? En met de oude koffer met mijn naam erop, met daarin de schaarse herinneringen aan mijn jeugd en de foto's van de Duindistel-vakantie? Wat was er gebeurd met mijn tandenborstel en mijn andere toiletspullen? Zou Walter het zelf hebben opgeruimd, of had hij die taak overgelaten aan zijn moeder? En mijn geliefde auto, zou die al gevonden zijn en nu misschien ergens als occasion in een showroom staan te blinken? Mijn kantoor: zou daar al iemand anders aan mijn bureau zitten, zou mijn secretaresse nu voor hem of haar de afspraken maken? Zou er in de grote zaal van het Rijksdaggebouw al een ander naamkaartje staan voor de paarsblauwe zetel die zo lang de mijne was geweest?

Het was alsof ik die veertiende november was doodgegaan. De eerste dagen had iedereen het er, geschokt, nog over gehad, maar daarna was het dagelijks leven gewoon doorgegaan en had het zich als een waterspiegel weer boven mij gesloten.

Alleen: ik was niet dood. Ik leefde, in elk geval nog een beetje. En de enige die om mij rouwde was ikzelf.

Ik besefte wat nu de logische en eigenlijk enige optie was. Het kanaal lag aan de andere kant van de dijk, hemelsbreed misschien twintig meter van mijn huisje. Een plons tussen het riet, misschien met wat extra gewicht in vuilniszakken aan mijn voeten voor de zekerheid, een korte worsteling in de koude, loodgrijze golven, wat luchtbelletjes... Binnen een paar minuten zou ik helemaal geen zorgen meer hebben en nooit meer wakker hoeven worden in dat ellendige slaapkamertje in het besef dat ik mijn leven had verknald.

Maar iets weerhield me. Deels was dit het besef dat ik mezelf deze situatie had aangedaan, maar meer nog dan dat was het de wetenschap dat ik, of tenminste mijn lichaam, na mijn zelfmoord uiteindelijk gevonden en geïdentificeerd zou worden.

En dat wilde ik niet.

Ik kon me té goed voorstellen hoe Reichmann zou kijken als hij het bericht zou krijgen dat mijn lichaam ergens in *die Niederlande* gevonden was. Die ene wenkbrauw die omhoogging, dat zelfingenomen lachje. De hand die naar de telefoon ging om De Familie op de hoogte te stellen van het feit dat het probleem-Annika definitief was opgelost. Evengoed kon ik me voorstellen hoe Peter en al die andere hypocrieten elkaar zouden treffen na afloop van mijn begrafenisdienst: 'Arme Annika... wat moet ze ontzettend eenzaam geweest zijn. We hadden allemaal zó gehoopt dat ze weer een zinvolle manier zou kunnen vinden om verder te gaan.'

Al die types hadden genoeg plezier van me gehad toen ik nog deel uitmaakte van hun leven, en nu ze me daaruit verstoten hadden, gunde ik ze niet hun superioriteitsgevoel, hun nauwverholen opluchting, en al helemaal niet hun gemoedsrust.

Wat mij gaande hield was een klein vlammetje dat gevoed werd door haat.

Anna, 4 december

'Ach juffie, goed dat u me belt!' had Vincent gezegd toen ze eindelijk de moed gevonden had hem te bellen om te vertellen dat er 's nachts mannen om haar huis slopen. Ze had gedacht dat hij haar zou uitlachen, dat hij zou denken dat ze seniel aan het worden was, maar ze had zich voor niets zorgen gemaakt.

'O, dat is heel goed mogelijk,' zei hij meteen toen ze uitgesproken was. 'Maar niets om bang voor te zijn: dat zijn stropers die in deze tijd van het jaar duinkonijnen aan het schieten zijn voor de kerst. Ik zag al bordjes langs de kant van de weg staan dat ze gevild worden aangeboden. Ik kan u er wel eentje komen brengen!'

'Maar moet ik mijn neef in New York niet toch al op de hoogte stellen?' had ze nog geaarzeld.

Het was even stil gebleven aan de andere kant van de lijn.

'Nou, dat moet u natuurlijk zelf weten, maar ík zou het niet doen,' had Vincent toen gezegd. 'Dan maakt uw neef zich misschien onnodig ongerust.'

'Ja,' zei Anna. 'Dat is zo. En hij komt hier sowieso eind januari. Ik kan het hem beter dan vertellen.'

'Precies,' zei Vincent. 'Weet u wat: ik rij vanavond wel even langs de boulevard en vraag die lui of ze voortaan via een andere weg naar het duin gaan. Dan kunt u tenminste gerust gaan slapen.'

Toch zat Anna die avond gewoon weer met haar sjaal om voor het slaapkamerraam. Wantrouwen en angst, dat wist ze uit ervaring, lieten zich eenmaal gewekt niet zo makkelijk meer in slaap sussen. Maar er was geen schim meer te zien, geen geluid meer te horen. En de volgende avond ook niet, en evenmin de avond erna.

Toen begon ze zich een belachelijke, paranoïde oude vrouw te voelen en kroop ze maar weer gewoon op tijd in bed. Vincent had gelijk, hield ze zichzelf voor, terwijl ze de slaap probeerde te vatten. Er was niets om bang voor te zijn.

Annika, 4 december

'Wie gefällt es Ihnen hier?'

De beheerder deed geen enkele moeite om zijn nieuwsgierigheid te verbergen, terwijl ik uit alle macht probeerde mijn blik op de balie gericht te houden. Oogcontact meed ik inmiddels uit gewoonte, niet eens uit angst om herkend te worden maar omdat ik het medelijden in andermans ogen niet wilde zien, en zeker niet in die van een lamstraal als Ronnie Groot.

'Haben Sie alles was notwendig ist?' drong hij aan. *'Kann ich die Damen mit etwas hilfen?'*

'Gut,' zei ik. *'Alles ist okay und nein, ich brauche nichts, danke.'*

Na drie eindeloze dagen zonder telefoon had ik al mijn moed en mijn laatste geld bij elkaar geraapt, en was ik bij de receptie de huur voor die maand gaan betalen. Vervolgens reed ik naar de supermarkt om er behalve mijn gebruikelijke boodschappen een simkaart te halen. Nu kon ik me tenminste weer onbelemmerd overgeven aan wat inmiddels mijn voornaamste dagbesteding, om niet te zeggen verslaving, was geworden – namelijk het internet afstruinen op zoek naar mijn verloren leven en degene die ik ooit was geweest.

Met een aan masochisme grenzende verbetenheid las en herlas ik al die honderden artikelen en interviews die in de loop der jaren over mij verschenen waren. Had ik de voortekenen van mijn naderende val gemist? Zag ik achter de triomfantelijke

Annika Schaefer op de verkiezingsfoto's al een donkere schaduw die me op de schouder tikte: geniet er maar van, want lang gaat dit niet duren? Had ik iets nagelaten wat mijn val had kunnen voorkomen?

Maar hoe ik ook zocht en speurde, ik vond alleen maar het gelikte verhaal dat het al die jaren zo goed had gedaan in de media. '*Het fenomeen Schaefer: van mijnwerksdochter tot politieke prinses*', zoals *Der Spiegel* kopte na de laatste verkiezingen. Weliswaar werd ik nog net niet belangrijk genoeg geacht voor het coververhaal, maar een bijonderwerp op de omslag was het wél.

> Het toeval speelt een grote rol in het leven van Anna Katherina Schaefer, maar tegelijkertijd is ze het levende bewijs dat je het in Duitsland ver kunt schoppen als je maar hard genoeg je best doet. 'Dat maakt haar ondanks haar wat stroeve karakter waarschijnlijk ook zo populair,' zegt prof. Wolfgang Schneider, hoogleraar politieke wetenschappen aan de universiteit van Frankfurt. 'Niemand zag iets in haar toen ze jong was en nu heeft ze met hard werken en haar onmiskenbare intelligentie alles bereikt wat iedereen zou willen. Dat is een hoopgevende gedachte.'
>
> Men zag aanvankelijk weinig in Schaefer, die in 1973 werd geboren in de inmiddels in verval geraakte mijnwerkerswijk Dortmund-Huckarde. Zelfs de bevlogen jonge advocaat Peter Borkawitz, die haar in 1995 ontmoette toen ze als juridisch secretaresse werkte bij het advocatenkantoor van Kurt Richter in het centrum van Dortmund, zag in eerste instantie niet meer in haar dan een ijverige vrijwilligster voor de nieuwe politieke beweging waarmee hij antwoord

probeerde te geven op de economische problemen waarmee Duitsland kampte sinds de hereniging.

Het modieuze liberalisme van de Neue Liberalen bleek echter meteen een gat in de markt in het gepolariseerde politieke landschap van die dagen. Na een aantal lokale successen deed de partij van Borkawitz in 1998 voor het eerst mee aan de Bondsdagverkiezingen en won meteen zes zetels. Als persoonlijke assistente en onmisbare rechterhand van de partijleider was het niet meer dan vanzelfsprekend dat Schaefer met hem meeging naar de toenmalige regeringsstad Bonn.

Ik zag het tafereel voor me alsof het gisteren was: Peter, nog dronken van het verkiezingssucces, in zijn hemdsmouwen aan de vergadertafel in onze gloednieuwe fractiekamer, zijn pen zwevend boven een formulier waarop hij onze antecedenten aan het invullen was.

'Zullen we er bij jou maar gewoon "juriste" van maken?' vroeg hij. 'Dat klinkt toch wel een beetje chiquer dan "secretaresse".'

Ik zat doodstil, terwijl ik de geesten uit het verleden met hun klamme vingers aan me voelde trekken en me realiseerde dat Peter geen idee had van mijn leven voordat hij me had leren kennen. Dat hij helemaal niet wist dat ik misschien wel ooit het werk van juridisch secretaresse had gedaan, maar officieel nooit meer dan schoonmaakster was geweest. Kurt Richter, God hebbe zijn ziel, schoof mij na zijn diagnose steeds meer werk toe in een wanhopige poging zijn kantoortje drijvende te houden. Op een bepaald moment ging ik zelfs, zorgvuldig door hem gebriefd over de juridische details, in zijn plaats naar de rechtbank.

Misschien, als Peter de moeite had genomen om op te kijken

van zijn formulieren en had gezien hoe knalrood mijn hoofd was geworden, had ik het hele verhaal op dat moment dan wel spontaan opgebiecht. Maar dan had ik ook moeten vertellen waarom ik nooit had gestudeerd en zelfs de middelbare school niet had afgemaakt. En hoe had ik dát in godsnaam ooit gekund?

Bonk, bonk, bonk, ging mijn hart.

Schuldig, schuldig, schuldig.

'Prima,' zei Peter, 'dan doen we het zo. Juriste dus.' Zijn pen kraste over het papier. 'En nu de agenda voor morgen.'

Ik herademde. De tijd ging verder, de geesten trokken zich terug. Ik vergat het moment, wilde het ook vergeten.

Hoe dom was ik om niet te beseffen dat leugens als een tumor met je meegroeien, dat hoe groter en belangrijker je wordt, hoe groter en belangrijker ook de verzwegen waarheid wordt. Net zo lang tot die de macht krijgt om je terug de grond in te slaan, zoals mij nu was gebeurd.

In de aanloop van de verkiezingen van 2004 beleefde Schaefer haar *lucky break*. Borkawitz, zelf afkomstig uit een lerarengezin, besefte dat zijn jonge partij gevaar liep een te intellectuele en mannelijke uitstraling te krijgen, en hij besloot op het laatste moment zijn uit een volkswijk afkomstige medewerkster op de kieslijst te zetten. Toen de nummer twee op de kieslijst de avond voor een belangrijke verkiezingsbijeenkomst afbelde, achtte hij de tijd rijp voor Schaefer om te laten zien wat ze in haar mars had.

Ik moest er bijna om lachen toen ik het teruglas. Alsof Peter tot op dat moment ooit iets anders in me had gezien dan een grijze muis die hem op allerlei manieren goed van pas kwam. Maar om eerlijk te zijn: zelf ambieerde ik ook niets anders dan een onopvallend bestaan in de schaduw van de macht. In eerste instantie had ik dan ook geweigerd. Ik? Voor een volle zaal? Echt niet!

Maar Peter had haast, hij zou die avond met Veronica gaan eten in een al weken van tevoren geboekt sterrenrestaurant, en hij had een snelle oplossing nodig. 'Gewoon vijftien minuten volpraten,' zei hij bemoedigend voor hij, met Veronica aan zijn arm, vertrok. 'De gebruikelijke dingen, je weet wel. Verzin desnoods nog maar iets persoonlijks. Dat doet het bij de vrouwelijke kiezer altijd goed.'

De hele nacht zat ik te schrijven, in het volle besef dat ik niets anders kon verzinnen dan wat ik Peter al honderd keer had horen zeggen. Het begon buiten al licht te worden toen ik besefte dat ik misschien toch een verhaal had dat me aan het hart ging en dat ik nog nooit eerder had gehoord.

Schaefers eerste publieke optreden werd een nationale sensatie. Later zouden aanwezige verslaggevers beschrijven hoe aarzelend en onzeker ze het podium op kwam en hoe ze aanvankelijk nauwelijks te verstaan was. Het publiek begon zelfs te roepen: wat zegt ze? Toen herpakte Schaefer zich en sprak die inmiddels beroemd geworden eerste zin nog eens duidelijker uit: 'Mijn oma was een *Trümmerfrau.*'

Vanaf dat moment sprak de beginnende politica niet meer vanaf papier, maar vanuit haar hart. Ze vertelde over haar grootmoeder die op haar achttiende haar hele familie verloor bij de geallieerde bombardementen die de Hansamijn en Huckarde in de laatste oorlogswinter in puin legden. Zelf had Trude Schaefer een etmaal onder het puin van een schuilkelder gelegen, met naast haar de levensloze lichamen van haar familie en haar buren. Na de capitulatie werd zij als zoveel jonge vrouwen in Duitsland aan het werk gezet als *Trümmerfrau*, oftewel puinruimster en stenenbikster, in ruil voor voedselbonnen.

'Veel politieke partijen hebben het over de toekomst die we moeten veiligstellen voor onze kinderen,' eindigde Schaefer haar verhaal voor de inmiddels muisstille zaal. 'Maar mag ik namens de Neue Liberalen ook een punt maken voor onze grootouders? Mijn oma is inmiddels overleden, maar er zijn zoveel mensen van haar generatie die nog leven. Ze hebben in het verleden vreselijke dingen meegemaakt waarmee ze nooit geholpen zijn, laat staan dat ze ervoor gecompenseerd zijn. Nooit heeft zich een instantie of een overheid om hen bekommerd. Zij hebben in de meeste gevallen maar een klein pensioen op kunnen bouwen. Zij krijgen nu de hardste klappen van de huidige economische malaise en wij zijn het aan hen verplicht daar nu en snel wat aan te doen. En wij, de Neue Liberalen, zullen dat, voor jong en oud, ook doen als ú ons de kans geeft.'

Die avond schreef de *Frankfurter Allgemeine* dat de totaal onbekende Annika Schaefer misschien wel de grootste verrassing van deze verkiezingen was. Ze had het lijden van de Duitse bevolking in de Tweede Wereldoorlog op een ontroerende en persoonlijke manier bespreekbaar gemaakt en het recht op slachtofferschap voor een zo goed als vergeten generatie opgeëist. Het aantal voorkeursstemmen waarmee Schaefer, de volstrekte nieuweling in de politieke arena, vervolgens werd gekozen was ongekend in de naoorlogse geschiedenis. Ze eindigde net na Borkawitz op plaats twee en werd vervolgens door hem benoemd tot vicevoorzitter van de fractie.

Wat ik me van die dag vooral herinner is het gezicht van Peter, of liever, zijn twee reacties. Eerst de ene, in de ochtend, toen hij me vanaf de voorste rij stomverbaasd aankeek terwijl ik het podium af stuntelde. En later die dag de tweede, toen hij zich met een grijns van oor tot oor in de hoofduitzending van de *Tagesschau* uitgebreid liet feliciteren met zijn fantastische timing. Inderdaad, beaamde hij, hij had het geheime wapen van de partij – ik dus – op een cruciaal moment in de verkiezingsstrijd ingezet. Want, zei hij, hij had natuurlijk altijd al geweten dat de Neue Liberalen met mij een groot politiek talent in huis hadden, en hij had mij expres de kans gegeven om in alle rust te rijpen.

Zes jaar later verloofde Schaefer, voortgestuwd door de golven van haar politieke succes, zich volstrekt onverwacht met de wetenschapper Walter von Schönenberg, die op dat moment een van de rijkste en meest begeerde vrijgezellen van Berlijn was. Vanaf dat moment kreeg het publiek een nieuwe kant van haar te zien. Scoorde ze daarvoor vooral op inhoudelijkheid en integriteit, nu sloop er een onmiskenbaar glamourelement in haar optreden.

Elegant wist Schaefer haar sociaal-liberale gedachtegoed te combineren met een leven tussen de elite. De confectiemantelpakjes maakten plaats voor maatkleding, de serieuze politieke interviews werden afgewisseld met fotosessies met haar schoonfamilie in hun chalet in Gstaad en reportages in de betere vrouwenbladen. Werkelijk openhartig werd ze hierbij overigens nooit – tijdens interviews waakte Schaefer er steevast voor iets prijs te geven over haar privéleven.

Ondertussen maakte ze in Berlijnse societykringen furore met haar jaarlijkse oud-en-nieuwviering in het door Schaefer uiterst smaakvol ingerichte penthouse aan de Bleibtreustrasse. Met dezelfde inzet en werklust waarmee ze haar politieke agenda verwerkelijkte, zorgde Schaefer voor de hipste dj, het stijlvolste vuurwerk, de duurste champagne, de beste cateraar en vooral de meest imposante gastenlijst.

Inmiddels zijn de feesten een begrip en hoopt *tout* Berlijn elk jaar weer op een uitnodiging om het nieuwe jaar in te luiden in gezelschap van de belangrijkste jonge politici, de briljantste wetenschappers, en de succesvolste schrijvers, kunstenaars, filmregisseurs en acteurs. Vorig jaar wist Schaefer via een kennis die net een Gouden Beer had gewonnen op de Berlinale zelfs George Clooney en zijn vrouw Amal naar haar penthouse te lokken.

Inderdaad – de nu 41-jarige Schaefer is een heel eind gekomen sinds haar middelbareschooldagen in Dortmund-Huckarde. De grote vraag is nu: waar gaat de successenparade van deze uitzonderlijke mijnwerkersdochter heen? Zelf houdt ze daar wijselijk haar mond over. 'Ik ben zeer tevreden met mijn positie als volksvertegenwoordigster,' verklaarde ze onlangs nog in een interview. Maar er wordt gefluisterd over ministerposten en zelfs de Kanselierskamer en anders wel over een toppositie in Brussel. Eén ding is zeker: Annika Schaefer zal ons allemaal ongetwijfeld nog menig keer weten te verrassen.

Josef, eind 1942

-In haast-

Lieber Fritz,

Ik schrijf je op voorlopig een van onze laatste uren in onze woning aan de Weesperzijde zal worden. Henriëtte en de kinderen zijn bezig met het pakken van de koffers en het opruimen van het huis, ikzelf heb net nog wat waardevolle spullen naar onze boekhouder gebracht. Hij heeft beloofd er op te passen tot we weer terugkomen – God weet wanneer dat zal zijn.

Enkele dagen geleden kregen we een oproep om ons te melden voor de werkkampen in het oosten en nu kunnen we elk moment worden opgehaald. Papa's zaakwaarnemer was helemaal van slag en bood nog aan om een onderduikadres voor ons te zoeken, maar ik wil de goede man niet in de problemen brengen: hij heeft de laatste jaren al zo veel voor onze familie gedaan en hij heeft ook zijn eigen gezin. Bovendien kwam de oproep via de Joodsche Raad hier in Nederland – die zullen toch wel weten wat ze doen en ervoor zorgen dat wij ordentelijk behandeld worden?

Daarbij heb ik goede hoop dat de oorlog niet zo heel lang meer zal duren nu Rusland zich aan de kant van de geallieerden heeft geschaard en Hitler zijn Blitzkrieg tegen Engeland min of meer lijkt te hebben opgegeven. Via de illegale pers sijpelen hier berichten binnen dat Duitsland bij Stalingrad zwaar aan het verliezen is en ik hoorde zelfs al geruchten dat zijn generaals zich tegen hem keren. Dat zijn op zich goede kerels (papa kende de vader van veldmaarschalk Rommel goed en was altijd zeer over hem te spreken) en zeker geen echte nazi's. Hopelijk zullen zij die idioot snel aan de kant weten te zetten.

Wat ben ik blij dat jij in elk geval veilig in het verre Amerika bent! Bevalt je baan? Ik weet het: loopjongen voor een warenhuis is niet datgene waarvoor je bent opgeleid maar je ontmoet allerlei mensen en ik weet zeker dat je snel nieuwe kansen krijgt.

Zodra ik de mogelijkheid heb, schrijf ik je weer – het schijnt dat we nog enige tijd in een doorgangskamp in Drenthe zullen verblijven en daar is vast een postkantoor. Maak jij je ondertussen over ons niet te veel zorgen, ook als je een tijdje niets van ons hoort. We zijn allemaal gezond en vol goede moed en zolang we elkaar maar hebben, redden we het wel.

Viele Küsse von Henriëtte, Essi, Anna und der Kleine Sal.

Dein Bruder Josef, in Liebe

Annika, 23 december

Ergens halverwege de ochtend hoorde ik een raar jankend geluid. Een hoog geluid dat door merg en been ging. Eerst dacht ik dat het in mijn hoofd zat. Waarom ook niet? Ik had per slot van rekening alle reden om te janken. Het zou vanzelf wel weer overgaan. En zo niet, dan zou ik daar vast ook wel weer aan wennen.

Toen begon het tot me door te dringen dat het gejank niet ophield en van buiten het huisje kwam. Om precies te zijn: uit de richting van het buurhuis.

Ik pakte een mes en liep de tuin in, waar ik me niet meer had gewaagd sinds de buurhond me de stuipen op het lijf had gejaagd. Er gebeurde niets. Wel klonk het gejank onmiskenbaar harder naarmate ik dichter bij het buurhuisje kwam. Angstvallig liep ik om de heg heen en keek over het tuinhek de buurtuin in. Het eerste wat ik zag waren de hondendrollen die overal in het gras lagen. Nu ik erover nadacht: ik had die Bulgaren of Roemenen (of wat het ook waren) dat monster nooit zien uitlaten. Sterker nog, ik had die lui de laatste dagen helemaal niet meer gehoord en hun bus niet meer gezien.

Het gejank hield aan. Ik sloop naar het raam en loerde door een kier in de gordijnen. En ja hoor, daar zat Het Beest, in een huisje dat overduidelijk verlaten was. Kennelijk besefte hij dat hij niets meer te bewaken had, want hij blafte of gromde niet eens toen hij me zag. Of misschien was hij al te versuft van de honger en dorst. Hij keek me aan, ineengedoken in een hoekje van de kamer. Toen ik aanstalten maakte om weer weg te sluipen, begon het gejank opnieuw, nu nog doordringender en erbarmelijker dan eerst.

Een andere keuze dan Ronnie te bellen had ik niet. Veiligheidshalve verschanste ik me achter mijn eigen tuinhek tot de beheerder kwam aanfietsen en de voordeur van het huisje met zijn loper openmaakte. Even later kwam hij weer tevoorschijn, nu met het monster aan een stuk touw achter zich aan. Het dier begon meteen te slobberen uit een plas modderig regenwater.

'Tjezus,' zei Ronnie. 'Die gasten zijn gewoon vertrokken en hebben die hond hier achtergelaten.'

Verwoed begon hij op zijn mobiele telefoon te tikken. Na een minuut of wat werd er opgenomen en volgde een gesprek in gebrekkig Engels, dat abrupt werd afgebroken toen de andere kant kennelijk ophing.

'Tjezus,' zei Ronnie weer, hoofdschuddend. 'Wat een klootzakken. *Dog no good*, zeiden ze.'

Met een diepe frons keek hij neer op het dier, dat zat te hijgen van de inspanning van het drinken. Angstaanjagend zag hij er niet echt meer uit – eerder meelijwekkend en vooral enorm lelijk. Zelfs voor een leek als ik was het duidelijk dat deze hond een wel heel onvoordelig uitgevallen mengelmoes van allerlei rassen was. Hij had een lomp lijf, korte poten en een ingedeukte snuit die aan een bulldog deed denken. Zijn vacht was van een onbestemde kleur, ergens tussen bruin en geel in, en zat onder de kale plekken. Hij had een scheve snuit en een snijtand die half uit zijn bek stak. Hij kwijlde. En zelfs op mijn veilige afstand kon ik hem ruiken.

'Ik kan hem wel naar 't asiel brengen,' zei Ronnie, 'maar laten we wel zijn – 't is niet moeders mooiste en ook de jongste niet meer. Geen mens wil 'm hebben. Dat wordt...'

Hij maakte een snijbeweging langs zijn nek.

Het beest in kwestie keek naar ons op als een verslagen gladiator in een arena die weet dat er over zijn lot beslist is. Vol afschuw keek ik terug. Hij wendde zijn treurige hondenblik af, alsof hij zich schaamde voor zijn lelijkheid, zijn stank, zijn ongewenstheid.

Toen klaarde Ronnies gezicht op. 'Wil jij niet een tijdje op hem passen?' vroeg hij. 'Hij is wél lekker waaks – misschien toch een veilig idee, zo'n beessie in je buurt voor een vrouw alleen. Ik hou natuurlijk wel dag en nacht een oogje op 't park, maar als extra bescherming...'

Vol verwachting keek hij me aan, met een gezicht alsof hij niet gewoon probeerde van een ongewenst probleem af te komen, maar zojuist iets heel geweldigs voor me had bedacht.

'Doe ik er een zak hondenvoer bij,' fleemde hij. 'Weet je wat, dan is-ie gewoon je kerstkadeautje!'

Dog no good.

Niemand wil hem hebben.

'Ik neem 'm,' hoorde ik mezelf zeggen.

Had ik al gezegd dat ik een hekel aan honden heb? In mijn voormalige schoonfamilie wáren ze er dol op en ik had altijd de grootste moeite om niet te laten merken dat ik die grote, onhandige, lebberige beesten het liefst een schop had willen verkopen als er weer eens eentje met zijn modderpoten tegen me op sprong en mijn favoriete zijden bloes verpestte. Walter, die aanzienlijk verlangender naar jonge honden keek dan naar kinderwagens, probeerde me steevast zo'n wriemelend hoopje in de armen te duwen als er weer ergens in de familie een nestje was geboren.

'Ach, wat een schatje,' zei ik dan met een stem die, in mijn eigen oren tenminste, droop van de onoprechtheid. 'Maar we moeten verstandig zijn. We wonen midden in de stad en hebben er echt het leven niet voor. Dat kunnen we zo'n lieverdje niet aandoen. Later, dan nemen we er een. Of misschien wel twee!'

En nu had ik me alsnog zo'n beest in de maag laten splitsen. Uit... uit wat eigenlijk? Medelijden was het niet, daar was in mijn verbitterde hart geen plaats meer voor. Het was, denk ik, eerder een soort wanhoopsoffensief. Zoals het nu met mij ging kon het niet doorgaan, dat besefte ik ook wel. Er móést iets gebeuren en dit was het enige wat zich aandiende. Vagelijk dacht ik ook nog aan de wiskundelessen van vroeger, waarin min maal min altijd plus werd.

En mijn leven kon toch moeilijk nóg rotter worden?

Maar eigenlijk twijfelde ik al toen Ronnie met een verdacht vertoon van slagvaardigheid de hondenbrokken kwam brengen en zich vervolgens haastig uit de voeten maakte, terwijl hij iets mompelde over de kerst en dat hij er even niet zou zijn. Ik gaf het beest een grote schaal brokken – te groot, zo bleek even later toen hij rare geluiden begon te maken en alles weer op het tapijt uitkotste. Vol weerzin keek ik toe hoe hij vervolgens alles weer opslobberde, een vieze vaalrode vlek op het beige tapijt achterlatend die ik er met geen mogelijkheid meer uit kreeg.

Dat was dus meteen duidelijk: die hond en ik, dat was dubbele ellende. Twee misfits bij elkaar. Twee verschoppelingen die maar twee dingen gemeen hadden, namelijk dat niemand ze meer wilde en zij elkaar ook niet.

Het dier was zo bang voor me dat hij me niet eens aan durfde te kijken en bij elke onverwachte beweging in elkaar kromp. Ik op mijn beurt bleef zo ver mogelijk bij hem vandaan. Ik wilde hem niet zien, ik wilde hem niet ruiken, ik wilde hem niet aanraken. Ik wilde hem niet horen, ik wilde hem niet in mijn huis, het enige wat ik wilde was hem zo snel mogelijk weer bij Ronnie inleveren. Die moest dan maar zien wat hij ermee deed – míjn zorg was het in elk geval niet.

Dus marcheerde ik de ochtend na kerst vastbesloten naar de receptie, de hond aan zijn touw onwillig achter me aan trekkend. Het leek wel alsof hij voorvoelde dat deze ontwikkeling weinig goeds beloofde in zijn toch al armzalige hondenleven. Ronnies oude BMW was nergens te bekennen. Achter het raam van de deur hing een bordje GESLOTEN/GESCHLOSSEN, met daaronder een handgeschreven briefje. Met enige moeite ontcijferde ik de hanenpoten: 'Ik ben naar de sneeuw tot 4 jan./*Bin nach Österreich bis 4 Jan.* – Ronald Groot (Beheerder)'.

Woedend beende ik weer terug naar huisje 24, de hond hijgend achter me aan. Binnen installeerde hij zich in zijn vaste hoekje bij de schuifpui, zo ver mogelijk van me vandaan, en staarde me met zijn droevige hondenblik aan. 'Nou,' zei ik. 'Heb jij weer mazzel. Jij haalt in elk geval het nieuwe jaar.'

De dagen die volgden bracht ik voornamelijk op de bank door, het internet nazoekend op de jaaroverzichten die de media gewoontegetrouw tussen Kerstmis en Nieuwjaar publiceerden. Hoe schreven ze nu over mij? Was er misschien toch nog iemand die me miste, die zich afvroeg waar ik was, hoe het met me ging? Maar meer dan wat feitelijke en, eerlijk gezegd, teleurstellend korte samenvattingen van de gebeurtenissen in november vond ik niet.

'De Neue Liberalen verliezen prominent parlementslid en

grote politieke belofte,' werd er geschreven. 'Een scherp en kundig onderhandelaarster,' werd ik genoemd, 'altijd tot in de puntjes voorbereid en een waardevolle kracht die node gemist wordt in de partij.'

Ik was alweer een voetnoot in de politieke geschiedenis geworden. Wat voor mij een aardverschuiving had betekend, was voor de omstanders niet meer geweest dan een irritant schokje.

In mijn inbox, waar ik tot gekmakens toe op inlogde, vond ik nu zelfs geen mails van het kantoor van Reichmann meer. Waarschijnlijk ging hij er net als iedereen van uit dat ik al dood was.

De enige nieuwe berichten waren afkomstig van winkels waar ik als vaste klant in het systeem stond. Het hele luxueuze landschap van mijn oude leven, inclusief alle schone schijn en valse hartelijkheid van mensen die goed aan je verdienen, trok aan me voorbij. Elke dag weer vond ik automatisch gegenereerde, gepersonaliseerde seizoenswensen van de dure boetieks waar ik altijd mijn garderobe bij elkaar shopte, de exclusieve meubelzaken en galeries, de kapper, de schoonheidssalon, de sportschool, onze vaste juwelier, de slijter en de traiteur die we elk jaar in de arm namen voor de oud-en-nieuwviering bij ons in de Bleibtreustrasse.

Eigenlijk ging ik er zonder meer van uit dat het feest niet door zou gaan nu de gastvrouw – ik dus – op zo'n dramatische wijze in rook was opgegaan. Ik werd dan ook volledig overvallen toen ik op oudjaarsavond, zomaar een beetje rondgoogelend, stuitte op een rechtstreekse reportage over de festiviteiten op de Bleibtreustrasse.

Het eerste beeld dat ik zag was van een stralende Peter en Veronica – hij in smoking, zij in een designerjurk. 'Daar hebben we het knappe Borkawitz-koppel, op weg naar de befaamde *Von Schönenbergparty* die ook dit jaar *trotz allem* weer plaatsvindt,' bralde de showbizzverslaggever, het venijn druipend in zijn stem. Vervolgens waren er beelden van Walter die geflankeerd door Ingrid, moeiteloos mooi als altijd, in de hal van het appartement – míjn hal – de gasten verwelkomde.

De mannen zagen er *toll* uit in hun smoking, vond de commentator, en ook de dames hadden alles uit de kast gehaald om zo glamoureus mogelijk voor de dag te komen.

Verbijsterd staarde ik naar het scherm. Dus iedereen ging gewoon weer feestvieren op de avond die ik had bedacht, waar ik een succes van had gemaakt, in het penthouse dat ik had ingericht? En om twaalf uur zouden ze met zijn allen vrolijk champagne drinken en het oude jaar wegknallen.

Weg met alle boze geesten, weg met Annika Schaefer. Zoenend en elkaar omhelzend zouden ze samen het nieuwe jaar in gaan, mij in mijn eentje in het oude achterlatend.

Terwijl het míjn feest was. Míjn huis. Míjn dakterras. Míjn vuurwerk.

Voor ik het besefte had ik mijn wijnglas met alle kracht tegen de muur gesmeten. Geschrokken keek de hond op vanuit zijn hoek, terwijl de wijn in kronkelige straaltjes over het rauhfaserbehang droop en een bloedrode plas vormde op het laminaat eronder.

Met trillende vingers speelde ik de reportage nog eens af. Ik zag kunstwerken die ik had uitgezocht, vazen die ik de afgelopen jaren nog zelf met bloemen had gevuld, flitsen van mensen van wie ik had gedacht dat ze om me gaven.

Mijn hart bonkte zo hard dat het leek alsof het uit mijn borstkas zou barsten. Ik stikte bijna van woede en zelfmedelijden.

Na wat een eeuwigheid leek te duren, besefte ik dat er iets tegen mijn been duwde. Ik keek op van mijn telefoon en zag de hond. Hij was zonder dat ik het in de gaten had uit zijn hoekje gekomen en stond nu, zijn ogen dicht en trillend over zijn hele lijf, met zijn kop tegen mijn knie gedrukt.

Eerst begreep ik helemaal niet waarom het beest daar zo stond. Pas toen ik mijn hand uitstrekte en hij in elkaar kroop, zag ik het. Hij was doodsbang voor mij. Hij verwachtte dat ik hem zou schoppen of slaan, zoals zijn bazen getuige alle littekens op zijn lijf zijn hele leven al gedaan hadden. En toch bleef hij daar staan, met gevaar voor zijn eigen veiligheid, op zijn onbeholpen hondenmanier probeerde hij me bij te staan, me te kalmeren.

Ik haalde diep adem, veegde mijn neus af aan de mouw van mijn sweater en stond moeizaam op. 'Oké,' zei ik, 'het is al goed. Brave hond. Kom, we gaan een avondwandelingetje maken.'

Even later stonden we samen op de dijk naast het donkere park. De provinciale weg aan de andere kant van het kanaal was verlaten: de hele wereld wenste elkaar ergens anders een gelukkig nieuwjaar. De koude nachtlucht voelde weldadig aan op mijn van het huilen gezwollen oogleden. Het was een heldere avond en kennelijk alweer bijna middernacht, want in het zuiden, daar waar de stad Alkmaar lag, klonk gedonder en geknal en werd de hemel verlicht door vuurpijlen en sterrenfonteinen.

Een beetje onwennig legde ik mijn hand op de hondenkop naast me. Het was de eerste keer dat ik het dier vrijwillig aanraakte in de acht dagen dat ik hem nu bij me had. En opeens wist ik hoe hij heette.

'Gelukkig nieuwjaar, Sam,' zei ik.

Anna, 1 januari

Anna zat in haar kantoortje en schreef, haar beverige oude vingers om de ouderwetse kroontjespen geklemd:

Lieve Frits, lieve jongen,

Allereerst een prachtig nieuwjaar voor jou en je gezin. Ik hoop dat jullie het weer net zo mooi gevierd hebben als wij vroeger in Berlijn. Maar ik kan je op dit moment helaas niet lang schrijven. Ik voel me niet zo goed en ik heb hier nog veel te doen.
    Je vader had helaas gelijk, al die jaren geleden: het is hier niet zo veilig als ik dacht. Ik was al eerder ongerust en toen weer gerustgesteld, maar ik weet het nu zeker: ze hebben het weer op ons voorzien. Maar maak je over mij geen zorgen, ik heb mijn koffer al gepakt, deze keer zal niemand mij te pakken krijgen.

Alles liebe,
Je tante Anna

Ze likte de envelop dicht en plakte er een postzegel op. Terwijl ze de kamer uitliep viel haar blik op het stuk karton met Vincents telefoonnummer boven de telefoon. Ze aarzelde, pakte het en scheurde het in duizend stukjes voordat ze het in de prullenbak gooide. Ze kon niet voorzichtig genoeg zijn – ze zouden haar zeker komen zoeken en stel dat die arme man in de problemen zou komen omdat hij haar had geholpen?

Nog één keer keek ze rond in haar huis. Haar oog viel op de platenspeler – o ja, die zou ze gaan missen. Maar ze had haar hele platencollectie al die jaren al zo ontelbaar vaak beluisterd dat ze haar ogen maar dicht hoefde te doen of ze hoorde de melodieën.

Toen pakte ze haar koffer en vertrok. Eerst langs de brievenbus op de boulevard, toen langzaam, maar doelgericht, de duinen in.

Martin, 24 januari

'Zo Twisk, nog steeds hier?'

De jonge commissaris, fit en onberispelijk als altijd, monsterde Martin van top tot teen. Eerst de kale neuzen van zijn duidelijk ongepoetste schoenen, toen zijn overhemd, waarvan de onderste knoopjes met geen mogelijkheid meer dicht te krijgen waren – hij weigerde zich een nieuw aan te meten: dat zou deze situatie té permanent maken –, vervolgens naar zijn ietwat morsige das, om misprijzend te eindigen bij zijn snor en zijn lange haar.

Martin zag de neusvleugels van de man tegenover hem bewegen: probeerde die klojo er nu achter te komen of hij gisteren misschien weer een biertje te veel gedronken had?

'Ja chef,' zei hij zo opgewekt mogelijk, 'nog steeds hier.'

In de lift viel een ongemakkelijke stilte. Martin was op weg naar de derde etage van het hoofdbureau aan de Edisonstraat, naar zijn verdomhokje en zijn stapel nutteloos papierwerk. De commissaris was op weg naar de vierde, waar zijn secretaresse wachtte om zijn jas aan te nemen en zijn favoriete Italiaanse koffie voor hem te maken.

De lift ging tergend langzaam omhoog. De commissaris keek op zijn horloge. Smal polsje, dacht Martin. Hij maakte zich, gewoon voor de lol, wat breder. Zijn conditie was misschien niet meer wat ze geweest was, maar hij wist dat hij er nog altijd uitzag alsof hij iemand in een paar seconden knock-out kon slaan. En dat trouwens ook zou doen, als hij zich een beetje kwaad maakte. Jong geleerd, oud gedaan.

Niet dat die wildemansuitstraling hem bepaald had geholpen toen hij zich voor de disciplinecommissie had moeten verantwoorden. 'Jezus man,' had Arend-Jan – die er zelf uitzag alsof hij reclame ging maken voor een exclusieve herenmodezaak in de P.C. Hooftstraat – gemopperd toen hij Martin die ochtend in zijn onafscheidelijke leren jack en favoriete hardrockshirt bij de balie in de Edisonstraat had zien verschijnen. 'Had je nou niet op zijn minst kunnen próberen er als een ordentelijk burger uit te zien?'

En inderdaad – dezelfde commissaris met wie hij nu in de lift stond, had bij die bijeenkomst nog geprobeerd Martins uiterlijk tegen hem te gebruiken toen de feiten niet genoeg bleken. Vroom had hij verklaard dat, om het vertrouwen van het publiek te waarborgen, iedere agent een vlekkeloos visitekaartje van het korps diende te zijn: 'Een van de speerpunten in ons beleid is dat wij als politie in alles uitstralen dat willekeurig geweld tegen burgers op geen enkele manier getolereerd wordt. Alleen de schijn al zendt een volstrekt verkeerd signaal uit, zowel intern als extern.'

Jammer dat de commissaris niets van het echte leven wist en niet in dezelfde buurt was opgegroeid als hijzelf, dacht Martin, dan had hij wel beter geweten. Niets beters dan een stel flinke vuisten om je het tuig van het lijf te houden. God, wat zou er bij hen op het schoolplein aan de Lindengracht gehakt gemaakt zijn van deze gladjakker.

Hij moest al glimlachen bij de gedachte.

De commissaris keek hem wantrouwend aan, alsof hij wist waaraan Martin stond te denken. En zag Martin daar nu zowaar een zweetdruppeltje parelen op die gladgeschoren bovenlip? Hij rekte zich nog wat verder uit en kraakte de knokkels van zijn vuisten. Even overwoog hij ook nog demonstratief een deuntje (iets uit *The Godfather*?) te gaan fluiten om het plaatje helemaal af te maken, maar op dat moment klonk de bel.

'Nou, Twisk,' zei de commissaris met zichtbare opluchting. 'Een productieve werkdag dan maar.'

'Ja chef,' zei hij, nu met een grijns, 'u ook een productieve dag gewenst.'

Dat deuntje floot hij alsnog terwijl hij naar zijn bureau liep. Alwéér geen reden om brigadier Twisk met onmiddellijke ingang het bureau uit te gooien, dacht hij. God beloont hen die zich beheersen. Dit werd zijn *lucky day*, hij voelde het gewoon.

'Ha Martin,' zei Brigitte, een jonge collega met heldere bruine ogen, een opgewekte paardenstaart en, afgaande op de vriendelijkheid waarmee ze hem altijd bejegende, een onverklaarbaar zwak voor oudere politiemannen op hun retour. 'Goed dat je er bent. We zitten vandaag krap in de bezetting en Erik en ik zijn net opgeroepen voor een echtelijke ruzie in Warmenhuizen. Maar ik heb nog een melding liggen van een meneer in Bergen aan Zee, die zich zorgen maakt over zijn oude buurvrouwtje. Klinkt als loos alarm, maar wil jij er toch even heen?'

'Tuurlijk baas,' zei hij met een knipoog. 'Geef het adres maar.'

Eindelijk weer eens gewoon op pad, dacht hij terwijl hij de patrouillewagen van het parkeerterrein manoeuvreerde. Inderdaad een lucky day – een dagje naar zee voor Martin. Alleen jammer dat Bergen aan Zee niet zijn favoriete kustplaats was. Te veel rijkelui, te weinig reuring. Hij was meer een man voor Egmond aan Zee, waar tenminste échte mensen woonden, zoals zijn zus Sonja en haar gezin.

Maar bedelaars kunnen niet kieskeurig zijn en Martin was

allang blij dat de goden en Brigitte er gezamenlijk voor gezorgd hadden dat hij zijn verdomhokje voor een halve dag kon inruilen voor de geur van de zee en een broodje haring bij de vistent voor het Zeeaquarium.

Het opgegeven adres bleek te horen bij een chic ogend appartementencomplex aan de boulevard. Kennelijk had de bewoner hem boven al zien aankomen, want bijna onmiddellijk nadat hij had aangebeld schalde een geaffecteerd 'Níedorp' uit de intercom. 'Komt u maar boven – derde verdieping, linkerdeur.'

De tengere zestiger in de zachtgele trui stond Martin op te wachten in de deuropening van zijn appartement. De man keek lichtelijk gepijnigd, alsof hij dringend af wilde van een onwelriekende vuilniszak.

'Mijn vrouw is er even niet,' zei hij, 'dus ik kan u helaas geen koffie aanbieden. Maar u kunt het huis van onze buurvrouw vanaf ons balkon wel zien. Kijk, daarbeneden, dat oude ding met dat rieten dak. Daar woont ze. Maar we hebben mevrouw Weismann nu al een paar weken niet gezien, en toen we gisteren terugkwamen van de wintersport en al die post uit haar brievenbus zagen steken, zei mijn vrouw: "Aad, je móét nu echt de politie bellen." Ze vond het zo'n akelig idee dat die oude dame daar misschien al weken ziek of dood ligt.'

'Misschien is mevrouw gewoon op vakantie,' opperde Martin, 'of ze is onverwacht opgenomen in een verpleeghuis. Maar laten we voor de zekerheid toch maar even een kijkje nemen.'

De man keek nog gepijnigder.

'U bedoelt dat ik méé moet? Maar dan zien de buren dat ík de politie gebeld heb. En stel dat ze er gewoon is? U moet begrijpen – dit is een keurig dorp en we zijn allemaal erg op onze privacy gesteld...'

'Dan leggen we het de oude dame gewoon netjes uit,' zei Martin beslist. 'Ze zal vast blij zijn dat ze zulke oplettende en bezorgde buren heeft als u. Kom, we gaan.'

Even later beende Martin over de boulevard, de buurman ietwat onwillig achter hem aan. Het grauwgele helmgras op de duinrug tussen dorp en strand golfde in de wind en het gedruis van de branding klonk boven alles uit. Hoog water, dacht hij, misschien komt er wel stormvloed vannacht. Ze liepen naar het einde van de boulevard, daar waar die weer landinwaarts boog.

Vanaf de straat was het huis bijna onzichtbaar, genesteld in een soort duinpan. Het was zo oud en verweerd dat het bijna opging in het achterliggende duingebied, dat zo ver reikte als het oog kon zien. Het helmgras groeide tot onder de ramen en naast de voordeur stond een grote, naar alle kanten uitgegroeide duindoorn. Boven de voordeur was nog net een kaal geworden houten bordje te zien waarop 'Het Zeepaardje' stond. Bij het gammel ogende toegangshekje stond een groene brievenbus, waar inderdaad allerlei reclamefolders uitstaken.

Alles oogde stil en verlaten. Het enige teken van leven was een zwak schijnsel achter het smalle raam rechts van de deur. Het slot van het toegangshekje ging moeilijk open – dichtgeroest, dacht Martin –, dus stapte hij er maar gewoon overheen. De buurman bleef staan draaien op de stoep terwijl Martin een paar keer aan de ouderwetse trekbel trok en vervolgens tegen de voordeur duwde. Stevig op slot, zo te voelen. Hij stapte het helmgras in en kon door het niet al te schone rechterraam nog net een soort kantoortje onderscheiden, met een bureau, een brandende bureaulamp en stapels papieren. Het geheel oogde zo ouderwets dat het bijna een opstelling in een museum leek.

Voor de goede orde tikte Martin nog op het raam: niets. Hij baande zich langs de prikkende struik naast de voordeur een weg naar het grotere raam aan de andere kant. Hier waren de gordijnen dichtgetrokken. Martin boog zich voorover en probeerde door een spleet boven de verdroogde kamerplanten op de vensterbank naar binnen te kijken. Met moeite ontwaarde hij in het halfduister een ouderwetse, gebloemde rotanbank die op zijn kant leek te staan. Op de grond lagen onregelmatig verspreide voorwerpen die, dacht Martin, nog het meeste leken op scherven van glas of servies. Van onder de bank staken twee langwerpige witte voorwerpen, die eruitzagen als de benen van een etalagepop.

Hij draaide zich om en botste bijna op tegen de buurman, bij wie de sensatiezucht het nu duidelijk gewonnen had van zijn angst voor wat de buren ervan zouden zeggen. Het raam afschermend met zijn brede gestalte, dirigeerde Martin de man weer in de richting van het tuinhek.

'Het kan zijn dat er inderdaad iets niet helemaal in orde is,' zei hij, 'ik roep nu versterking op en we gaan dit verder onderzoeken. Dank u voor uw hulp, u kunt nu weer gerust naar huis gaan.'

'Is ze... is ze dóód?' vroeg de man.

'Daar kan ik nu helaas geen mededelingen over doen,' zei Martin, terwijl hij het vastzittende toegangshekje nu met meer kracht openduwde – de eigenaresse zou daar waarschijnlijk nu toch niet meer over klagen.

'Maar wat kan ik tegen mijn vrouw zeggen?' protesteerde de man.

'Nog even niets,' zei Martin. 'U zult het zeker zult horen als er iets te melden is. Nogmaals bedankt voor uw hulp.'

Een halfuur later krioelde het van de mensen rond Het Zeepaardje. Martins voormalige chef Jaap Bouman en zijn collega Mees waren als eerste rechercheurs ter plaatse geweest. Ze hadden de voordeur geforceerd en meteen hun mondkapjes opgedaan: het rook er naar de dood. Datgene wat Martin door het raam had gezien was inderdaad het al in ontbinding verkerende stoffelijk overschot van een bejaarde vrouw. De forensische recherche en de patholoog-anatoom waren nu onderweg; Martin had ondertussen de opdracht gekregen het huis en de voortuin met lint af te zetten.

Het rood-witte lint, hevig flapperend in de wind, leek als een magneet op de dorpsbewoners te werken, want binnen de kortste keren verzamelden zich tientallen belangstellenden op de stoep voor het huis. In het midden stond een druk gebarende en nu zeer zelfverzekerde Aad Niedorp. Daarachter zag Martin nog net een auto van de regionale televisie op de boulevard tot stilstand komen. Er sprong een blonde jongen uit, die ijverig begon te filmen.

Net op dat moment tikte Bouman hem op de schouder. 'Sorry Mart,' zei hij, 'je weet wat de bazen gezegd hebben: geen enkele betrokkenheid bij lopende onderzoeken meer. En dit is nu officieel een lopend onderzoek. Ik zou je hier graag houden, maar ik moet je vragen – sorry man.'

'Geen probleem, chef,' zei Martin, met een poging tot een grijns. 'Ik ben al weg. Nog genoeg werk te doen aan de Edisonstraat.'

Teruglopend naar de patrouilleauto die nog altijd bij het appartementencomplex geparkeerd stond, moest hij denken aan die dag dat hij als veertienjarige bij de boksschool in de Palmstraat was weggestuurd. 'Sorry Mart, zonde van je talent, maar je pa heeft de contributie nu al drie keer niet betaald en we zijn hier niet van de liefdadigheid...'

Hij voelde zich net zo'n geslagen hond als die dag op de boksschool. Toen een jonge, nu een oude. En rechtvaardig voelde het nog altijd niet.

Annika, januari

Het was winter. *The death of winter*, zoals ik ooit in een Engelse roman had gelezen. Niet dat ik daar als stadsmeisje destijds veel van begreep – voor mij was januari vooral de maand van de uitverkoop. Maar nu zag en voelde ik aan den lijve hoe de natuur verstarde en verstilde. Er sloop een soort oneindigheid in de dagen, alsof er nooit meer iets zou veranderen, alsof het altijd zo koud en stil zou blijven en het nooit meer lente zou worden.

Huiverend stond ik Sam 's ochtends uit te laten langs het grotendeels dichtgevroren kanaal. Rillend stond ik er 's avonds weer in mijn dunne jack. Zelfs als ik alle kleren die ik bezat over elkaar aantrok, had ik het nog niet warm. Overdag zwierven we urenlang door de verlaten duinen, lege stranden en kale bossen van de Noord-Hollandse kust. Grimmig stampte ik door het zand, op de voet gevolgd door Sam – in mezelf pratend, redenerend, fantaserend over chantage en dromend van wraak.

Duin op, duin af, net zo lang tot ik van binnenuit warm werd en mijn hoofd leeg raakte en ik nergens meer aan dacht.

Ik meed de weekenden en de populaire plekken, ik meed zelfs de schaarse dagen waarop de zon sterk genoeg was om door de grijze nevel heen te dringen en de wereld even in stralend winterlicht te zetten. Ik haatte de ogen van andere mensen en het stilzwijgende commentaar op mijn armoedige kleding, mijn lelijke hond, het vuile touw dat nog steeds als zijn riem diende. Pure moordzucht beving me als er weer eens een peuter spontaan in tranen uitbarstte wanneer hij onverwacht oog in oog kwam te staan met Sam en krijsend naar de armen van zijn moeder vluchtte. Waarna zo'n vrouw mij verontwaardigd aankeek omdat ik, aso, me met zo'n eng beest überhaupt in haar fijne, overzichtelijke wereldje durfde te vertonen.

Ronnie en ik ontliepen elkaar ook. Hij mij waarschijnlijk uit angst dat ik hem de hond weer terug wilde geven, ik hem omdat het stapeltje bankbiljetten onder mijn matras nu zo dun was geworden dat ik met geen mogelijkheid de huur voor januari kon betalen. Het geld dat ik bezat had ik hard nodig voor eten en benzine voor de auto. En voor een dierenarts, want er was duidelijk iets mis met Sam.

In eerste instantie, toen ik de hond alleen nog maar mee de dijk op nam, was me niet opgevallen hoe mank hij liep met zijn rechter achterpoot. Maar nu ik zulke lange wandelingen met hem maakte, was er geen ontkennen meer aan.

Niet dat het dier zelf iets liet merken – hij piepte niet, hij protesteerde niet, hij ging er niet bij liggen. Stoïcijns hobbelde hij achter me aan, tot hij aan het eind van de dag op drie poten liep en met de vierde alleen nog maar over de grond sleepte. Toen ik zijn voetzool van dichtbij probeerde te bekijken, had hij een pijnlijk getroffen 'ieeeuuw!!' laten horen en de poot razendsnel teruggetrokken. De rest van de avond had hij mij vanuit zijn hoekje bij de schuifpui verwijtend aangekeken.

Op een ochtend was het zo miserabel koud en somber dat zelfs mij de moed in de schoenen zonk bij de gedachte dat ik me daarin straks weer warm moest gaan lopen. In plaats daarvan googelde ik op 'dierenarts' en 'goedkoop'. Even later reden we richting Alkmaar, Sam zoals gebruikelijk op de achterbank.

De dierenartspraktijk bleek gevestigd in een in deze tijd van het jaar zo goed als verlaten tuincentrum aan de rondweg. We liepen langs eindeloze hoeveelheden afgeprijsde kerstspullen en stellingen met vroege voorjaarsbollen, voordat we bij de receptie kwamen. Ik had gehoopt Sams poot even snel te kunnen laten nakijken, maar het meisje achter de balie was duidelijk niet van plan van haar vaste protocol af te wijken.

Of de hond bij hen ingeschreven stond?
Had ik zijn hondenpaspoort bij me?
Waar en wanneer hij was gechipt?

In een mengelmoesje van Duits en Nederlands legde ik uit dat ik dat niet wist, dat ik Sam nog maar een paar weken had en dat ik dacht dat hij uit Bulgarije of Oekraïne kwam. Nu keek het meisje op. Ze vroeg me even te wachten en verdween in een van de spreekkamers. Even later kwam ze terug met in haar kielzog een vrouw in witte jas, met een blonde paardenstaart en een streng gezicht. Zelfs voor een Nederlandse was ze opvallend groot – haar dijen oogden alsof ze er met gemak een wilde stier mee in bedwang zou kunnen houden.

Hoog boven me uittorenend begon de dokter een waar spervuur van vragen op me af te vuren. Hoe oud de hond was? Wat voor ras? Hoe was het dier in mijn bezit gekomen? Of ik wist hoe hij aan al die littekens en die scheve snuit gekomen was? Of ik wel op de hoogte was van het feit dat het hebben van een oningeënte, ongechipte hond zonder papieren in Nederland illegaal was? En of ik enig idee had van de gevaarlijke ziektes waarmee Oost-Europese honden Nederlandse honden konden besmetten?

Terwijl ik stotterend antwoorden probeerde te verzinnen, dirigeerde ze ons naar een apart kamertje achter de receptie en verdween weer, de deur achter zich dichtslaand.

Ik voelde het zweet onder mijn acryl trui over mijn rug lopen.

We konden onmogelijk weg zonder weer langs de receptioniste te moeten, en allerlei doemscenario's verdrongen elkaar in mijn hoofd. Waarschijnlijk was de dokter op dit moment al de politie aan het bellen. Sam zou van me afgepakt worden en worden afgemaakt. Mij zouden ze aanhouden wegens het ontvreemden van de huurauto, die inmiddels ongetwijfeld als gestolen opgegeven zou zijn, en het niet hebben van een geldig identiteitsbewijs. Binnen enkele muisklikken zouden ze erachter komen wie ik was en dan zou ik teruggestuurd worden naar Duitsland, regelrecht in de armen van een grijnzende Morten Reichmann.

Ik wil naar húís, dacht ik wanhopig, en ik besefte tegelijkertijd hoe absurd het was dat ik daarmee nu De Duindistel en het leven van Sam en mij bedoelde.

Net op dat moment vloog de deur van de spreekkamer open en stampte de dokter weer binnen.

'Oké,' zei ze, 'dit is wat we gaan doen. We kijken Sam van top tot teen na, hij gaat door de röntgen en we prikken zijn bloed. Als hij verder gezond is krijgt hij zijn inentingen en daarna gaat hij naar de hondenwasstraat voor zijn vacht en zijn nagels. Daarna krijgt hij een chip, wordt hij ingeschreven en maken we een paspoort voor hem.'

'*Entschuldige*,' zei ik kleintjes. 'Ik heb... daarvoor nu het geld niet bij me. Het is ook echt helemaal niet dringend, we komen een andere keer wel terug.'

De dokter – ze heette Saskia, zag ik op haar badge, Saskia de Jong – keek me aan. 'Nee,' zei ze bruusk, 'het gebeurt nu. En verder regelen we het wel.'

Sam werd gewogen, gemeten, gefotografeerd, geprikt, van top tot teen bevoeld en uitgebreid besproken. De hond liet alles manmoedig over zich heen komen, terwijl hij mij af en toe een beetje twijfelend aankeek, alsof hij bevestigd wilde hebben dat ik dit allemaal ook een goed idee vond. Het enige moment dat hij tegenstribbelde was toen de dokter hem op de bank in haar behandelkamer had gelegd en zijn rechterachterpoot vastpakte. Twee stagiaires moesten hem in bedwang houden, terwijl zij iets met een pincet uit de poot trok.

Sam jankte.

De dokter toonde een stuk glas, duidelijk afkomstig van een kapot bierflesje, en liet het met luid gekletter in een metalen bakje naast zich vallen.

De gewonde poot werd met een desinfecterende zalf ingesmeerd en verbonden. Vervolgens ging er een soort kunststof sokje overheen. Sams gebit werd schoongemaakt, zijn kale plekken werden ingewreven en zijn nagels geknipt. En intussen aaiden de stagiaires hem, voerden hem lekkere hapjes, krabbelden hem achter zijn oren en spraken hem bemoedigend toe. Hij was, begreep ik, een stoere vent en ontzettend braaf en ze gingen een echte knapperd van hem maken.

Terwijl Sam zich uitgebreid liet shampooën en föhnen in de hondenwasstraat – hij had, ik zweer het, inmiddels een grijns op zijn lelijke clownssnuit –, moest ik weer bij de hoofddokter komen. Ze kwam meteen ter zake.

'De röntgenfoto's vallen niet mee,' zei ze. 'Sam ziet er vanbinnen uit als een oude soldaat. Hij heeft overal oude breuken en kneuzingen. Zijn snuit is er het ergste aan toe. De kaakbotten zijn ooit gebroken en verkeerd aan elkaar gegroeid. Het liefst zouden we hem opereren en de hele boel opnieuw zetten, maar hij lijkt ons te oud voor een algehele narcose. Maar u mag hem vanaf nu alleen nog maar vlees geven – harde brokken zijn te belastend voor de goede kant van zijn gebit.'

Ze schoof me een mapje papieren en zijn paspoort toe en zette twee plastic tassen op tafel. Die waren volgestouwd met proefpakketten hondenvoedsel van een zo te zien nogal exclusief merk. Ik knikte en wist geen woord uit te brengen, maar de dokter zag er dan ook niet uit alsof ze überhaupt een reactie van me verwachtte. Ze schoof haar stoel naar achteren en stak me haar hand toe.

'Mevrouw Schaefer,' zei ze, 'ik zou zeggen: zorg dat hij nog een paar mooie laatste jaren krijgt. Dat heeft hij wel verdiend.'

Even later reden we weer over de rondweg, allebei nog confuus van alles wat ons die ochtend overkomen was. Ik rook naar zweet, Sam naar viooltjes.

Ik dacht aan de receptioniste die, terwijl ze probeerde niet al te nadrukkelijk naar het versleten touw om Sams nek te kijken, nog met een adres van een kringloopwinkel in Heerhugowaard gekomen was. 'Voor als hij nou toevallig nog eens een riem of een mand nodig heeft.'

In een enorme loods vol huisraad, kleding en boeken vond ik voor tien euro inderdaad een grote rieten mand met een zacht kussen, een blauwe hondenhalsband met bijpassende riem en twee etensbakken voor Sam. Voor ons samen kocht ik een wollen deken voor op de bank, en voor mezelf, voor vijftig cent per stuk, twee populaire Duitse bestsellers die ik wegens tijdgebrek nooit eerder gelezen had.

Die avond telde ik wat er nog over was van mijn geld. De volgende ochtend ging ik naar Ronnie en vroeg hem of hij werk voor me had.

De beheerder keek eerst bedenkelijk. Nou, héél misschien had hij nog wel wat voor me, maar alleen omdat ik het was. En natuurlijk voor die lieve trouwe hond, die ik tot zijn nauwverholen opluchting toch maar niet bij hem kwam terugbezorgen.

'O, heb je 'm Sam genoemd?' flikflooide hij. 'Nou, mooie naam, hoor – dat past echt bij 'm.'

Hij keek me schuin aan, alsof hij wilde inschatten hoe dom, naïef of gewoon wanhopig ik was. En ja, nu ik zelf over werk begon: hij had nog wel een huisje dat door die Oekraïense bouwvakkers nogal smerig was achtergelaten. Hij kon me dertig euro geven als ik dat wilde schoonmaken.

Maar deze keer had Annika Schaefer haar huiswerk gedaan. Met dezelfde concentratie en ijver waarmee ik vroeger wetsvoorstellen uitploos, had ik de vorige avond de site van De Duindistel en alles wat er verder op internet over het parkje te vinden was bestudeerd. Ik wíst dus dat Ronnie voortdurend op zoek was naar schoonmakers en ik wist ook hoeveel hij zijn huurders voor de eindschoonmaak rekende.

Ik deed wat ik vroeger deed als ik achter het spreekgestoelte stond om de plenaire vergadering toe te spreken: ik maakte me zo lang mogelijk, ademde nog eens rustig in en keek hem toen recht in de ogen. 'Vijftig euro per huisje,' zei ik. 'Plus alle persoonlijke inkopen die huurders hebben achtergelaten.'

Met een pijnlijk gezicht ging Ronnie akkoord. 'Dat krijg je er nou van als je zo goedhartig bent als ik,' mopperde hij. 'De mensen gaan je gewoon úítbuiten.'

Maar toen hij later die middag langskwam om te zien hoever ik gevorderd was met het uitmesten van het buurhuis, hoorde ik hem iets mompelen over de *Sauberkeit* en *Gründlichkeit* waar wij Duitsers om bekend schenen te staan. Die avond sms'te hij me de nummers van vier andere huisjes die ook wel, zoals hij het uitdrukte, 'wat gezwabber' konden gebruiken.

Terwijl mijn stapeltje bankbiljetten groeide, vulden mijn koelkast en keukenkastjes zich met een merkwaardig assortiment aan etenswaar. Op een gegeven moment had ik zelfs zoveel dat ik spullen van mindere kwaliteit moest gaan weggooien. Het park leerde ik kennen als mijn broekzak, de indeling van de huisjes kon ik dromen. Op een merkwaardige manier kreeg ik zelfs een zekere voldoening in het schoonmaken: het was overzichtelijk werk waar ik lekker moe van werd en dat me het gevoel gaf in elk geval íets onder controle te hebben.

En natuurlijk hielp Sam – hij sjokte braaf achter me aan als ik 's ochtends met mijn emmer met schoonmaakspullen over het park liep, en installeerde zich vervolgens in een hoekje om melancholiek toe te kijken hoe ik zijn dure hondenvoer en huidcrèmes bij elkaar aan het poetsen was. Allebei waren we blij als we 's middags konden gaan wandelen.

Het moment dat ik de huur voor januari en februari op Ronnies balie kon neerleggen, vierden we met een tweede bezoek aan de kringloopwinkel. Natuurlijk wist ik dat dit soort winkels bestonden – ik had de *Secondhandladen* van ons stadsdeel in Berlijn vaak genoeg laten komen om me van overbodige spullen af te helpen –, ik had ze alleen nooit vanaf deze kant gebruikt. En ook daar vond ik een vreemd soort voldoening in: met het hebberige oog van een ekster en de deskundigheid van iemand die jarenlang vaste klant was in de dure winkels, struinde ik met een bijna pervers plezier de loods af, op zoek naar de goede spullen tussen de rommel.

Voor mezelf vond ik twee mooie wollen truien, suède handschoenen, een donsjack van een goed Zwitsers outdoormerk en een stel stevige, zo te zien vrijwel ongebruikte wandellaarzen. Voor mijn huisje vond ik een donzen dekbed – wat ouder, maar met het bonnetje van de stomerij er nog aan –, katoenen lakens van een goede kwaliteit en een handgeknoopt wollen kleed dat ik op de plaats kon leggen van het door Sam ondergekotste tapijt. En omdat ik er zo van genoot om weer eens te winkelen, ook al was het dan niet in mijn favoriete winkelcentrum aan de Friedrichstrasse, zocht ik op een paar grote tafels waar alles vijftig cent kostte, ook nog de restanten van een Fins designservies bij elkaar.

Pas toen er echt helemaal niets meer in mijn winkelwagentje paste, ging ik naar de kassa. De kassamedewerker was een grote zwarte man met gouden tanden en indrukwekkende tattoos. Zijn accent deed me denken aan tropische eilanden. Volgens zijn badge heette hij Roy. Denkend aan het onderhandelaarstalent dat de Duitse media me in hun jaaroverzichten hadden toegedicht, zette ik mijn charmantste glimlach op – het voelde bepaald onwennig – en rekende tien minuten later alles voor zestig procent van de oorspronkelijke prijs af.

'U bent een héél slim vrouwtje,' zei Roy bewonderend en hij lachte zijn gouden grijns, terwijl hij alles weer in mijn wagentje stapelde om het naar mijn auto te brengen.

Thuisgekomen stouwde ik zo veel mogelijk van de oorspronkelijke inventaris van huisje 24 in het ongebruikte slaapkamertje aan de achterkant, en stalde mijn nieuwe aankopen uit op de bank en de keukentafel.

Sam lag al zachtjes te snurken in zijn nieuwe mand, de gaskachel suisde vredig – ik had Ronnie het ding toch maar laten schoonmaken – en uit de radio klonk klassieke muziek. Nieuwszenders liet ik al weken voor wat ze waren – al had Islamitische Staat in de tussentijd het complete Bondsdagcomplex opgeblazen, míj ging het niets meer aan. Was ik gelukkig? Nee, daarvoor was mijn situatie te ongewis, mijn leven te eenzaam en te oncomfortabel, daarvoor waren mijn problemen te onoverkomelijk. Daarvoor ook waren de woede en de frustratie over wat me overkomen was, nog steeds te groot.

Maar elke ochtend dat ik met Sam over de dijk liep, kwam de zon ietsjes eerder op, en tijdens onze wandelingen zag ik de knoppen van bomen en struiken merkbaar dikker worden. Soms betrapte ik mezelf erop dat ik genoot van de haast onwezenlijke schoonheid van ijsdagen op het strand en van alle nuances van stilte die ik nu leerde kennen. Af en toe merkte ik zelfs dat ik liep te glimlachen, denkend aan hoe mijn Facebookaccount er nú uit zou zien. Annika met haar rubberhandschoenen tussen de emmers en de dweilen: *like!* Annika, haar ogen quasiwanhopig ten hemel geheven, naast haar nieuwe opdrachtgever Ronnie: *like!* Annika innig met haar nieuwe personal trainer Sam: *like!* Annika met een grote grijns naast een vol winkelwagentje en haar nieuwe beste vriend Roy: *like!*

Op zo'n moment kon het me opeens zomaar als vrijheid voorkomen dat niemand meer iets van me wilde, dat ik bijna tevréden kon zijn met niets meer dan een stel schoonmaakhandschoenen als gereedschap en een oude, afgedankte hond als gezelschap, en vooral dat ik in dit leven niet meer bang hoefde te zijn. Niemand hier zou op zoek gaan naar mijn afkomst, om de eenvoudige reden dat niemand hier überhaupt in mij was geïnteresseerd. Hoe eenzaam. Maar ook: hoe rustig.

Ik had ooit in een interview met een bekende televisiepsycholoog gelezen dat mensen ongeacht wat ze overkomt, uiteindelijk altijd weer terugveren naar de basis van levensgeluk die ze van nature hebben. Iemand die, zo zei hij, naakt wordt achtergelaten in een van de buitenwereld afgesloten, primitieve gemeenschap, bouwt daar na verloop van tijd toch weer een soort leven op, met spullen en vrienden en goede en slechte momenten.

Destijds had ik dit weggewuifd als Amerikaanse feelgoodonzin, maar tijdens de stille winterse weken die ik doorbracht in het huisje op De Duindistel dacht ik soms dat er toch een kern van waarheid in zat.

Martin, 20 februari

Niemand kon Martin verwijten dat hij geen geduld had gehad. Sterker nog, terwijl hij sinds zijn degradatie de kantine van het hoofdbureau rond lunchtijd meed (het was té pijnlijk als zijn oud-collega's hem niet uitnodigden om bij hen te komen zitten, maar het was nog veel pijnlijker als ze dat wel deden en vervolgens geforceerd over koetjes en kalfjes begonnen te praten omdat Martin nu eenmaal niets meer van lopende onderzoeken mocht weten), bleef hij daar nu juist zo lang mogelijk hangen, in de hoop dat hij iemand zou tegenkomen die er uit zichzelf over zou beginnen.

Maar als hij al eens een oud-collega sprak, had die het over van alles – het weer, voetbal, veranderingen in de leiding –, behalve over datgene wat Martin wilde weten. Hoe langer het duurde, hoe meer hij zich een straathond voelde, schooierend om een stukje vlees. En uiteindelijk had hij zijn trots ('Man, hou toch op met je trots,' echoede de stem van Bianca in zijn hoofd, 'waar is die mannelijke trots van jou als je je vrouw in dat oude wrak van een Passat laat rondrijden?') opzijgezet. Hij was naar zijn oude afdeling op de tweede etage gegaan en had het Mees op de man af gevraagd.

'Zeg, hoe staat het nou met het onderzoek naar die dode vrouw in Bergen aan Zee?'

'O dát,' zei Mees, 'goed dat je erover begint. We hebben

de zaak gisteren bij de teamvergadering nog eens uitgebreid doorgesproken en geconcludeerd dat het waarschijnlijk toch loos alarm was. Bij de sectie hebben ze niets verdachts kunnen vinden, dus waarschijnlijk heeft de oude dame een beroerte of een hartaanval gehad en is ze in haar laatste momenten op zoek naar houvast om zich heen gaan slaan. Er is ook geen familie die aandringt op meer onderzoek, dus we hebben besloten de zaak formeel af te sluiten. Ik dacht nog: ik moet het even tegen Martin zeggen, die zal wel benieuwd zijn.'

'Ik begrijp het,' zei Martin, terwijl hij best deed zijn teleurstelling te verbergen. 'Ik wilde het toch even weten. Zoveel potentiële moordzaken komen er tegenwoordig niet meer op mijn pad.'

'Tuurlijk,' zei Mees. 'Geen probleem. Zeg, heb je zin om vanavond een biertje met ons te drinken? We missen je echt, man.'

'Vanavond heb ik een afspraak,' loog Martin, 'maar een andere keer graag, zeker.'

Hij maakte dat hij zo snel mogelijk weer in zijn verdomhokje kwam. Minachting kon hij nog wel hebben, maar medelijden niet. Toen later die middag zijn voormalige chef diens kalende hoofd om de deur van zijn kamertje stak, was zijn eerste gedachte: als die nou ook al wil dat ik biertjes met hem ga drinken, spring ik uit het raam.

'Ha die Martin,' zei Jaap Bouman, terwijl hij een twijfelachtige blik wierp op de stapel oude proces-verbalen op het bureau. 'Schiet het al een beetje op met je strafwerk?'

Martin keek hem vernietigend aan.

Bouman grijnsde, ging zitten en zette een kartonnen archiefdoos op het bureau. 'Ter zake,' zei hij. 'Je hebt al van Mees gehoord dat we het onderzoek naar die mevrouw in Bergen aan Zee hebben afgesloten. Nu moeten de formaliteiten nog afgehandeld worden. Plaats delict en het lichaam vrijgeven, alle betrokkenen informeren, dossier afsluiten – je kent de riedel. Maar ons team heeft het hartstikke druk en we kunnen wel wat ondersteuning vanuit de uniformdienst gebruiken. Ik heb dat inmiddels ook op de bovenste verdieping besproken en zij konden zich daar helemaal in vinden. En jij zit hier nou al zo lang lekker warm en droog op je luie reet in je kamertje, dus we dachten: dat is een mooi klusje voor Martin.'

Martin probeerde iets te zeggen, maar Bouman schudde zijn hoofd: 'Nee, nee, weigeren heeft geen enkele zin. Beschouw het als een order. Brigitte zal je officiële supervisor zijn en voor vragen kun je natuurlijk altijd bij ons terecht.'

'Nou,' zei Martin zuchtend. 'Vooruit dan maar. Net wat je zegt: ik zit hier natuurlijk prinsheerlijk en buiten is het gemeen koud. Maar als het écht moet...'

Hij griste de kartonnen doos bijna naar zich toe. 'Eerst even grondig inlezen, hè?'

'Eerst even grondig inlezen,' bevestigde Bouman en hij vertrok fluitend.

Martin opende een lege bureaulade, kieperde de stapel proces-verbalen daarin en legde bijna grommend van welbehagen de dikke map met daarop in viltstiftletters 'A. Weismann' voor zich op tafel. Proces-verbalen en getuigenverhoren, foto's, sectierapporten, dit róók tenminste naar ordentelijk politiewerk. De map had wat hem betreft nog wel vijf keer zo dik mogen zijn, en dan het liefst met her en der nog wat loshangende eindjes waar hij op een creatieve manier aan kon trekken. Want dat was Martins *claim to fame* als rechercheur geweest: dat hij compleet vastgelopen onderzoeken soms weer draaiende kreeg door gewoon iets te doen of te denken wat zo vreemd was dat verder niemand er op was gekomen.

Vier uur later sloeg hij de map weer dicht, leunde achterover in zijn bureaustoel en zuchtte. Zo op het eerste gezicht kon hij weinig anders concluderen dan dat zijn collega's hun werk grondig hadden gedaan en dat er inderdaad bar weinig aanknopingspunten waren in de zaak-Weismann. Hij pakte zijn aantekeningen er nog eens bij.

Anna Weismann was achtentachtig jaar oud geweest toen ze stierf. Ze woonde in haar eentje in het huis aan de boulevard en had tot haar 65ste pianolessen gegeven aan kinderen uit het naburige villadorp Bergen. Twee ervan hadden haar desgevraagd omschreven als een geduldige en kundige lerares, maar een afstandelijke vrouw. 'Het enige waar ze gelukkig van leek te worden was muziek,' had een van hen gezegd. 'Voor de rest leek het net alsof de wereld haar helemaal niet interesseerde.' Sinds ze gestopt was met lesgeven had Anna geleefd als een kluizenares, zonder vrienden en voor zover bekend ook zonder vijanden.

Hoewel de staat van het lichaam als gevolg van de lage temperaturen in januari ten tijde van de vondst nog redelijk goed geweest was, had de patholoog-anatoom de precieze doodsoorzaak niet meer kunnen vaststellen. Gezien de chaos om het slachtoffer heen, zo schreef hij in zijn rapport, was mevrouw Weismann waarschijnlijk overleden als gevolg van enkele elkaar snel opeenvolgende beroertes of hersenbloedingen.

In of rond het huis waren geen sporen van braak aangetroffen. Noch op het omgevallen theekastje, noch op de scherven van het ouderwetse theeservies had de forensische dienst andere vingerafdrukken aangetroffen dan die van de overledene zelf. Als er al een buitenstaander bij haar dood betrokken was, dan moest mevrouw Weismann die zelf binnengelaten hebben – iets wat ze volgens de buren eigenlijk nooit deed – en moest die bovendien handschoenen gedragen hebben.

De enige die geregeld bij haar aan de deur kwam was de zoon van de voormalige kruidenier in het dorp, die wekelijks boodschappen bij haar afgaf. 'Ze wilde altijd precies hetzelfde,' had die desgevraagd verklaard, 'en op rekening, net zoals in mijn vaders tijd. Ze leek het volstrekt vanzelfsprekend te vinden dat ik dat deed – er kon eigenlijk nooit een bedankje van af. Ik vond haar sowieso niet echt vriendelijk. Het was dat ik het aan mijn vader had beloofd, anders was ik er al jaren geleden mee opgehouden.'

Toen de kruidenierszoon in de eerste week van januari vergeefs met zijn doosje boodschappen op de stoep had gestaan, had hij een briefje in de brievenbus gestopt waarop stond dat mevrouw hem maar moest bellen als de leveranties hervat dienden te worden.

Verder onderzoek had evenmin iets aan het licht gebracht dat wees in de richting van een misdrijf. De enige dingen van waarde in het huis waren de piano en de duizenden, op alfabet gesorteerde verzameling klassieke muziekplaten geweest. Maar die hadden toen ze haar lichaam vonden allemaal nog keurig op hun plaats gestaan. Anna's enige familielid was een tweeënzestigjarige neef in Amerika, tevens erfgenaam van het bescheiden kapitaal op haar bankrekening. Maar gezien diens chique adres – J.F. Weismann, Park Avenue 680, New York, New York – was het tamelijk onwaarschijnlijk dat die op een koude januarinacht in het geheim naar Nederland was gekomen om zijn oude tante vanwege haar spaarcentjes te vermoorden.

Voor alle zekerheid had Mees er nog een belletje naar de Koninklijke Marechaussee op Schiphol aan gewaagd. Maar nee, er was in die periode niemand met die naam het land binnengekomen.

De neef zelf had oprecht verdrietig geklonken toen Mees hem

telefonisch had meegedeeld dat zijn tante was overleden. Hij had haar, zei hij, maar twee keer ontmoet en dat was toen hij nog een jongen was, maar zijn vader was op haar gesteld geweest en had tot zijn dood acht jaar geleden trouw contact gehouden en haar elk jaar bezocht. Desgevraagd verklaarde Weismann junior dat hij de eerste weken van januari met zijn gezin en wat vrienden in zijn buitenhuis in Aspen aan het skiën was geweest.

Leven en dood van Anna Weismann in een notendop, dacht Martin, terwijl hij zijn notitieblok dichtsloeg. Alles leek logisch en verklaarbaar, alles klopte en nergens was een loshangend draadje te bekennen. Het was inmiddels al over zessen, thuis lonkte zijn trouwe bank, een afhaalmaaltijd en een redelijk interessante voetbalwedstrijd. Maar hij kon het toch niet nalaten om nog even te kijken in de doos met spullen die Bouman had achtergelaten.

Eens kijken, een adressenboek dat kennelijk gebruikt was om oud-leerlingen mee op te sporen, een plastic insteekmapje met daarin bankafschriften en pensioenpapieren, een adressenboek, een stapeltje brieven en kerstkaarten uit New York. Onder in de doos lag een nog vrij nieuw ogende donkerblauwe handtas. De inhoud bestond ongeveer uit datgene wat Martin verwachtte aan te treffen in een vrouwentas van een oude dame: stoffen zakdoekjes, een lippenstifthouder, een parfumflesje, een sleutelbos, een ouderwetse leren knipportemonnee.

Het enige voorwerp dat uit de toon viel was een modern ogende, met designlogo's bedrukte portefeuille – waarschijnlijk iets wat mevrouw Weismann tijdens een van haar wandelingen had gevonden. De pasjes van de oorspronkelijke eigenaresse zaten er nog in. Op sommige stond een pasfoto met daarop, zag Martin, een zeer glamoureus en zelfverzekerde ogende blondine die in niets op de oude dame leek.

Meer omdat hij opzag tegen de zoveelste eenzame avond thuis dan iets anders, voerde hij de bijbehorende naam in het systeem in: A.K. Schaefer. Bijna onmiddellijk verscheen er een aangifteformulier op het scherm, opgemaakt op 15 november, 15.55 uur in bureau Schagen. Verrek, dacht Martin, dat was die opgewonden Duitse vrouw die toen zo voor zijn balie had staan opspelen. Ze had toen een rare muts opgehad en er een stuk verfomfaaider uitgezien dan op de pasfoto, maar ze was het, onmiskenbaar.

De beschrijving van de verdwenen tas klopte tot in de details. Dit was dus niet, zoals hij eerder gedacht had, de tas van Anna Weismann waar zij een gevonden portefeuille in had gestopt, het was andersom: de oude dame had de tas gevonden en daar haar eigen spulletjes bij gedaan.

De Duitse had, zag Martin op het formulier, een krankzinnig hoog bedrag opgegeven als aankoopprijs van de tas. Hij herinnerde zich dat ze zo overstuur was door het verlies van het ding dat ze op een gegeven moment als een klein kind voor zijn balie had staan snotteren. Al kon het, bedacht hij enigszins beschaamd, natuurlijk ook zijn dat ze zo was gaan huilen omdat híj zo bot was geweest. Ze zou bepaald de eerste vrouw niet zijn – de diverse scharrels die hij na Bianca had gehad, waren aan het eind ook allemaal in tranen uitgebarsten en hadden geroepen dat hij een ongevoelige klootzak was.

Nou, dacht Martin, dit was dan een mooie gelegenheid om eens iets aardigs te doen voor de andere sekse. Wie goed doet, goed ontmoet. Bovendien zag ze er op die foto best leuk uit, al had hij het eigenlijk niet zo op magere types.

Hij keek naar de klok boven de deur van zijn kamer: iets na zevenen, precies de tijd dat je de meeste kans had mensen thuis aan te treffen. Eerst belde hij haar mobiele nummer. '*Dieser An-*

schluss ist vorübergehend nicht erreichbar,' zei een zoetgevooisde vrouwenstem. Vervolgens belde hij het vaste telefoonnummer in Berlijn. Er werd opgenomen door een vriendelijk klinkende man – kennelijk haar echtgenoot. De chic klinkende naam waarmee hij zich voorstelde kon Martin niet helemaal verstaan, maar blijkbaar had ze haar meisjesnaam na haar huwelijk gehouden.

Hij stelde zich voor in zijn beste Duits en vroeg naar mevrouw Schaefer. Even werd het stil aan de andere kant van de lijn. Toen sprak de man weer, zij het niet half zo vriendelijk als eerst: 'Frau Schaefer woont hier niet meer en ik heb geen idee waar ze nu is. Ik wens u nog een goede avond.'

Klik.

Verbluft keek Martin naar de telefoon in zijn hand. Dat moest, dacht hij, wel een heel beroerde scheiding zijn geweest. Misschien was ze die dag in Schagen daarom zo van slag geweest? Opeens viel hem in dat dat ze geroepen had dat ze politica was en daarom dringend terug moest naar Duitsland. En aangezien de computer nog aanstond en hij nu toch bezig was, googlede hij: 'Schaefer Bundestag'.

Het aantal hits bovenaan het scherm liep ver in de duizenden. Verdomme, dacht Martin – die *mystery woman* had bepaald niet overdreven: ze was inderdáád een bekende politica. Afgaande op wat Martin in de gauwigheid las, was ze in november in een schandaal verwikkeld geraakt en had ze vervolgens de benen genomen. Het leek erop dat Annika Schaefer, zoals ze voluit heette, vervolgens compleet in rook was opgegaan. En dat betekende dat hij, Martin, vooralsnog de laatste was die haar in levenden lijve had gezien, snikkend voor zijn balie.

Gefascineerd klikte hij weer terug naar het aangifteformulier. De kans leek hem groot dat mevrouw nu ergens op een tropisch eiland in een designbikini pina colada's zat te drinken – ze had hem afgezien van al die tranen bijdehand genoeg geleken en dit soort ambitieuze types wisten meestal uitstekend voor zichzelf te zorgen. Maar stel dat ze inderdaad niet naar Duitsland terug had kunnen gaan, zoals ze toen in Schagen had geroepen?

Martin herkende het adres dat ze op haar aangifte als verblijfplaats in Nederland had opgegeven. Een vakantiepark bij Geestmerambacht. Er waren daar, wist hij, een heel stel van die gedateerde en verwaarloosde parkjes die dienden als illegale vrijplaatsen voor alles wat elders niet paste: gescheiden en aan de grond geraakte mannen, belastingvluchtelingen, illegale prostituees, buitenlandse arbeiders. Wat een merkwaardige plek voor zo'n chique tante, dacht hij. Aangezien het per slot van rekening zijn officiële taak was om de in het huis van Anna Weissman gevonden tas aan de rechtmatige eigenaar te retourneren en hij haar daarvoor toch eerst moest vinden, kon hij er net zo goed nog een telefoontje aan wagen.

Zoals te verwachten was, reageerde de beheerder niet al te coöperatief op het telefoontje van een politieman die hem tijdens het avondmaal stoorde.

'U moet wel begrijpen dat ik natuurlijk niet zomaar informatie over mijn gasten aan de politie kan gaan verstrekken,' zei hij op hoge toon. 'Ik heb hier wel de privacy van de mensen te respecteren.'

'O, geen enkel probleem, hoor,' zei Martin. 'Dan komen we binnenkort gewoon even met een paar mannetjes bij u langs en gaan we haar zelf zoeken. U begrijpt, haar familie in Berlijn is ongerust.'

Even bleef het stil aan de andere kant van de lijn.

'Nou ja,' zei de beheerder, meteen een stuk vriendelijker. 'Als oplettend burger wil ik de politie natuurlijk altijd graag van dienst zijn. En ja, mevrouw Schaefer woont inderdaad nog steeds hier. Annika, zo heet ze. Keurig vrouwtje, rustig, ijverig, nooit problemen mee. Erg op zichzelf. Ik kan u haar telefoonnummer wel geven, dan hoeft u niet helemaal deze kant op te komen.'

'Dat zou heel mooi zijn,' zei Martin, terwijl hij een pen en zijn notitieblok pakte.

Annika, 21 februari

De telefoon ging 's ochtends, om enkele minuten voor tien. Ik schrok verschrikkelijk. Het geluid van een mobiel, ooit de vaste begeleidingstune van mijn leven, was me totaal vreemd geworden. Eigenlijk was het de eerste keer sinds begin december mijn accounts waren opgeheven, sinds maanden dus, dat iemand me belde. Ik gebruikte het toestel alleen nog maar om af en toe wat op te zoeken op internet: losloopgebieden voor honden, het weerbericht.

Niemand had mijn nieuwe nummer. Op Ronnie na dan, maar die stuurde alleen maar sms'jes.

'Hallo...' zei ik aarzelend.

'*Ah Frau Schaefer?*' zei een zware, onbekende mannenstem. '*Sie sprechen mit brigadier Twisk, von die Polizei Noord-Holland Noord. Ich habe Ihre Telefonnummer von Herr Groot gekriegen. Sie sind noch immer in die Niederlände?*'

De auto, dacht ik. Eindelijk hadden ze me te pakken. Daar ga ik.

'*Jawohl...*' zei ik, terwijl alle rampscenario's weer door mijn hersens tuimelden. Auto ingevorderd, ik gearresteerd, Sam in beslag genomen. Ik liet me zakken op een keukenstoel. Mijn hart bonsde zo hard dat ik eerst dacht dat ik de beller niet goed verstond.

'*Das ist sehr gut,*' zei de man opgewekt. '*Wir haben Ihre Tasse gefunden.*'

Tasse? Kopje? Waar had die vent het in godsnaam over?

Pas nu drong het tot me door dat de beller wel een heel zwaar Nederlands accent had. En dat hij het helemaal niet over mijn auto had en ook niet over een kopje – hij had het over een tas. Míjn tas, de dure tas die ik op die nachtmerrieachtige eerste dag in Nederland zo onverhoeds was kwijtgeraakt.

Aan de andere kant van de lijn praatte de man onverstoorbaar verder. Mijn geld en kostbaarheden waren *leider* uit de tas verdwenen, maar de rest van mijn persoonlijke eigendommen, zoals mijn identiteitskaart, zat er nog in. Die wilde ik vast wel terug. *Vielleicht* wilde ik een afspraak met hem maken om tas plus inhoud op te komen halen?

'*Ja, bestimmt,*' stotterde ik. '*Aber heute Morgen muss ich arbeiten. Heute Nachmittag kann ich Sie besuchen.*'

Dat was, alweer, *sehr gut*. Ik kon me melden op het politiebureau aan de Edisonstraat in Alkmaar. Moest hij het adres even voor me spellen? En of ik dan bij de balie vooral naar hem wilde vragen. 'Brigadier Twisk. Martin Twisk, t-w-i-s-k.' Hij zou me voor de zekerheid ook nog zijn telefoonnummer geven, dan kon ik hem bellen als er iets tussen kwam. Gedwee noteerde ik alle informatie.

Maar toen ik een kwartier later de ramen openzette van het huisje dat ik die ochtend voor Ronnie zou schoonmaken, had ik alweer spijt van mijn toezegging. Ik ga gewoon niet, dacht ik. Ik hoef die dingen niet meer terug, ik wil helemaal niet meer herinnerd worden aan alles wat nu zo definitief achter de horizon verdwenen is. En wat moet ik in mijn huidige leven in godsnaam met een tas die ooit in New York een godsvermogen kostte en eigenlijk alleen maar geschikt was om er andere vrouwen de ogen mee uit te steken? Mijn sleutels, mijn geld, mijn telefoon en de hondenpoepzakjes: het past allemaal prima in de zakken van mijn nieuwe warme jas.

Maar toen dacht ik aan wat die tas ooit voor me had betekend en aan de spullen die ik erin terug zou vinden. Mijn eigen lippenstift! Mijn eigen portemonnee! Misschien zouden die spullen me iets teruggeven van wie ik ooit was geweest. En, nog veel belangrijker, mijn identiteitsbewijs. Dat zou me weer een echt persoon maken, me optillen uit dat merkwaardige, half illegale schemerbestaan dat ik nu leidde en waarin ik, dat besefte ik heus wel, niet tot in het oneindige kon blijven hangen.

Ik dacht aan mijn oma, die zo bijgelovig was dat ze in alles een voorteken had gezien. Misschien was dit wel zo'n teken – datgene wat ik nodig had om me weer een zetje te geven richting toekomst. Daarbij had die meneer Twisk of Twiesk niet geklonken alsof hij van de halve maatregelen was. Hij had al de moeite genomen om me via het adres van De Duindistel en Ronnie op te sporen; voor je het wist zou hij, als ik vanmiddag niet in Alkmaar kwam opdagen, naar míj komen en alsnog opmerken dat ik in een auto rondreed die niet op mijn naam stond.

En dus reden Sam en ik die middag zuidwaarts, langs het kanaal naar Alkmaar. Een felle winterzon scheen over de nog witte weilanden en aan de bomen glinsterden ontelbare druppels ontdooiend ijs, als een druipende herinnering aan de snijdende oostenwind die vanaf half januari over het Noord-Hollandse land had gewaaid en een onvervalste Russische kou had meegenomen. Maar sinds een paar dagen was de wind naar het westen gedraaid en dooide het. En het werd lichter: aan het eind van de dag kierde de zon nu over de dijk heen de woonkamer van mijn huisje binnen. Het politiebureau lag vlak naast de rondweg aan de oostkant van de stad op een bedrijventerrein dat zo te zien uit de jaren negentig stamde. Qua lelijkheid deed het niet onder voor het jarenzeventiggebouw in Schagen, maar het was een stuk groter en zo te zien belangrijker. Ik durfde mijn auto niet op het bijbehorende, met vastgekoekte sneeuwresten bedekte parkeerterrein te zetten, dus ik parkeerde hem even verderop voor een anoniem kantoorgebouw.

Na enige aarzeling nam ik Sam mee. Als ik hem alleen in de auto liet, begon hij soms als een idioot te blaffen naar toevallige voorbijgangers – misschien omdat hij dacht ons voertuig te moeten verdedigen, misschien omdat hij er sinds zijn eenzame opsluiting in het buurhuis nog steeds niet helemaal gerust op was dat hij niet weer aan zijn lot zou worden overgelaten. Ik kon hoe dan ook het risico niet lopen dat hij nietsvermoedende passanten de stuipen op het lijf zou jagen en dat die de politie erbij zouden halen. Als mijn kenteken gecontroleerd dan zou worden, had ik een veel groter probleem.

Bij de balie vroeg ik in het beperkte Nederlands dat ik inmiddels machtig was, naar *Herr Twiesk*. De agente tikte een nummer in. 'Martin,' zei ze, 'er is hier een mevrouw met een hond voor je.'

Tot mijn afschuw zag ik even later dezelfde grote blonde agent met snor de trap af komen die me in november op het bureau in Schagen te woord had gestaan. Of liever, tegen wie ik als een malloot had staan schreeuwen en bij wie ik vervolgens in vernederend gesnotter was uitgebarsten.

Ik wist niet of ik beledigd of opgelucht moest zijn toen de politieman geen enkele blijk van herkenning gaf. Waarschijnlijk herinnerde hij zich het incident niet eens meer. Routineus schudde hij mijn hand en bood hij me een kop koffie aan. Sam kreeg een vriendelijke aai over zijn kop en mocht mee naar de verhoorkamer.

'Eigenlijk zijn honden hierbinnen verboden,' zei hij met een knipoog, 'maar als iemand ernaar vraagt, zeggen we gewoon dat het een hulphond is.'

In het kale kamertje – tafel, tekstverwerker, twee stoelen – zette de agent de twee plastic bekertjes op tafel. Hij legde een dikke kartonnen map voor zich met daarnaast iets wat er, keurig geseald in plastic, uitzag als mijn tas. Mijn ex-tas. Hij haalde het ding uit het plastic.

'Herkent u dit als uw eigendom?' vroeg hij.

Ik knikte, al zag de tas er heel anders uit dan in mijn herinnering. Minder glanzend, minder luxueus. Het was nu gewoon een tas van donkerblauw leer, met wat sleetse plekken op de hoeken. De goudkleurige gespen waren dof geworden. En gek genoeg – want ik wist hoe makkelijk zo'n dure tas uit model kon raken als je er te veel in stopt – leek hij voller, alsof er eigenlijk te veel in zat. Maar het discrete, in de rechterzijnaad verwerkte merkje loog niet: dit was onmiskenbaar de tas waar ik in Bloomingdale's ooit zo'n vermogen voor had neergeteld.

'Ik begrijp dat dit een ja is.'

De agent tikte mijn antwoord in op de tekstverwerker.

'Kent u Bergen aan Zee?' vroeg hij vervolgens.

Die vraag overviel me. Voor ik het wist, had ik mijn hoofd al geschud.

'Nee... nee,' zei ik. 'Ik geloof het niet.'

De agent keek me scherp aan. Hij had, zag ik nu, heel lichtblauwe ogen. Met zijn lange blonde haar en snor had hij wel wat weg van een Viking – een Viking in een beroerd zittend uniform.

'U bent daar de afgelopen maanden niet geweest?'

'Nee,' zei ik, nu met meer overtuiging. 'Is mijn tas daar gevonden?'

'Ja,' zei de agent. Hij bladerde wat in het dossier dat voor hem lag.

'Iets anders,' zei hij, 'kent u een vrouw die Anna Weismann heet?'

Weer schudde ik mijn hoofd.

'Nee. Heeft zij iets te maken met de diefstal?'

'We denken van niet, mevrouw was al ver in de tachtig en dat is een beetje oud om nog op tasjesroof te gaan. Maar we troffen uw tas wel in haar huis in Bergen aan Zee aan. Waarschijnlijk had ze hem ergens in de buurt gevonden nadat hij daar door zakkenrollers was gedumpt. Hoe dan ook, u krijgt uw eigendom natuurlijk terug.'

De agent bladerde nogmaals door zijn map. Het was net alsof hij zocht naar iets wat hij me nog kon vragen, alsof er iets was wat hem niet helemaal lekker zat. Ik ving een glimp op van vele volgetikte pagina's en een dikke stapel grote glanzende zwart-witfoto's. Hij sloeg het dossier weer dicht. Op de voorkant van het dossier was met grote zwarte viltstiftletters 'A. Weismann' geschreven.

De agent keek op zijn horloge. 'Excuses,' zei hij, 'ik moet even iemand bellen. Het kan wel een minuut of vijf duren. Vindt u het erg om even te wachten?'

Ik bleef achter in die verhoorkamer, met die map nog steeds op tafel.

Ik dronk mijn koffie op.

Ik keek naar de deur.

Ik keek naar de map.

Ik dacht aan de vrouw die Anna Weismann heette en die mijn tas de afgelopen maanden in haar bezit had gehad. Toen werd de nieuwsgierigheid me te veel: ik trok de map naar me toe, draaide hem om en sloeg hem open bij de foto's.

Ik zag iets wat nog het meest leek op een raar, bijna obsceen stilleven: twee blote benen die uitstaken van onder een bank met daarboven een geruite, naar boven geschoven rok. Er lagen scherven naast. In mijn hoofd begon een liedje te spelen:

*Sag' beim Abschied leise 'Servus', nicht 'Lebwohl' und nicht 'Adieu',
diese Worte tun nur weh...*

Ik negeerde de muziek en sloeg om, naar de volgende foto. Voor deze foto was de bank weer overeind gezet, zodat het complete lichaam zichtbaar was. De ogen van de vrouw waren gesloten, haar mond hing open en ze lag in een vreemde, verstijfde houding. Ze was duidelijk dood. Naast haar lag een ouderwets theekastje op zijn kant, met eromheen gebroken glaswerk, kopjes en fotolijstjes. In een hoek van de foto zag ik op de grond iets liggen wat leek op mijn tas.

Op dat moment hoorde ik voetstappen op de gang. Haastig deed ik de map dicht, schoof hem weer naar de overkant van de tafel en keek zo onschuldig mogelijk. Als de agent al in de gaten had dat ik in zijn spullen had zitten rommelen, liet hij daar niets van merken. Hij verontschuldigde zich nog eens voor het oponthoud.

'Wel,' zei hij, 'wij zijn hier zo goed als klaar. U moet zo meteen bij de balie alleen nog even een formulier ondertekenen dat u uw eigendom in goede orde hebt teruggekregen.'

Even later tekende ik voor ontvangst van tas met inhoud en werd ik keurig naar de uitgang begeleid. Ik kreeg een hand ter afscheid, Sam een goedkeurend klopje op zijn flank. De hond kwispelde enthousiast, iets wat ik hem eigenlijk nog nooit bij vreemden had zien doen. 'Ja hoor, kerel,' zei de agent goedmoedig, 'jij bent een brave hond.'

Van de rit terug naar De Duindistel, de tas naast me op de bijrijdersstoel, herinner ik me eigenlijk niets meer, zo overdonderd was ik door wat ik zojuist had meegemaakt. Thuis deed ik wat ik altijd deed: ik ging nog even de dijk op met Sam, gaf hem zijn eten en maakte een boterham voor mezelf. Vervolgens waste ik af en zette koffie. Pas daarna – het was inmiddels half-acht 's avonds – zette ik de tas voor me neer op de keukentafel. Een voor een haalde ik de spullen eruit en sorteerde ze. Aan de ene kant van de tafel datgene wat van mij was, aan de andere kant de rest.

Het was, dacht ik, maar goed dat die agent een man was, anders had hij vast meteen gezien dat er iets niet klopte. Een vrouw had zeker opgemerkt dat de glanzende lippenstifthouder van Christian Louboutin onmogelijk van dezelfde eigenaresse kon zijn als het bescheiden parfumflesje met de bakelieten dop en 'Chanel No. 22' erop. Dat de autosleutel met afstandsbediening in dezelfde rode lakkleur als mijn Audi niet echt matchte met de zware, ouderwetse huissleutelbos die mijn tas uit model had getrokken. En dat de portemonnee met het Prada-logo, vol passen van exclusieve clubs als de Bundespressekonferenz en de Aspria Berlin Ku'damm-gym niets te maken kon hebben met de ouderwetse knipbeurs en het vergeelde envelopje dat ik vond in een dichtgeritst zijvak, met daarin sepiakleurige vakantiefoto's.

Dat er, met andere woorden, spullen in die tas zaten die beslist niet van mij waren.

Normaal gesproken lag ik al om tien uur in bed – moe van het werken, moe van het wandelen, moe van het leven. Maar deze avond zat ik tot na elven nog klaarwakker aan de keukentafel, met voor me de zoveelste mok thee, mijn schriftje, een pen, mijn telefoon en de spullen van Anna Weismann.

Als kind hield ik al van dingen uitzoeken. Op school konden ze me geen groter plezier doen dan me een opdracht voor een werkstuk geven. Later, toen ik bij Kurt Richter als secretaresse werkte, vond ik niets bevredigender dan de inhoud van de telefoontjes die ik aannam zo overzichtelijk mogelijk voor hem op papier te zetten. Alle feiten uit zo'n vaak rommelig en emotioneel gesprek op een rijtje: beller, probleem, geschiedenis, omstandigheden en budget.

Ik zie nog voor me hoe de oude advocaat een keer opkeek van zo'n samenvatting en me met respect in zijn ogen aankeek. 'Annika, *Mädchen*,' zei hij, 'jij hebt een helder hoofd. Jij kunt verdomd goed denken!' Vanaf dat moment schoof hij me steeds meer werk toe dat eigenlijk gedaan had moeten worden door de juridisch medewerker die hij niet kon betalen. En ik vond het heerlijk – hoe gecompliceerder de zaak, hoe meer ik me erin vastbeet. Achteraf gezien was dat de basis geweest voor mijn verzonnen juridische carrière.

En nu had ik het verhaal van de vrouw die mijn tas tot de hare had gemaakt. Voor mij en, zo vermoedde ik, de meeste vrouwen, is een tas een soort intieme zone waar alleen ik toegang toe had. Bij een tweedehands tas kon ik me net zomin iets voorstellen als bij tweedehands ondergoed, en als ik om wat voor reden ook de tas van een andere vrouw zou gaan gebruiken, dan zou ik die op zijn minst tot het laatste vakje legen en schoonmaken, zo veel mogelijk de sporen van de vorige eigenaresse uitwissend.

Maar Anna Weismann had mijn spullen er gewoon in laten zitten. Zou ze de pasfoto's op mijn identiteitsbewijzen net zo geboeid hebben zitten bestuderen als ik nu met haar oude familiekiekjes deed? Zou ze met haar oude, bevende vingers mijn Louboutin-lippenstift hebben opengedraaid en eraan geroken hebben, zoals ik nu de bakelieten dop van haar Chanelflesje draaide en de zware, zoetige geur opsnoof? En zou ze zich misschien net zo alleen hebben gevoeld als ik nu, en daarom mijn spullen dicht bij zich hebben gehouden – als een soort substituut voor menselijk gezelschap?

Ik googelde de naam 'Anna Weismann'. Dat leverde niets op, maar het kostte me weinig moeite om op de site van een plaatselijke krant een nieuwsbericht over haar dood te vinden:

> Vrouw dood gevonden in Bergen aan Zee
> Alkmaar, maandag 24 januari – In een huis aan de C.F. Zeiler Boulevard in Bergen aan Zee is vanochtend het lichaam van een 88-jarige vrouw gevonden. Buren hadden de vrouw, die teruggetrokken leefde, al enige weken niet meer gezien en daarom de politie gewaarschuwd. Vermoed wordt dat ze geruime tijd in het onverwarmde huis heeft gelegen voordat ze gevonden werd. Volgens een politiewoordvoerder is nog onduidelijk of de vrouw een natuurlijke dood is gestorven of dat er sprake is van een misdrijf. Het stoffelijk overschot is inmiddels overgebracht naar het forensisch laboratorium in Rijswijk voor nader onderzoek.

Bij het artikel stond een foto van een klein bakstenen jarendertighuis met een rieten dak dat zo te zien midden in de duinen lag. Aan de straatkant stonden een paar politieauto's geparkeerd, daarachter was een rood-wit lint gespannen. Daar weer achter was nog net een deel van de voordeur en het rechterdeel van een verweerd houten naambord te onderscheiden. Met enige moeite waren een paar letters te ontcijferen: '...ardje.'

Op de site van een regionale omroep vond ik een reportage die, aan de geparkeerde politieauto's te zien, op dezelfde dag gemaakt was. Het item werd gepresenteerd door een blozende verslaggever die eruitzag alsof hij amper oud genoeg was om een rijbewijs te hebben. Hij had zich strategisch voor het huis gepositioneerd, achter hem zag ik politiemensen en mannen in een wit pak de voordeur in en uit lopen. Even meende ik een glimp op te vangen van de grote, blonde agent bij wie ik op het bureau was geweest.

Na een kort intro wendde de verslaggever zich tot een oudere kalende man met een Burberrysjaaltje die naast hem stond. Dit was Aad Niedorp, zei hij in zijn microfoon, de oplettende burger die de politie had gealarmeerd. Vervolgens hield hij de microfoon voor de neus van de man.

Of meneer Niedorp het slachtoffer al lang kende?

'Jazeker,' zei de man, duidelijk groeiend door alle aandacht die hem op een doordeweekse januaridag zomaar ten deel viel. 'Mevrouw Weismann woonde hier al toen mijn vrouw en ik acht jaar geleden ons appartement kochten. Maar echt contact hebben we nooit met haar gekregen. Ze was erg op zichzelf.'

Maar, vroeg de verslaggever door, hij woonde recht tegenover haar – hij zou toch wel iets over haar weten?

'Wij zijn niet van die mensen die over hun buren kletsen,' zei de man, 'maar ik heb weleens gehoord dat ze als kind hier in Bergen met haar familie had gewoond en na de oorlog is teruggekomen en pianolerares is geworden. We zagen haar bijna elke dag lopen, in weer en wind, altijd op van die ouderwetse wandelschoenen en met een dikke sjaal om. En dan was er natuurlijk haar muziek. Ik was daar ooit om een abusievelijk bij ons bezorgde kerstkaart af te geven en zag toen zo'n ouderwetse grammofoon en wel duizenden platen. Als we 's avonds de hond uitlieten en langs haar huis kwamen, hoorden we altijd klassieke muziek. Veel Bach.'

En was meneer de laatste tijd nog iets bijzonders aan mevrouw Weismann opgevallen?

'Nou,' zei de Sjaal, 'het ging duidelijk niet zo goed met haar. Ze was verward en zag eruit alsof ze ergens bang voor was. Ze reageerde ook niet meer als we haar gedag zeiden – ze mompelde alleen maar een beetje in zichzelf, meestal in het Duits. *"Sie kommen bei Nacht, sie kommen bei Nacht,"* hoorde ik haar een keer zeggen. Vanaf begin januari hebben we haar helemaal niet meer gezien. Er brandde wel licht in het zijkamertje, maar geen muziek, niets. Mijn vrouw zei nog: "Aad, er zal toch niets met de oude dame gebeurd zijn?"'

'En toen?' drong de op sensatie beruste verslaggever aan.

'Kijk,' zei de Sjaal. 'Je gunt mensen hun privacy, wij zijn daar zelf ook bijzonder op gesteld. Je wilt je niet bemoeien met dingen die je niet aangaan en mevrouw Weismann was, zoals ik al zei, nou eenmaal erg op zichzelf. Maar toen we gisteravond terugkwamen van de wintersport en al die post uit de buitenbus zagen steken, heb ik vanochtend toch de politie maar gebeld.'

'Het schijnt dat het nogal een puinhoop is in het huis,' vroeg de verslaggever met onverholen hoop in zijn stem. 'Wat denkt u, zou dit een roofmoord geweest kunnen zijn?'

De Sjaal keek gealarmeerd – je zág in zijn ogen de prijs van zijn appartement kelderen als bekend zou worden dat er op zijn stoep vermoorde oude dametjes werden gevonden.

'O, nee,' zei hij haastig. 'Dat soort dingen komen hier niet voor. Dit is echt een heel veilig en keurig dorp, hier gebeurt nooit iets. En kijkt u nu eens naar haar huisje – dat ziet er toch écht niet uit alsof er iets te halen valt. Mijn vrouw en ik zeiden altijd tegen elkaar hoe zonde het was, zo'n verwaarloosde bouwval op zo'n schitterende plek – het is echt een rotte kies aan dit deel van de boulevard. Alleen die grond al moet miljoenen waard zijn.'

'Heeft de politie dan nog iets tegen u gezegd over een mogelijke doodsoorzaak?' drong de verslaggever aan.

De buurman haalde zijn schouders op. 'Tegen mij zeiden ze dat ze het wel bekend zouden maken als er meer nieuws zou zijn, maar dat we ons geen zorgen hoefden te maken.'

Zichtbaar teleurgesteld – dáár ging zijn Eerste Grote Moordzaak – wendde de jongen zich weer naar de camera. Alvorens af te sluiten, beloofde hij zijn kijkers 'deze nog met vraagtekens omringde zaak' nauwlettend te blijven volgen. Maar hoe ik de rest van de avond ook speurde op de sites van lokale media, nergens kon ik tussen alle berichten over in de sloot geraakte koeien, ongevallen op smalle dijkjes, burenruzies en burgerprotesten tegen van alles en nog wat ook maar iets vinden dat leek op een vervolgreportage of -artikel over Anna Weismann.

Blijkbaar had het onderzoek uitgewezen dat ze inderdaad een natuurlijke dood was gestorven. Of, dat kon natuurlijk ook, de patholoog had de doodsoorzaak niet meer kunnen achterhalen. Op de foto's die ik gezien had, leek haar lichaam nog behoorlijk intact, maar ze had zeker enkele weken dood in haar huis gelegen.

Ik vroeg me af wat er met het lichaam was gebeurd. Zou haar familie haar begraven hebben? Zou er überhaupt nog familie zijn geweest die haar kon begraven?

Ik bekeek de envelop met zwart-witfoto's die ik in het zijvak van mijn tas had gevonden nauwkeurig en zag daar, bijna onleesbaar verbleekt, op de voorkant in handgetypte letters staan: 'Fam. Josef I. Weissman p/a Het Zeepaardje'. Getuige de handgeschreven opschriften op de achterkant dateerden de foto's uit augustus 1939, de laatste zomer voor de Tweede Wereldoorlog.

Het waren typische vakantiekiekjes, zoals gezinnen die al sinds de uitvinding van de fotografie maken en zoals wij Schaefers ook hadden gedaan tijdens onze ene vakantie hier in Noord-Holland. Maar in vergelijking met onze simpele kiekjes waren die van de Weismann-familie een stuk chiquer. De meeste waren genomen op en om het terras achter Het Zeepaardje, waarvandaan ze een weids uitzicht hadden op het omringende duinlandschap.

Josef Weismann, 'Pappi' volgens de tekst op de achterkant, was een knappe, opgewekt ogende man met een snor, lakschoenen en een zakhorloge aan een ketting. De donkerogige schoonheid naast hem die aangeduid werd als 'Mutti' droeg een lichte, dunne jurk en een lang parelsnoer. Er waren drie kinderen – een zoontje in een korte broek en twee meisjes in matrozenjurk met bijpassende strohoed. Op een van de foto's poseerde vader Weismann met zijn dochters – *Anna und Essi* – op een stenen trapje dat vanaf het terras naar een lager gedeelte van de tuin liep. Erachter was de achterkant van het huis te zien, met in de deuropening een dienstmeisje met een groot dienblad waarop een theepot en kopjes stonden.

Vier foto's waren genomen op het strand. Hier liet de familie iets van het decorum varen. Vader Weismann had nu een strohoed op en zijn broekspijpen waren opgestroopt om aan de vloedlijn samen met zijn zoontje een zandkasteel te maken. Het jongetje – 'Sal' volgens het bijschrift op de achterkant – was een jaar of zes en had de lichte huid en de vrolijke oogopslag van zijn vader. De twee meisjes, hier in ouderwets badpak met pijpjes, leken met hun grote donkere ogen en gitzwarte haar meer op hun moeder. Anna was de jongste – ze moest, zo rekende ik uit, in 1939 elf jaar oud zijn geweest. Haar zus Essi was zo te zien veertien of vijftien.

Ik googelde 'Weismann Bergen aan Zee', maar kreeg geen

enkele hit. Ook via de zoekwoorden 'Bergen aan Zee oorlog' vond ik geen spoor van het lot van Anna of haar familie. Wat ik wel vond was een uitgebreide uiteenzetting over de manier waarop het vakantiedorpje tijdens de bezetting zo goed als helemaal gesloopt was ten behoeve van de aanleg van de Atlantikwall, de gigantische verdedigingslinie die Hitlers rijk had moeten beschermen tegen een geallieerde invasie. In Bergen aan Zee, zo stond er, was die linie extra goed versterkt in verband met het strategisch belang van het nabijgelegen militaire vliegveld.

Het vliegveld, dacht ik, ópa's vliegveld. Want al had het me op het politiebureau beter geleken dat niet te vertellen, ik kende Bergen aan Zee van de verhalen van mijn grootvader. Met een gelukkig soort weemoed vertelde Klaus Schaefer, vooral als hij een borreltje ophad, altijd over zijn diensttijd en het vliegveld aan de Noord-Hollandse kust waar hij vanaf 1941 tot de ontruiming ervan in 1944 als elektricien door de Reichsarbeitsdienst was ingezet.

Ach, wat was het daar toch *schön* geweest. De knappe meisjes. De molens. Het strand. De bollenvelden. De kameraadschap. Wat een *tolle Zeit* had hij daar gehad. En wat een geluk: omdat hij als enige wist waar de elektrische leidingen liepen, had hij daar de hele oorlog kunnen blijven en was hij niet zoals de meeste dienstplichtigen na verloop van tijd naar Stalingrad of een ander oorlogsfront gestuurd. Dat was ook de reden geweest dat we tijdens onze enige vakantie op vakantiepark De Duindistel waren beland: Bergen zelf was te duur voor ons geweest, maar opa wilde de streek waar hij zulke goede herinneringen aan koesterde graag nog eens terugzien.

Ik pakte de foto's er nog eens bij. Het was, nog altijd, onvoorstelbaar dat de zorgeloze mensen die daar op die zonnige augustusdagen onbevangen genoten van hun vakantie, zo'n gruwelijk lot boven het hoofd hing. Zoals de hele Holocaust nog steeds iets onvoorstelbaars was, ook al had ik op het Heinrich-Heine-Gymnasium genoeg lessen over Hitler en de nazi's gehad en hadden we met de hele klas het dagboek van Anne Frank gelezen. We waren verbijsterd geweest. Hoe hadden mensen zoiets kunnen doen? En erger nog, hoe hadden wij Duitsers, onze vaders, onze grootvaders, daaraan kunnen meewerken?

Ik herinner me dat ik het er één keer met mijn grootvader over had gehad. Ik was een jaar of veertien en diep geschokt uit school gekomen na een nogal aanschouwelijke les over de concentratiekampen.

'*Opa, was hasst du im Krieg gemacht?*'

'Ach,' zei hij, terwijl hij naast me kwam zitten, 'dat ging met je moeder nou precies zo. Er was een Joodse overlevende van een concentratiekamp bij haar in de klas geweest en Katja was boos op mij omdat ik aan het systeem had meegewerkt. Ze was toen een jaar of zestien en ze noemde me een vuile fascist. Daarom is je moeder toen mee gaan doen met die Vietnamdemonstraties: ze wilde een betere wereld, ze wilde zich verzetten zoals ze vond dat ik had moeten doen.'

Ik zie mijn opa – mijn lieve, warme opa, met de lachlijntjes rond zijn ogen en zijn grote handen, met zwarte nagels van zijn werk in de mijn – nog zitten op de ouderwetse bank in onze woonkamer, hulpeloos zijn hoofd schuddend.

'Maar wat wist ik nou van de wereld toen ik achttien was?' zei hij. 'Ik was maar een domme mijnwerker, ik had vanaf mijn dertiende onder de grond gezeten. Ik wist niet meer van Adolf Hitler dan dat hij die kerel op de schoorsteenmantel was die ons land gered had en dat we alles prachtig moesten vinden wat hij deed. Zelf had ik niets tegen Joden, ik had er een als buurman van mijn moestuin. Prima vent, hij had altijd de beste sperziebonen van iedereen. Ook niet meer teruggekomen natuurlijk. *Schrecklich, schrecklich.*'

Hij schudde zijn hoofd. '*Schrecklich*,' herhaalde hij nog eens, voor hij een hoestbui kreeg en ik een glas water voor hem ging halen.

Kort na dit gesprek bleek dat opa's voortdurende gekuch meer was dan het rokershoestje waarvoor we het altijd gehouden hadden, en hadden we iets dringenders om ons zorgen over te maken dan het verleden. We hebben het er nooit meer over gehad.

Het laatste wat ik voor me zag toen ik die avond onder mijn donzen dekbed in slaap viel – het was inmiddels al tegen tweeën – waren vakantiekiekjes. Die van de Weismanns en die van de Schaefers. Twee doorsnee Duitse gezinnen – beide genietend van hun vakantie, beide gelukkig aan de Noordzee. Allebei verstrikt geraakt in een geschiedenis die groter was dan zijzelf en alleen door zoiets volstrekt willekeurigs als hun afkomst waren zij aan de tegengestelde kant ervan uitgekomen. En nu weer verbonden door zoiets alledaags als een vrouwentas.

Eerst was hij van mij, toen van de dode vrouw die er op de politiefoto's zo onceremonieel bij gelegen had, nu weer van mij.

Ónze tas.

Annika, 22 februari

Het was rustig, grijzig weer. Een aarzelende zon probeerde door te breken boven het Noord-Hollandse land, dat door de dooi van zijn fotogenieke sneeuwlaagje was ontdaan en in deze tijd van het jaar vlakker en doodser oogde dan ooit. Het was zaterdag en in plaats van naar de lege stranden in het noorden, reed ik naar de westelijke rondweg van Alkmaar en nam van daaruit de afslag naar het dorp Bergen, dat een kilometer of vijf landinwaarts lag, beschut achter een uitgebreid duingebied.

Pas toen ik erdoorheen reed, besefte ik hoezeer deze plaats verschilde van de functionele, weinig tot de verbeelding sprekende Nederlandse dorpjes die ik de afgelopen maanden in de streek boven Alkmaar had leren kennen. Rond de ruïne van een oude kerk kronkelden pittoreske straatjes en de voormalige dorpshuizen waren verbouwd of vervangen door luxe boetieks en trendy restaurants.

De vrouwen die hier over straat liepen en met vriendinnen koffie zaten te drinken, deden wat betreft kleding, styling en afgetraindheid op geen enkele manier onder voor hun winkelende seksegenoten zoals ik die kende van de Kurfürstendamm of de Friedrichstrasse. Ze bewogen ook op dezelfde manier – zelfbewust, hun aankopen in tassen met bekende merknamen nonchalant aan de hand, zo intens bezig met gezien worden dat ze zelf nauwelijks meer om zich heen leken te kijken. Zelfs onder de bedienden op de verwarmde terrassen zag ik niemand met een hoofddoek of zelfs maar een donkere huid.

Dit was een heel ander soort Nederland – dit was Von Schönenbergcountry. Waren mijn voormalige schoonouders Nederlanders geweest, dan hadden ze zeker hier een villa gehad, in combinatie met een comfortabel pied-à-terre aan een Amsterdamse of Haagse gracht.

De navigatie van mijn auto voerde me in zuidoostelijke richting, via een met statige villa's omzoomde laan naar het vliegveld, dat even buiten het dorp lag. Van verre was te zien dat het al heel lang niet meer in gebruik was. Mijn opa had me weleens verteld dat hij en zijn maten de startbanen na de geallieerde landing in Normandië in de zomer van 1944 zelf hadden moeten opblazen. Ook de namaakmolen die gebouwd was om vijandelijke gevechtsvliegers zand in de ogen te strooien was daarbij de lucht in gegaan – dit tot opa's grote spijt, want hij had dat nu juist zo'n fantastische truc gevonden.

Het enige wat nu nog resteerde van het voormalige vliegveld was een omheind, met bomen en struikgewas overgroeid terrein, waar tussen de kale stammen verweerde restanten van bakstenen barakken schemerden. Een in felle kleuterkleuren geschilderd bord bij de ingang kondigde aan dat hier een ecodorp gevestigd zou worden. In de struiken hingen nog de restanten van slingers en leeggelopen ballonnen van het openingsfeest, maar veel verder dan dat waren de initiatiefnemers kennelijk niet gekomen en nu benadrukten de rubberflarden en de harde feestelijkheid van het bord alleen maar de alomtegenwoordige sfeer van verval.

Op de weilanden naast het terrein lagen tientallen verzakte en overgroeide restanten van bunkers. Ze oogden alsof een reuzenhand ze er op goed geluk had neergekwakt, als een soort zwaarmoedig kubistisch kunstwerk. Ernaast liepen paarden en pony's te grazen. Het was duidelijk dat de Nederlanders er ondanks hun legendarische opgeruimdheid nooit aan toegekomen waren om de restanten van onze Atlantikwall af te breken. Of misschien hadden wij Duitsers die bunkers wel zo *gründlich* gebouwd dat ze gewoon niet te ruimen waren.

Ik stopte aan de kant van de weg, stapte uit de auto en keek, leunend tegen de motorkap, naar de bunkers. Sam snuffelde rond in de berm. Hoewel ik al jaren niet meer rookte, had ik opeens ontzettend veel zin in een sigaret.

Dit was dus het decor van de zonnige oorlog van mijn grootvader, waarin hij naar eigen zeggen nooit een schot had hoeven afvuren. Ja, op de duinkonijntjes, die hij en zijn vrienden stiekem boven illegale houtvuurtjes in de duinen hadden geroosterd. Dit tot woede van hun commandant, die ze vervolgens terugpakten door bij een vriendinnetje van een van hen in het dorp een teckeltje te lenen en dat in zijn slaapbarak te zetten. Ze hadden nog nooit iemand zo hard zien rennen – *mein Gott*, wat was die klootzak bang voor honden.

'Onthoud goed, Annichen,' zei opa, 'vertrouw nooit grote mannen die bang zijn voor honden – dát zijn de echte rotzakken.'

Eigenlijk had ik altijd gedacht dat mijn grootvader het allemaal een beetje té rooskleurig voorstelde – zoveel *Spass* kon die oorlog nou ook niet geweest zijn. Maar zijn jongensboekverhalen sloten naadloos aan op de foto's die ik had gezien op de website die gewijd was aan de Duitse bezetting hier in Bergen. Vrolijke jongens, het bovenlijf ontbloot, rondspattend in de golven; voetballend, ijverig scheppend in de duinen voor de aanleg van een nieuw sportterrein, tijdens een theatervoorstelling, rokend en lachend met meisjes uit de dorp. 'Hebben ze die arme drommels die later als kanonnenvoer naar het oostfront werden gestuurd, in Bergen toch nog een mooie tijd kunnen bezorgen,' zoals opa zei.

Oma, aangestoken door zijn vrolijkheid, vertelde dan steevast hoe haar vroegere buurjongen er bij hun weerzien in het najaar van 1945 had uitgezien. 'Dat was *ja einfach unglaublich*, ik herkende hem eerst helemaal niet. *Er sah wahnsinnig gut aus, wie ein Hollywood-Star*. Hij had brede schouders gekregen, hij was bruin en zijn haar was helemaal blond.'En het mooiste was, hij had háár, puin scheppend in de Brackeler Strasse, wél herkend, hoe mager en vuil ze ook was. 'Ik hoorde hem roepen: *Trude, ich bin es – der Klaus*. En ik zei: *Ach Junge, was bist du ein schöner Bursche geworden*. En ik dacht: wat jammer dat zijn ouders hem zo niet meer kunnen zien.'

Op dit punt in het verhaal gekomen, trok er steevast een schaduw over het gezicht van mijn grootmoeder: 'Toen besefte ik pas dat Klaus natuurlijk geen idee had wat er de laatste maanden van de oorlog met ons in Huckarde was gebeurd.' Net op het moment dat haar ogen zich met tranen vulden, greep opa in: '*Komm Trude*, en nu doorvertellen – er gebeurde toch nog een wonder?'

'Ja,' zei mijn oma knikkend. Haar blauwe ogen straalden weer. 'Onze fotoalbums waren natuurlijk allemaal verbrand, maar zijn moeder had hem een fotoboekje van onze families en onze oude straat meegegeven naar Holland en nu kon ik ze toch weer allemaal zien. Wat een wonder was dat!'

Ik stapte de auto weer in. Dit sombere bunkerlandschap deprimeerde me. Ik had hier niets te zoeken. Mijn grootvader was hier niet meer en van het magische Holland dat hij me had voorgespiegeld – '*Die Farben, Annichen, du kannst dich keine Vorstellung davon machen, so wunderschön*' – was geen spoor te bekennen. In plaats van uitbundig bloeiende bollenvelden, zag ik slechts met vuil stro bedekte akkers.

Op de smalle beklinkerde laan die vanuit het centrum van Bergen in de richting van de zee liep, werd mijn autootje om de haverklap opzij gedrongen door SUV's en opgeblazen Mini Coopers. Af en toe sloeg er eentje af naar een van de enorme landhuizen die tussen de kale bomen door schemerden. De *mansions*, want 'villa's' was een te bescheiden woord voor deze bouwwerken, die waren opgetrokken in een ratjetoe aan stijlen, variërend van jaren dertig cottage-stijl tot hedendaags modernisme, inclusief alle modes uit de tussenliggende jaren. Het leek wel een architectuurgids. De bebouwing hier had maar één ding gemeen en demonstreerde dat dan ook heel nadrukkelijk: geld en privilege.

Aan het eind van de weg maakten de landhuizen plaats voor hoge duinen. Bij een driesprong met daarachter een eeuwenoude, fraai gerestaureerde boerderij stuurde de navigatie me naar rechts, de Zeeweg op. Van het ene op het andere moment kwam ik in een soort natuurfilm terecht. Elegant slingerde de weg zich door een zacht glooiend duinlandschap, langs imponerende dennenbossen en weidse uitzichten. Ik begon te begrijpen waarom al die rijke mensen hier zo graag woonden. Na een minuut of vijftien kwam ik weer bij een rotonde en begon Bergen aan Zee.

Hoewel ik op internet al had gelezen dat het oorspronkelijke dorp tijdens de Duitse bezetting zo goed als helemaal met de grond gelijk was gemaakt, had ik toch niet verwacht dat er zó weinig meer over zou zijn van het idyllische cottage-dorpje dat ik op foto's uit de jaren twintig en dertig had gezien. Afgaande op de betonnen appartementencomplexen en verbeeldingloze wijken die ervoor in de plaats waren gekomen, hadden projectontwikkelaars hier sindsdien de vrije hand gekregen. Het resultaat was duidelijk nog steeds duur, maar sfeervol kon je het moeilijk noemen.

In dit bijna boomloze, winddoorblazen kustdorp was het niet moeilijk om Anna's huis te vinden. Ik reed de boulevard af tot het punt waar het onafzienbare duinlandschap begon dat deze streek zo populair maakte. Net voor de weg een bocht naar rechts maakte, lag wat lager dan de weg en daardoor nauwelijks te zien het oude, rietgedekte huis. Waarschijnlijk was Het Zeepaardje ook voor de oorlog al het laatste huis aan de boulevard geweest en had het dankzij die afgelegen ligging de kaalslag in de rest van het dorp overleefd.

Het rood-witte afzetlint dat ik op de reportage van de regionale televisie had gezien, was verdwenen. Het huis werd duidelijk niet langer beschouwd als een plaats delict. Ik parkeerde de auto en controleerde of de zware sleutelbos die ik in mijn tas had gevonden, nog in de zak van mijn jas zat. Met – hoopte ik – een gezicht of ik het volste recht had om hier in en uit te lopen, opende ik het oude, kreunende tuinhek en liep, Sam achter me aan, naar de door een klein luifeltje overdekte voordeur. Ik had meteen de goede sleutel te pakken en het slot ging makkelijk open, alsof het recentelijk nog geolied was.

Even later stond ik in de kleine hal. Het was er doodstil en intens koud. In het schemerdonker was een ouderwetse kapstok te zien, met aan de haken jassen en een aantal paren laarzen en wandelschoenen op een keurige rij eronder. Voor me was een deur die naar de keuken leidde, ernaast een houten trap die toegang gaf tot de slaapkamers op de bovenverdieping. Rechts was het zijkamertje dat als een soort kantoor diende – door de openstaande deur zag ik nog net een ouderwets houten bureau met een oude zwarte telefoon en wat paperassen.

Ik drukte op de bakelieten lichtknop naast de deur, maar

er gebeurde niets. Voorzichtig duwde ik tegen de linkerdeur, die toegang gaf tot de woonkamer, die het hele linkerdeel van de benedenetage van het huis besloeg. Het was alsof de tijd had stilgestaan: Het Zeepaardje ademde in alles de sfeer en de inrichting van een vooroorlogs vakantiehuis. Er stonden rotanmeubels met ooit vrolijke maar nu verbleekte gebloemde kussens erop. Aan de muur hingen duidelijk door een amateur vervaardigde zeegezichten. In een klein boekenrek zag ik onder meer een vergeelde schelpengids en een voor kinderen bedoeld plaatjesboek over de natuur in de duinen. Op de vensterbank stonden koperen potten met verdroogde planten erin.

Het enige wat hier niet helemaal leek te passen was de grote, zwarte piano in de voorkamer. Ernaast stond een kast met daarop de platenspeler waarover die buurman het had gehad, en daaronder inderdaad eindeloze rijen langspeelplaten, keurig gerangschikt op naam van de componist. Onder het raam stond een bank – dé bank, zag ik nu, de bank waar Anna onder had gelegen. Iemand, waarschijnlijk een politieman, had hem weer op zijn plek gezet. Ook het servieskastje stond weer overeind en was nu leeg – het gebroken glaswerk en servies dat ernaast hadden gelegen waren opgeruimd.

Sag' beim Abschied leise 'Servus', nicht 'Lebwohl' und nicht 'Adieu',

Ik huiverde, en niet alleen van de kou.

Ook Sam voelde zich ongemakkelijk – zijn rugharen stonden overeind. Misschien rook hij de dood. Toen ik met een andere sleutel van Anna's bos met enige moeite de terrasdeuren open wist te krijgen, schoot hij langs me heen naar buiten, duidelijk blij dat hij het huis uit was en de zee kon ruiken. Ik stapte achter hem aan naar buiten en ging bijna onderuit op het terras dat door mos en aanslag was bedekt: de stenen waren met dit vochtige weer spekglad geworden. Ik hoorde het geluid van de zee van achter het hoge duin pal achter het huis.

Sam heeft gelijk, dacht ik, toen ik krabbelend mijn evenwicht hervonden had. Wat deden we hier? Wat had ik te zoeken in dit trieste, claustrofobische, koude huis met het vergeelde behang en de dode planten? Wat moest ik hier, zo intiem in het bestaan van een dode vrouw?

Opeens snakte ik naar frisse lucht, naar uitzicht, naar mensen en iets levends om me heen. Ik floot Sam en verliet het huis zonder nog maar een blik achter me te werpen. Ik liet de auto staan waar hij stond en liep een stukje terug naar de noordelijkste strandtoegang.

De hond rende voor me uit, een *goofy* uitdrukking op zijn lelijke snuit. Nou ja, 'rende'... Zijn bewegingen deden meer denken aan onhandige bokkensprongen, want hoewel Sam sinds hij bij mij woonde een stuk slanker en fitter was geworden, bewoog hij zich nog steeds wat onbeholpen – alsof hij zelfs toen hij nog een jonge hond geweest was, nooit de gelegenheid had gehad om vrij te kunnen rennen.

Als altijd deed het me goed, troostte het me zelfs, om mijn hond zo vrolijk te zien. Het leven was zo onrechtvaardig als wat, niemand wist dat inmiddels beter dan ik, maar voor Sam kon ik de geschiedenis in elk geval nog een beetje terugdraaien en iets goedmaken van wat er allemaal zo verschrikkelijk was misgegaan.

Ondanks het kille weer waren er nog genoeg wandelaars op het strand, dik ingepakt tegen de wind. Maar de kou in Het Zeepaardje had me tot op mijn botten verkild en toen ik meteen onderaan de strandopgang een warm en uitnodigend uitziend strandpaviljoen zag, besloot ik dat ik wel een lunch had verdiend.

Druk was het er niet, en ik vond zonder moeite een plek op een met schapenvachten bedekte bank vlak bij de open haard. Sam plofte onder mijn stoel neer en zuchtte diep: de strandwandeling waar hij op gerekend had, viel vooralsnog wel heel kort uit.

'Rustig maar,' zei ik, 'hierna gaan we lekker een flink eind lopen samen.'

Blijkbaar sprak ik harder dan ik zelf dacht, want de man en vrouw aan de tafel naast me keken op en dempten hun stem. Ik besefte dat ik iets geworden was wat ik nooit had willen zijn: zo'n eenzame vrouw die in het openbaar hardop met haar hond praat. En het erge was: het maakte me niets uit.

Om me een houding te geven keek ik op mijn telefoon. Het was al halftwee. Pas nu voelde ik hoe hongerig ik was. Een jongeman die eerder zo fotogeniek tegen de bar gehangen had alsof hij elk moment een modellencontract verwachtte, bracht me de menukaart. Pas toen ik die opensloeg, besefte ik wat ik natuurlijk eerder had moeten opmerken: dat ik per ongeluk terechtgekomen was in een van de meest trendy en dus ook duurste strandtenten van de Noord-Hollandse kust.

Er waren oesters in drie categorieën, er was champagne, en de wijnkaart kon zich meten met die van een sterrenrestaurant in Berlijn. Het vlees was duurzaam, het brood ambachtelijk, de salades bestonden alleen maar uit verantwoorde foody-ingrediënten. Zelfs de patat was gemaakt van biologisch geteelde aardappels. Ik las dat de chef-kok van Livingstone's, zoals de zaak heette, eerder had gewerkt bij een door Michelin bekroond restaurant in het naburige Schoorl. Daar moet ik, dacht ik, toch ook hoognodig eens heen.

Ik zocht het goedkoopste uit wat ik op de kaart kon vinden: een hamburger van Wagyu-rund, een cappuccino en een glas water, waarvan ik alleen maar kon hopen dat ze het net als in Berlijn gratis serveerden.

Ik leunde achterover in de zachte kussens en staarde naar de rustige golven, die lui aan het strand likten en de grijze zee erachter. Het was heerlijk om omringd te zijn door zorgvuldig vormgegeven spullen, door mooie, gelukkige mensen en kwaliteitseten. Het was heerlijk om me na al die maanden afzien voor de verandering eens geen mislukkeling te voelen. Luxe. Ik hunkerde naar luxe. Het was, bedacht ik, gewoon heel, heel fijn om rijk te zijn. Geen wonder dat iedereen daar altijd zo naar hunkerde, geen wonder dat ik me er mijn leven lang voor uit de naad had gewerkt.

Zat ik hier maar gewoon met Walter, Ingrid en haar man Günther – discussiërend, roddelend, lachend, zoals we dat tijdens onze gezamenlijke vakanties altijd hadden gedaan. Wat had ik in mijn oude leven, veel en vaak, oprecht plezier gehad. Ook in mijn werk, ook met mijn partijvrienden, met Peter en Veronica en de rest. Wat had ik gehouden van Berlijn en van het politieke bedrijf. Wat had ik, bovenal, gehouden van het gevoel dat ik ertoe deed en oprecht geloofd dat ik iets zinnigs aan de samenleving kon bijdragen.

Opeens voelde ik hoe moe ik was. Moe van het overleven van de afgelopen maanden. Hoe karig, vergeleken met het leven waaruit ik verbannen was, was het bestaan waartoe ik nu veroordeeld was. Wat had ik intens genoeg van al die lelijkheid om me heen, van dat rottige huisje, van Ronnie en al die andere vage types die ik tegenwoordig tegenkwam. Wat werd ik triest van al die rottigheid die ik achter me aan sleepte, die op me drukt en mijn leven bepaalt. Ik had zo hard geploeterd om eraan te ontsnappen en kijk eens wat er van mij geworden was.

Langzaam, proevend van iedere hap, at ik mijn hamburger,

nipte ik aan het water – niet gratis, helaas – en dronk ik mijn cappuccino. Mijn opa, mijn oma, Anna Weismann – ze waren nu dood en ik moest ze vergeten. Ik had ook wel iets belangrijkers om me mee bezig te houden, namelijk mijn toekomst. Ronnie had er al op gehint dat mijn dagen op De Duindistel geteld waren. Of Huisje 24 nu in de verkoop ging of terug in de vakantieverhuur, ik moest aan het begin van het hoogseizoen een ander onderdak hebben.

Alleen al daarom kon ik me onmogelijk nog langer verstoppen in het schemerbestaan dat ik de afgelopen maanden 'leven' had genoemd. Ik móést iets gaan doen. Beslissingen nemen. Mijn Berlijnse bestaan op een of andere manier afhechten, al besefte ik nu dat ik de weinige kansen om daar nog naar terug te gaan in november al had verspeeld. Dus ik moest iets anders gaan bedenken. Opnieuw beginnen. Vérder. Alleen bij het hoe, wat en waar stokten mijn gedachten. Ik werd eerlijk gezegd al moe van het idee dat ik me er überhaupt mee bezig moest houden.

Ik zuchtte, wendde mijn blik af van de zee en keek nog eens om me heen – het plezier van deze plek en de zorgeloosheid van deze mensen zoog ik op als een spons. Toen viel mijn oog op mijn hond die, zijn vervaarlijke kop op zijn poten, als altijd geduldig op me lag te wachten. Zoals hij nu al maanden deed, in het volste vertrouwen dat ik altijd het beste met hem voor zou hebben, ondanks alle afschuwelijke dingen die hem eerder in zijn hondenleven waren overkomen.

Wat er ook gebeurt – niets zonder jou, Sam, dacht ik, terwijl ik me vooroverboog en zijn flank aaide. Jíj hoort bij me.

Aanvankelijk viel de zwarte motor me niet eens op. Hoewel ik net een urenlange wandeling met Sam langs de vloedlijn van het strand in Bergen aan Zee achter de rug had, zat mijn hoofd nog zo vol met alle tegenstrijdige indrukken en gedachten van die dag dat de voortdurende aanwezigheid van het voertuig in de buurt van mijn auto pas ergens op de rondweg van Alkmaar echt tot me doordrong. Ik probeerde te bedenken waar ik de motor en zijn in zwart leer geklede berijder voor het eerst gezien had. Was hij er op de Zeeweg al geweest? Of was hij pas later in Bergen of zelfs hier op de rondweg achter me gaan rijden?

Van motorfietsen had ik geen verstand, maar ik zag wel dat dit exemplaar nieuw en duur was. En aan het af en toe aanzwellende geluid van de motor te horen, ook sterk en snel. Des te vreemder dat hij zo in de buurt van mijn inmiddels vuile en afgeragde Suzuki bleef hangen. Van de berijder kon ik niet veel meer zien dan dat het een lange, op het oog jonge en fitte man moest zijn. Zijn gezicht bleef verborgen achter een zwarte integraalhelm met getinte voorkant.

Het liep inmiddels al tegen zessen en de verlichting van de rondweg floepte aan. Op slag voelde het aan als duisternis. Even meende ik de motor in het drukke verkeer van het spitsuur te zijn kwijtgeraakt, maar even later, op de weg langs het Noordhollandsch Kanaal, doemde die ene, felwitte koplamp toch weer op in mijn achteruitkijkspiegel. Vanaf dat moment leek de motor als een donkere schaduw aan me te kleven – nu eens verder weg, dan weer vlakbij, maar altijd bij mij in de buurt. Minderde ik vaart in de hoop dat hij me voorbij zou rijden, dan deed hij hetzelfde. Gaf ik gas, dan deed hij dat ook. Als het niet zo volstrekt onwaarschijnlijk was, zou ik denken dat hij me achtervolgde.

Ik minderde vaart om de afslag naar rechts over het kanaal te nemen.

Kom op joh, ga er nou langs.

Maar de motor passeerde me niet. Integendeel – hij remde ook af en volgde me de brug over. Vervolgens sloeg hij, net als ik, af naar links. Nu begon ik me echt ongemakkelijk te voelen. Opeens besefte ik hoe alleen ik was, en hoe kwetsbaar. Aan deze kant van het kanaal was nauwelijks verkeer en er stonden geen straatlantaarns. Stoppen bij een willekeurig huis en aanbellen durfde ik niet: wat zou ik moeten zeggen? Het alarmnummer van de politie bellen was al helemaal geen optie: dan raakte ik zeker meteen mijn auto kwijt, met alle ellende van dien.

De motor reed nu vlak achter me en de koplamp in mijn achteruitkijkspiegel leek me expres te verblinden. Na wat een eeuwigheid duurde – het zweet gutste inmiddels over mijn rug – kwam ik eindelijk bij de afslag naar De Duindistel, linksaf de dijk op. De koplamp zwenkte met me mee: hij blééf me volgen.

Op de achterbank kreeg Sam, die tot dan toe had liggen slapen, in de gaten dat er iets mis was. Hij ging rechtop staan en staarde naar dat zwarte ding dat zo ongebruikelijk dicht bij de – bij zíjn – auto kwam. Vanuit het diepste in zijn keel hoorde ik een zacht, waarschuwend gegrom.

Tot mijn opluchting hing de vlag nog boven de receptie van De Duindistel en er scheen licht achter de glazen deur: Ronnie was dus nog in zijn kantoortje. De helling van de toegangsweg naar het park was echter zo steil dat ik terug moest schakelen voor ik naar beneden kon rijden, en mijn vingers beefden zo dat ik de auto in de verkeerde versnelling zette.

Met een schok sloeg de auto af.

Opeens was het oorverdovend stil. Buiten, achter me, remde de motor ook af. Even overwoog ik uit te stappen en schreeuwend naar beneden te rennen, in de hoop dat Ronnie mijn hulpgeroep bijtijds zou horen en me te hulp zou schieten. Of desnoods in de aanval zou gaan en die vent op hoge toon te vragen wat hij van me wilde. Maar de hele situatie voelde als té sinister om nog in een toevallige samenloop van omstandigheden te kunnen geloven, de kantine was tientallen meters ver en de motorrijder was jong, fit en zeker twee koppen groter dan ik.

Dus bleef ik als verlamd zitten, wachtend op wat er komen zou.

Op dat moment nam Sam de situatie over. Hij was nu alweer zo lang mijn trouwe, rustige metgezel dat ik bijna vergeten was tot hoeveel geweld en woede het dier eigenlijk in staat was. Grommend, blaffend en schuimbekkend vloog hij door de auto en sprong als een wilde tegen het achterraam. De auto schudde heen en weer onder zijn gewicht en ik hoorde zijn lijf zo hard tegen het glas beuken dat ik er zeker van was dat de ruit zou versplinteren.

In de zijspiegel zag ik de motorrijder een snelle, afwerende beweging met zijn arm maken. Toen gaf hij gas en scheurde rakelings achter ons langs, in volle vaart de dijkweg op. Na een paar seconden waren zijn rode achterlichten in het donker al niet meer te zien. Toen ik het autoportier voorzichtig opende, hoorde ik in de verte alleen nog maar het gegrom van de motor, tot ook dat wegstierf in de stilte van de nacht.

Enkele minuten later parkeerde ik voor huisje 24.

Het had me een paar pogingen gekost voordat ik de auto weer aan de praat had gekregen en ik beefde over mijn hele lichaam: het was een godswonder dat ik nergens tegenaan gereden was. De gedachte om alsnog mijn heil bij Ronnie te zoeken had ik meteen verworpen. Wat had ik moeten zeggen? Dat ik gevolgd was door een onbekende motor? Hij had me zeker voor gek verklaard – als hij dat niet allang deed. Pas nadat ik een hele tijd in de stille auto had zitten wachten om er zeker van te zijn dat de motorrijder niet was teruggekomen en me in het donker te voet was gevolgd, durfde ik uit te stappen en, met Sam naast me, naar binnen te vluchten.

Eenmaal in het donkere huisje draaide ik de sleutel van de voordeur op de tast twee keer rond, liep ik alle deuren en ramen na om te kijken of ze gesloten waren en trok vervolgens de gordijnen stevig dicht. Pas toen klikte ik de lampen aan. Ik dronk een glas water, draaide de thermostaat van de kachel omhoog en gaf Sam zijn eten.

'Goed gedaan, jochie,' zei ik, terwijl hij zijn bak leegslobberde. 'Je hebt je baasje goed verdedigd.'

Zelf had ik geen honger. Ik schonk een glas wijn in en zette de televisie aan, in de hoop op wat afleiding. Maar na een paar minuten zette ik het toestel alweer uit: bang dat het geluid ervan dat van eventueel rond mijn huisje sluipende voetstappen zou overstemmen.

Ik bedacht dat eenzaamheid rare dingen kan doen met de menselijke geest. Zo schijnen alleenwonende vrouwen zich nogal eens in te beelden dat hun buren of zelfs terroristen het op hen hebben voorzien. Alles beter, blijkbaar, dan de nog veel huiveringwekkender gedachte dat hun bestaan voor niemand van enig belang is.

Er móést een plausibele verklaring zijn voor de gebeurtenissen van die middag. Misschien wilde de motorrijder me de weg vragen. Of hij had gezien dat er iets mis was met mijn auto en wilde me waarschuwen. Of het was gewoon een engerd die er lol in had om willekeurige automobilistes schrik aan te jagen. Hoe dan ook, het was waarschijnlijk iets totaal ongevaarlijks en het enige zorgwekkende eraan was de overspannen manier waarop ik had gereageerd.

Voordat ik naar bed ging, stopte ik Anna's spulletjes – het parfumflesje, de foto's, de sleutelbos – terug in de Bloomingdale's tas en vouwde er een oude handdoek omheen. Ik borg het pakket op in het zijkamertje dat ik als opslagruimte gebruikte, goed verstopt onder het oude dekbed boven op het stapelbed. Maar van slapen kwam die nacht niet veel. Hoorde ik het gekraak van motorlaarzen die om mijn huisje slopen? Rook ik sigarettenrook in de koude nachtlucht die naar binnen kwam door het kierende achterraam? Uiteindelijk sleepte ik Sams mand naar de slaapkamer. Pas met zijn geruststellende aanwezigheid naast me lukte het me eindelijk om in te dommelen.

Ik schrok wakker van het gerinkel van glas en het gevoel dat handen naar me klauwden, in mijn oren klonken flarden muziek. Toen besefte ik, verward en ontdaan, dat ik gewoon in het stille slaapkamertje van huisje 24 was en naar had gedroomd. Het enige geluid kwam van de tevreden snurkende Sam.

Martin, 26 februari

Hij herkende hem meteen tussen de passagiers die vanuit de bagagehal de aankomsthal van Schiphol binnenstroomden: een keurige bankier van middelbare leeftijd, zo fris en verzorgd als alleen Amerikanen dat na een lange vlucht kunnen zijn.

Martin stak het kartonnen bord met daarop de naam 'F. Weismann' omhoog. De man zag het bord, knikte en liep op hem af. Als hij al verbaasd was dat hij opgehaald werd door een agent in uniform in plaats van door een rechercheur, dan liet hij daar niets van merken.

'Er is hier veel veranderd,' zei de Amerikaan, terwijl Martin zich behendig een weg manoeuvreerde naar de A9 richting Alkmaar, langs drukke snelwegen, eindeloze parkeerterreinen en de horizonbepalende luchtvaartmoloch die Schiphol Airport heette. 'Toen ik hier de laatste keer was, was het vliegveld veel kleiner.' Hij zweeg even. 'En het was zomer.'

'Dat is het nu zeker niet,' bevestigde Martin, terwijl de zoveelste hagelbui van die dag neerkletterde op het dak van de auto.

'Heeft mijn tante geleden, aan het einde?' vroeg Frits Weismann.

'Voor zover we denken niet,' zei Martin. 'Zoals u weet was de doodsoorzaak helaas niet meer vast te stellen, maar wat er ook met haar gebeurd is, langer dan een paar minuten heeft het waarschijnlijk niet geduurd.'

'Het is zo intens triest dat ze daar al die tijd helemaal alleen in haar huisje heeft gelegen,' zei Weismann. 'Wij maakten ons al zorgen en het plan was dat ik haar begin februari zou bezoeken om te kijken of het nog wel verantwoord was dat ze daar alleen bleef wonen. Midden december heb ik haar nog gebeld – toen klonk ze eigenlijk heel goed en bij de tijd. Maar meteen na Nieuwjaar kregen we een nogal verward kaartje waaruit bleek dat ze dacht dat het weer oorlog was. Ik heb haar een paar keer gebeld, maar ze nam niet op en toen heb ik alsnog maar voor februari geboekt. En daarna kreeg ik het telefoontje van uw collega.'

Weer viel er een stilte in de auto.

'Misschien had ik toen meteen moeten gaan, maar het was druk op de bank en ik zag er eerlijk gezegd ook tegenop om haar uit haar huisje weg te moeten halen. Mijn vader heeft na de oorlog al eens hemel en aarde bewogen om te zorgen dat ze bij ons in New York kon wonen. Het visum was geregeld, de overtocht betaald. Mijn moeder had zelfs al een kamer voor haar ingericht. Maar uiteindelijk haakte ze op het laatste moment af.'

Weer zweeg de bankier, alsof hij Martin probeerde te peilen, probeerde in te schatten in hoeverre die alleen maar zijn werk deed of oprecht meer wilde horen.

'U kent, veronderstel ik, haar geschiedenis?'

'Zo'n beetje,' zei Martin, die op de autopsiefoto's het getatoeëerde nummer op de onderarm van Anna Weismann en in haar papieren het Rode Kruispensioen had gezien. Hij keek zijn passagier aan, besloot dat hij de man mocht.

'Maar dit geval gaat me aan het hart, misschien omdat ik haar gevonden heb. Ik hoor graag meer over haar.'

De rest van de rit vertelde Frits Weismann het levensverhaal van zijn tante, het enige familielid dat zijn vader na de oorlog nog over bleek te hebben. Anna's moeder en broertje waren in mei 1943, meteen op de dag van aankomst in concentratiekamp Auschwitz, al vergast; haar zus Essi was in december 1944 in een werkkamp aan ondervoeding en uitputting overleden. Anna, of wat er toen nog van haar over was, was in januari 1945 door Russische soldaten gevonden in een bijkamp van Auschwitz. Ze woog op dat moment nog maar 23 kilo en was pas na twee jaar in een Zwitsers sanatorium voldoende aangesterkt om weer naar Nederland terug te kunnen.

Over het lot van Josef Weismann had de familie nog lang in onzekerheid verkeerd. Pas eind 1946 waren er via het Rode Kruis getuigen gevonden die vertelden dat ze hem in concentratiekamp Neuengamme hadden gezien. Daar was hij in de herfst van 1944 door ss'ers doodgeslagen.

'Voor Anna was dat de genadeklap,' zei Weismann. '*It just broke her spirit.* Ze had al die tijd hoop gehad dat hij nog terug zou komen. In haar brieven, die ik de afgelopen weken nog eens nagelezen heb, schreef ze vaak dat ze maar niet kon begrijpen waarom uitgerekend zo'n zachtmoedige, vriendelijke man als haar vader doodgeslagen moest worden. Ik heb mijn secretaresse trouwens kopieën laten maken van de correspondentie tussen onze familie en die voor u meegenomen: misschien kunnen ze nog van dienst zijn bij het onderzoek.'

'Graag,' zei Martin, 'we zullen ze bij het dossier voegen.'

Hij vond het niet nodig om de Amerikaan eraan te herinneren dat het onderzoek zo meteen met het vrijgeven van het lichaam feitelijk afgesloten zou zijn – hij begreep dat het voor Frits Weismann prettig zou zijn om het gevoel te hebben dat hij toch nog iets had kunnen bijdragen. Ze waren inmiddels al in Alkmaar, en na formaliteiten op het politiebureau te hebben afgewikkeld, zette Martin de buitenlandse gast af bij diens hotel in Bergen.

Terug op kantoor bladerde hij de map met daarin de keurig op datum gelegde correspondentie nog eens door. Een van de brieven dateerde uit november 1947 en was geschreven in Het Zeepaardje. Hij las:

Meine liebe Onkel Fritz,
Dank u voor uw lieve brieven en vooral de foto's – wat is de tweeling schattig en wat lief dat jullie de eerstgeborene naar papa hebben genoemd. Zo zijn er toch weer twee broers Weismann die Josef en Fritz heten – dat is een mooie gedachte. Natuurlijk begrijp ik dat Duits klinkende roepnamen in deze tijden in Amerika niet praktisch zijn. Dus geef de kleine 'John' en 'Frits' maar een paar dikke zoenen van hun tante Anna uit Holland.

Ik ben nu sinds drie maanden terug in ons oude huis in de duinen. In Amsterdam was er niets meer. Op het huis aan de Weesperzijde zag ik nog wel onze gordijnen, maar er hing een ander naamplaatje, en er woonden andere mensen, ze hadden zelfs nog nooit van ons gehoord – tenminste dat zeiden ze. Bij papa's kantoor aan de Keizersgracht hetzelfde verhaal. Ons meubilair, papa's schilderijen, mijn piano, mama's sieraden – alles is weg. Het is net of we in Amsterdam helemaal niet bestaan hebben, ook al hebben we daar jaren gewoond. Er schijnt een instantie te zijn waar Joodse families hun verdwenen eigendommen kunnen opgeven, maar toen ik daarnaar informeerde, reageerde men weinig vriendelijk – de Nederlanders hebben duidelijk iets anders om zich mee bezig te houden en er zijn natuurlijk maar zo weinig van ons Joden meer over.

Hier in Bergen aan Zee is alles ook onherkenbaar veranderd. De Bello – u weet wel, de tram uit Alkmaar – is er gelukkig nog, maar ons mooie lieve vakantiedorp is voor het grootste deel afgebroken of vernield. Overal, zelfs in onze achtertuin, staat het vol met bunkers en verdedigingswerken en vanaf het strand hoor je voortdurend ontploffingen omdat ze mijnen aan het ruimen zijn.

Ons zomerhuis is als een van de weinige gespaard gebleven – ik denk omdat het zo achteraf staat. Tijdens de bezetting hebben er Duitse officieren in gewoond, maar die hadden alles keurig achtergelaten. Zelfs papa's pijpen waren er nog en zijn hoed hing zoals gewoonlijk aan de kapstok. Toen ik hier met mijn koffer de hal binnenstapte, was het net alsof er niets gebeurd was en mama zo uit de keuken kon komen om me te omhelzen. Het rook allemaal ook nog net als vroeger. Voor het eerst in al die verschrikkelijke jaren had ik het gevoel dat ik thuiskwam. De officieren hadden naast de sleutels een briefje op de keukentafel achtergelaten waarin ze schreven dat ze het zo naar hun zin hadden gehad in ons huis en dat ze ons voor onze gastvrijheid wilden bedanken, ook al kenden ze ons niet.

Natuurlijk heb ik de afgelopen maanden nagedacht over uw uitnodiging om bij u en tante Cissy in New York te komen wonen. Mevrouw De Jong – mijn begeleidster van het Rode Kruis – vindt het een heel goed idee: veel Joden doen dat, zegt ze, ze laten alle narigheid en boze herinneringen achter zich en beginnen ergens anders een nieuw leven. Ik ben nog jong, zegt ze (al voel ik me stokoud) en maar weinig mensen hebben zo'n lieve familie waar ze zo welkom zijn als ik bij jullie.

En dan in het mooie welvarende Amerika: ik zou daar dankbaar voor moeten zijn. En jullie hebben natuurlijk gelijk dat papa het vast ook had gewild.

Maar ik geloof toch dat ik het niet doe. Papa heeft u destijds vast wel verteld dat ik als kind zo'n heimwee had en na de verhuizing uit Berlijn maandenlang huilde omdat ik zo graag terug wilde naar huis. Essi was heel anders, zij wilde altijd op avontuur – zelfs toen we naar Westerbork gingen, dacht ze nog dat er misschien leuke, onverwachte dingen zouden gaan gebeuren. Maar ik wilde altijd alleen maar thuisblijven.

En dit is thuis. Ik wil ook eigenlijk geen nieuw leven opbouwen, ik wil alleen maar zo dicht mogelijk bij het oude blijven. Ik vind het helemaal niet erg dat de geesten van papa, mama, Essi en Sal hier ook zijn, dan voel ik me tenminste niet zo alleen. Hun liefde is het enige wat ik nog heb. Dit is de enige plek ter wereld waar ik niet zo'n heimwee voel en waarvan ik het gevoel heb dat ik er de rest van mijn leven veilig zal zijn.

Martin schoof de brief weer terug in de map en zuchtte. Precies wat Weismann hem al had verteld. Zó veilig was Anna in haar huisje dus niet geweest. Of misschien ook wel, want hij had natuurlijk nog altijd geen spoor van bewijs gevonden dat er iets verdachts was aan haar dood. Het enige waar hij van overtuigd was, was dat die Duitse politica had zitten liegen toen ze zei Bergen aan Zee niet te kennen.

Maar die Annika Schaefer was natuurlijk sowieso een merkwaardig verhaal. De vrouw die hij in februari op het bureau in Alkmaar had ontmoet was bijna onherkenbaar geweest in vergelijking met de feeks die vier maanden eerder voor zijn balie in

Schagen had staan tieren. Ze leek jonger, misschien ook doordat ze geen make-up meer gebruikte, en ze had iets lamgeslagens en schichtigs in haar ogen – alsof ze niemand meer vertrouwde en niets goeds van de wereld verwachtte. Martin kende die blik wel – je zag die vooral bij geslagen dieren en mishandelde kinderen. Het enige aan de voormalige politica dat nog een beetje kracht had uitgestraald was die grote, lelijke hond die ze bij zich had gehad en waaraan ze zich vastklampte alsof hij haar laatste reddingsboei was.

Maar ja, ze was daar officieel alleen maar op het bureau om haar tas op te halen. Hij had haar dus moeilijk kunnen vragen wat er de maanden daarvoor met haar gebeurd was. Waarom ze niet was teruggegaan naar Berlijn, zoals ze in november nog zo stellig van plan was geweest. Waarom ze in godsnaam nog steeds op dat treurige vakantieparkje bivakkeerde en werkte voor die lamstraal van een beheerder. Iemand als Ronnie Groot zou een vrouw immers nooit 'ijverig' noemen als hij daar niet uit de eerste hand ervaring mee had. Had ze dan helemaal geen vrienden of kennissen in Duitsland gehad bij wie ze terechtkon? Had ze dan helemaal geen recht gehad op een vergoeding van haar werk of alimentatie van haar man?

Uiteindelijk had Martin zijn toevlucht genomen tot een oude truc die hij in zijn beginjaren had opgedaan op de recherche-afdeling van het Amsterdamse bureau op de Warmoesstraat. 'Als een zaak vastzit, moet je een betrokkene bij wie je vragen hebt, gewoon even alleen laten met het dossier,' had een doorgewinterde rechercheur gezegd. 'Mensen zijn nieuwsgierig, ze gaan bladeren, ze zien iets, ze voelen iets en voor je het weet schieten er alsnog een paar draadjes los. Gewoon de zaak een beetje loswoelen, je weet nooit wat er bovenkomt.'

Maar hoewel hij er praktisch zeker van was geweest dat

de map met 'A. Weismann' erop nét iets anders had gelegen toen hij na vijf minuten de verhoorkamer weer binnen was gekomen, was er vooralsnog geen enkel draadje losgeschoten. Annika Schaefer had geen krimp gegeven en al zijn pogingen tot vriendelijk contact afgeweerd. Ze was als een treurige schim weer in de schemering van de namiddag verdwenen, samen met die lelijke, oude hond.

Misschien, dacht Martin somber, nadat hij het Weismanndossier bij het Justitieel Archief in het souterrain had afgegeven en in de auto was gestapt om naar huis te rijden, was het ook allemaal wel inbeelding van zijn kant. Misschien wilde hij gewoon heel graag dat Anna Weismann was vermoord en dat Annika Schaefer daar een rol in had gespeeld – simpel en alleen omdat het hem een kans zou geven zich te revancheren en weer terug naar de recherche te kunnen.

Misschien was hij gewoon een dromer met een te romantische, onrealistische kijk op zijn werk, precies zoals Bianca altijd zei; misschien klampte hij zich vast aan strohalmen. Misschien moest hij nu eindelijk eens gaan doen wat ze zei: accepteren dat hij knock-out geslagen was en zijn verlies nemen – als de bokser die hij nooit geworden was.

Annika, 20 maart

Al ruim een week was het ongebruikelijk zacht en zonnig. 's Ochtends werd ik wakker van het gefluit van vogels, in het parkje kleurden de struiken groen en in de duinen, die tot dan toe het domein van Sam en mij waren geweest, wemelde het opeens van de wandelaars die me vrolijk toeriepen wat een heerlijke lente we toch wel niet hadden.

Terwijl ik het haatte. Alles en iedereen haatte ik – van de vrolijke wandelaars tot de herrie makende vogels die zo nodig hun nestje moesten gaan bouwen. Alsof er, dacht ik somber, geen eenzame vogeltjes waren zónder nest. Voor mij waren de oplopende temperaturen alleen maar een probleem erbij. Ik zweette me een ongeluk in de donsjas waarin ik me kortgeleden nog zo beschut had gevoeld, en ook mijn wandellaarzen waren veel te warm voor dit weer. Ik moest, besloot ik, nodig weer eens naar Roy in zijn loods in Heerhugowaard om nieuwe spullen te scoren.

T-shirts? Zomerjurkjes? Sandalen? Ik kon me er niets bij voorstellen. Op een of andere manier ontbrak het me aan energie om daadwerkelijk naar Heerhugowaard te gaan. Maar die lamlendigheid ergerde me ook weer. Hoe stevig ik me in die chique strandtent in Bergen aan Zee ook voorgenomen had nu eindelijk plannen te gaan maken, ik was nog altijd geen stap verder. Zo gedecideerd en slagvaardig als ik vroeger als Bondsdaglid was geweest, zo inert was ik nu. Het lukte me maar niet om tot iets te komen wat ook maar in de verte leek op een concreet plan en die besluiteloosheid maakte me buitengewoon slecht gehumeurd.

Eigenlijk kon ik me ook niets voorstellen bij een zomerse, Hollandse versie van mijn huidige zelf. In de spiegel zag ik nu zo'n totaal andere vrouw dan de Annika Schaefer die me blond en glamoureus vanaf mijn identiteitskaart toelachte. Van mijn dure haar van toen resteerden alleen nog wat uiteinden – de rest was steil en piekerig zoals het van nature was. De botox die ik vanaf mijn dertigste trouw had laten inspuiten, was intussen wel uitgewerkt en daarmee had ik de rimpels die ik allang had moeten hebben, alsnog gekregen – om mijn mond, tussen mijn wenkbrauwen, rond mijn ogen.

Maar het meest veranderd was mijn blik. Op mijn identiteitskaart was ik nog steeds de alerte, ijverige Annika, voortdurend klaar om zich te manifesteren en te bewijzen. Ik had die manier van kijken herkend in de vrouwen die ik in het centrum van Bergen had gezien. Van een afstandje leken ze in de twintig, van dichtbij waren ze waarschijnlijk dichter bij de veertig, en allemaal hadden ze dezelfde uitdrukking in hun ogen – vragend, bedelend bijna: alsjeblieft, reageer op mij, vind mij leuk, mooi, jong, aantrekkelijk.

Daar had ik nu duidelijk geen last meer van. Kijkend in de spiegel schrok ik bijna van de agressie die ik nu uitstraalde, alsof alles en iedereen die me niet beviel een klap kon krijgen. En eigenlijk vond ik dat nog wel prima ook. *Don't mess with Annika.*

Maar moest ik nu werkelijk als een wraakgodin naar Berlijn om daar te halen wat er nog te halen viel? Zou Walter me überhaupt nog herkennen als ik bij hem zou aanbellen in de Bleibtreustrasse met de boodschap dat ik toch mijn spullen maar eens kwam halen? Moest ik Peter en de rest onder ogen komen en melden dat ik me bij nader inzien alsnog graag wilde laten afkopen? Moest ik het amusement in de ogen van Reichmann zien als ik, murw gebeukt door alles wat er gebeurd was, alsnog zou pogen een dealtje te maken? Ik wist precies hoe hij zou kijken: 'Ach kijk, Frau Schaefer is teruggekeerd naar haar roots en weer geworden wat ze al was. *Trash*.'

En dan was er nog iets in mijn bewustzijn dat trok en zeurde als een zere kies, en dat was Anna Weismann. Kwam het door dat gedoe met die motorrijder die me zo de stuipen op het lijf had gejaagd? Of door die grote politieman die zo onwillig had geleken haar zaak af te sluiten en die me volstrekt nodeloos met haar dossier alleen gelaten had? Was het een schuldgevoel dat me wakker hield? Ik bleef er maar mee bezig, ik bleef maar het gevoel houden dat er iets was waar ik aan had moeten denken, dat ik iets had gemist.

Soms, als ik 's ochtends nog half slaperig in bed lag, had ik het gevoel dat ik het bijna te pakken had. Maar dan verdween het onder de oppervlakte en was er gewoon weer een nieuwe rotdag waar ik doorheen moest zien te komen. Wat ik al een opgave vond, want ik was moe, ik was uitgevochten. Het liefst was ik in bed gebleven met het dekbed over mijn hoofd terwijl iemand anders mijn problemen voor me zou oplossen en een nieuw leven voor me zou verzinnen. Iemand die ook nog even een zomergarderobe voor me bij elkaar zou sprokkelen.

Het enige wat me in deze dagen gaande hield was Sam, die elke ochtend blijmoedig kwispelend naast mijn bed stond, in het volste vertrouwen dat dit weer een heerlijke dag zou worden. En Ronnie, die zo vlak voor het begin van het zomerseizoen een hoop werk had en me achter mijn kont bleef zitten om te zorgen dat ik daar nog zo veel mogelijk van zou doen voordat hij me op 1 april van het park zou gooien.

Dus boende ik de kleverige kringen van zijn kantinetafeltjes, schrobde ik het oude vuil uit de gemeenschappelijke toiletten, plantte ik nieuwe geraniums in de bakken naast de kantine. Zelf rommelde hij een beetje met zijn hogedrukspuit en nam iedere gelegenheid te baat om – bij voorkeur aan een tafeltje dat ik net met veel moeite schoon had gekregen – koffie te drinken, sjekkies te draaien en te mopperen, zijn voornaamste bezigheid.

Na dagen in zijn gezelschap kon ik zijn favoriete klaagonderwerpen inmiddels dromen. De luxueuze duinlodges die een projectontwikkelaar bij Callantsoog aan het bouwen was en die hem, 'een eerlijke Hollandse middenstander', het brood uit de mond zouden stoten. 'Duinlódges – alsof we hier goddomme in Afrika zitten,' foeterde hij. 'Rottige villaatjes op piepkleine stukjes grond voor een godsvermogen, zul je bedoelen.'

De ambtenaren van de gemeente of het waterschap die hem het leven expres zuur maakten. 'Elk voorjaar weer al dat kutmos hier,' klaagde hij, terwijl hij een emmer sop over de tegels van het kantineterras gooide en een halfslachtige poging deed de aanslag weg te schrobben. 'Toen mijn pa dit park bouwde, lag dit terras het hele jaar lang vol in de zon en hadden we nooit nergens last van. Maar toen hebben die idioten van het waterschap de dijk verhoogd en ja hoor, weg zon. En dus hebben we hier nu mos, altijd mos. Ik heb er afgelopen winter al een paar keer bijna mijn nek over gebroken.'

Hád dat maar gedaan, dacht ik hartgrondig, terwijl ik zwijgend verder schrobde.

~

Mos, dacht ik afwezig, terwijl ik aan het eind van de laatste officiële winterdag met Sam terugliep naar huisje 24. Ik had ergens mos gezien waar ik het niet logisch vond en het had iets te maken met Anna. Maar pas toen ik 's avonds na het eten op de bank zat en me vergeefs probeerde te concentreren op een boek, viel me in hoe en waar. Ik had zélf bijna mijn nek gebroken toen ik vanuit Het Zeepaardje het terras op was gestapt, omdat de tegels onder de groene aanslag hadden gezeten. Nu ik erover nadacht, zelfs nog veel meer dan de tegels bij Ronnies kantine. En was dat eigenlijk niet vreemd, gezien het feit dat datzelfde terras op de vakantiekiekjes die ik in mijn tas had gevonden juist zo zonovergoten was geweest?

In het zijkamertje pakte ik mijn Bloomingdale's tas. Hij was er nog steeds, ingepakt in een oude handdoek, precies zoals ik hem die avond na mijn bezoek aan Bergen aan Zee had weggestopt. De foto's die ik op de keukentafel voor me uitspreidde waren ook precies zoals ik ze me herinnerde: de Weismanns rond de thee op het terras van Het Zeepaardje, hun ogen dichtgeknepen tegen de felle zon, met achter hen een weids, onbelemmerd uitzicht over de duinen. Daar kon het zelfs in de somberste winter toch onmogelijk zo donker en vochtig worden dat er mos ging groeien?

Ik keek nog eens goed naar de foto van vader Weismann met zijn dochters op het stenen trappetje achter het huis. Ik herinnerde me eigenlijk helemaal niet zo'n trappetje gezien te hebben, ik herinnerde me alleen maar hoge duinen van waarachter ik het gedempte geluid van de zee had gehoord.

Ik dacht na. Het liefst was ik meteen naar Bergen aan Zee gereden om te kijken hoe het precies zat, maar buiten was het bijna donker en de lenteachtige temperaturen die ik eerder die week zo had vervloekt, hadden alweer plaatsgemaakt voor het kille Hollandse weer waar ik de afgelopen winter aan had leren wennen. Volgens Ronnie was voor morgen zelfs de eerste voorjaarsstorm van het seizoen voorspeld.

Op mijn telefoon zocht ik de website over de Duitse bezetting in Bergen aan Zee weer op. De vorige keer had ik vooral gekeken naar de uitgebreide verzameling privékiekjes van Duitse militairen, in de vage hoop dat ik in een van die zongebruinde, vrolijke gezichten het gezicht van mijn jonge grootvader zou herkennen. Maar nu zocht ik gericht naar foto's van Anna's huis en vond die al na een paar minuten. Het bijschrift luidde:

> Het Zeepaardje aan het eind van de huidige C.F. Zeiler Boulevard was een van de weinige huizen van de oorspronkelijke bebouwing in Bergen aan Zee die gespaard bleven voor sloop. Tussen 1942 en 1945 waren er Duitse officieren in de woning ingekwartierd. Op deze foto, gedateerd 17 september 1943, genieten de tijdelijke bewoners buiten van het mooie weer.

Op de foto zag ik een viertal officieren zitten, sigaret in de hand, duidelijk zeer ingenomen met hun standplaats. Ze zaten op de rieten stoelen met de gebloemde kussens die ik in Anna's woonkamer had gezien. Ze hadden zelfs haar grammofoon naar buiten gesleept. Maar in de zon zaten ze maar gedeeltelijk, want het weidse uitzicht over de duinen dat de familie Weismann in de zomer van 1938 nog had gehad, was er niet meer.

Ik vergeleek de foto's nog eens met die van Anna, bladerde verder en vond nog een paar foto's van hetzelfde tafereel, maar dan vanuit andere camerastandpunten. Ik tikte het adres in op Google Earth en tekende een situatieschetsje van het huis, de ligging ten opzichte van de boulevard, de duinen en de zee, en de standpunten van de verschillende fotografen.

Het Zeepaardje

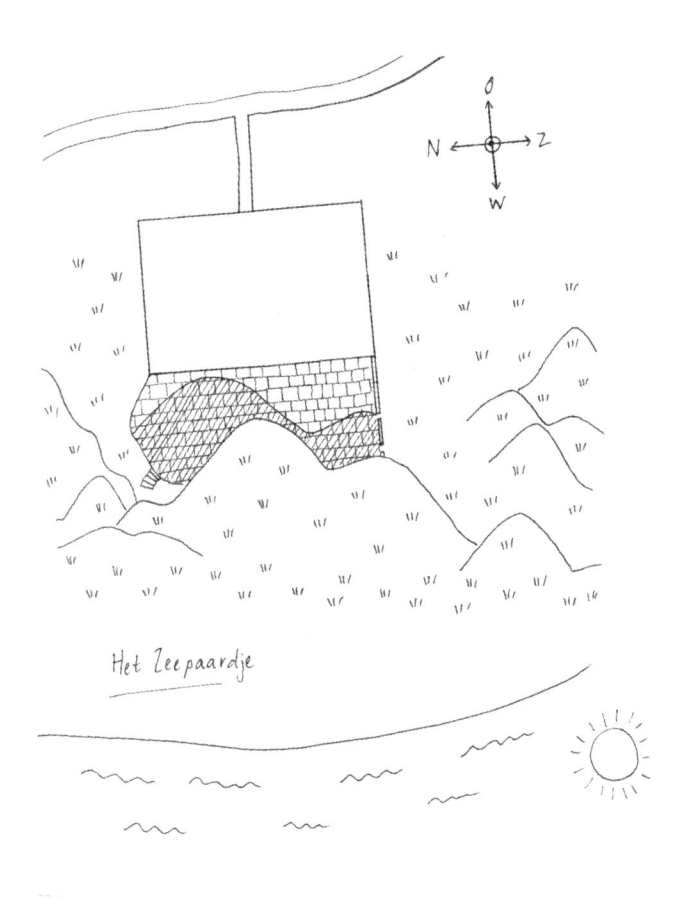

Maar hoe vaak en vanuit welke hoek ik het ook bekeek: de conclusie bleef dezelfde. Ergens in de korte tijd tussen het moment dat de Weismanns hun geliefde vakantiehuis hadden moeten verlaten en het moment dat de Duitse officieren er hun intrek hadden genomen, was pal achter Het Zeepaardje een metershoog, met helmgras bedekt duin verrezen dat zowel het uitzicht als de zon aan de westkant zo goed als helemaal wegnam.

Toen ik de volgende dag na de lunch – in de ochtenduren had ik Ronnie-dienst – naar Bergen aan Zee reed, realiseerde ik me dat ik me in geen tijden zo levend en alert had gevoeld. Ik herkende dat gevoel van opwinding uit mijn parlementsdagen als ik dat ene, listig verborgen addertje onder het gras in een voorstel van de tegenpartij had weten te vinden. Of als ik tijdens een debat, net op het goede moment, met dat ene argument was gekomen dat de discussie onze kant op deed kantelen. Het was zo fijn om me voor de verandering weer eens slim te voelen.

Ik probeerde mijn opwinding te temperen. Kom op, zei ik tegen mezelf, als je verstandig bent, draai je de auto nu om en ga je gewoon naar huis. Dat verdwenen uitzicht hoefde niets te betekenen en het was ook helemaal niet mijn zaak. Ik was geen detective die iets moest oplossen – integendeel. Bovendien had ik wel dringender problemen aan mijn hoofd dan de zonligging van een oud vakantiehuis.

Zoals Ronnie al had voorspeld, trok de wind alarmerend aan. Op de onbeschutte weg naar Alkmaar maakten plotselinge windvlagen het me af en toe moeilijk om het voertuig op de weg te houden. De regen sloeg tegen de ruiten, de wereld oogde betraand. Het was alsof de winter nog een laatste verbeten aanval ondernam op de lente die in aantocht was.

Met dit grauwe weer waren zelfs de fotogenieke straatjes in het centrum van Bergen uitgestorven. Des te verleidelijker oogden de elegante, warm verlichte boetieks – toevluchtsoorden van rust en weelde, waar aankopen discreet werden afgerekend en zorgvuldig verpakt in tissuepapier en papieren tassen met zijden linten.

De hoge dennen aan de Zeeweg bogen zich onder de noordwestenwind en in Bergen aan Zee klapperden de touwen wild tegen de vlaggenmasten. Het was opgehouden met regenen, maar boven zee joegen loodgrijze wolken elkaar na, als sombere, dreigende voorbodes van de komende storm. Overal waren uitbaters hun terrasmeubilair aan het opstapelen en vastbinden; sommige timmerden zelfs houtplaten voor de ramen.

Al van verre zag ik de grote puincontainer op de straat voor Het Zeepaardje en bouwhekken die de tuin afgrendelden. Aan het gaas hingen borden van een lokaal bouwbedrijf. Achter het hekwerk zag ik een bouwkeet, met daarnaast, op de nu met rommel bedekte oprit, een glanzende zwarte Range Rover, blijkbaar van de nieuwe eigenaar van het huis.

Ik parkeerde mijn auto aan de overkant en liep zo langzaam mogelijk met Sam langs het huis. Tussen het puin in de container herkende ik de restanten van Anna's leven – een hoek van een granieten aanrecht, de onderkant van een rotanstoel, een gebloemd kussen onder het stof. Het huis zelf stond er klein en kwetsbaar bij. Door de open, verbijsterd ogende ramen hoorde ik boven het geloei van de wind uit een radio schallen. Er klonk geboor en af en toe een harde klap als weer een deel van de ingewanden van het huis werd losgetrokken. Naast de zuidgevel was een stuk van het terrein vrijgehouden en afgezet met touwen – kennelijk de plek waar het huis uitgebouwd zou gaan worden.

Al met al was dit duidelijk niet de ideale situatie om eens rustig op zoek te gaan naar een mysterieuze duin in Anna's achtertuin. Ik keek op mijn telefoon: het was halfdrie. De bouwvakkers zouden bijna klaar zijn voor die dag. Intussen kon ik nog mooi even met Sam langs de zee lopen.

Beneden op het strand blies de noordwesterwind dwars door het goedkope jack dat ik ooit, een halfjaar geleden, had gekocht bij dat naar worst ruikende warenhuis in Amsterdam en waarvoor ik mijn donsjas in een vlaag van voorjaarsoptimisme had verruild. Uit ervaring wist ik inmiddels dat er geen betere manier was om weer warm te worden dan flink de pas erin te zetten, dus dat deed ik. Noordwaarts, langs de vloedlijn, zodat we de nog steeds aanwakkerende wind op de terugweg in elk geval deels in de rug zouden hebben.

Na ongeveer een halfuur kwamen we bij de uit palen bestaande golfbreker die ik bij mijn vorige bezoek aan Bergen aan Zee ook had gezien. Toen was de dag grijs en stil geweest en de sfeer bijna romantisch; nu sloegen de golven met donderend geraas te pletter op de breker en het omringende strand, de palen keer op keer onderdompelend in een zee van wit schuim. En waar toen het strand, zo ver als het oog reikte, maagdelijk leeg was geweest, lagen er nu stapels enorme buizen, met daarachter een versperring met gele waarschuwingsborden. 'Drijfzand – Treibsand' waarschuwde de tekst bij een geel pictogram met daarop een in nood verkerend mannetje.

Enkele honderden meters in zee lag een zwaar, industrieel aandoend schip, dat bijna stoïcijns bleef liggen onder het natuurgeweld. Het strand achter de versperring was leigrijs – de kleur van het zeezand dat de zandzuiger uit diepere bodemlagen had opgezogen om het strand op te hogen. In de hoge duinrand zag ik de reden ervan: een bres van zeker honderd meter breed, als stille getuige van vorige stormen en de verwoestende kracht van de elementen.

De draglines naast de buizen oogden verlaten. Blijkbaar hadden de baggeraars hun werk vanwege het weer voor vandaag al stilgelegd. Ik huiverde in mijn dunne jack. Sam keek vragend naar me op. Zelfs voor hem was het strand minder leuk nu opstuivend zand voortdurend in zijn snuit en ogen blies.

'Kom,' zei ik, 'we gaan weer terug. We gaan nog even doen alsof jij een rijke hond bent in die fijne strandtent van de vorige keer.'

Ploeterend door het mulle zand, de hond achter me aan, zag ik de verlichte naam van het paviljoen al van ver naar me lonken: Livingstone's. Binnen was het warm en vol. De Bergenaren waren massaal uitgerukt om het spektakel van de komende storm onder het genot van een glaasje en bitterballen te bekijken. Met moeite vond ik nog een plekje. Het was, zag ik, bijna vier uur. Ik bestelde warme chocolademelk met slagroom en dronk die langzaam op, starend naar de witte, hoog opspattende branding die zich onvermoeibaar bleef stukslaan op het strand.

De storm leek nu per minuut in kracht toe te nemen. 'In Zeeland is al windkracht 10 gemeten,' hoorde ik iemand naast me zeggen.

Het strand zelf was inmiddels zo goed als verlaten. Zelfs de meeuwen hadden een veilig heenkomen gezocht. Het enige blijk van leven was afkomstig van een grote zwarte fourwheeldrive die behendig door het zand manoeuvreerde om voor het paviljoen tot stilstand te komen. Ik herkende de Range Rover die ik bij Anna's huis had zien staan. Ach natuurlijk, dacht ik, alleen de echte rijken kunnen zich tegenwoordig een huis op zo'n prachtige plek nog veroorloven. Waarschijnlijk was het bieden op Het Zeepaardje al begonnen op de dag dat Anna's lichaam werd gevonden. De bestuurder sprong lenig uit de auto en beende met grote stappen Livingstone's binnen. 'Lekker weertje, baas!' begroette de jongen hem van achter de bar.

De man die Anna's huis had gekocht was lang, bijna twee meter, en had het slanke, breedgeschouderde figuur van een kitesurfer. Hij was, schatte ik, halverwege de dertig en zag er met zijn regelmatige gezicht, kortgeknipte zwarte krulhaar en donkerblauwe ogen bijna onwerkelijk knap uit. Iets in zijn postuur kwam me vaag bekend voor, maar dat idee schudde ik snel weer van me af: in mijn huidige leven ontmoette ik dit soort mannen toch niet meer.

In plaats daarvan amuseerde ik me met het bestuderen van de meisjes in de bediening, die stuk voor stuk wat meer rechtop liepen en geanimeerder uit hun ogen keken nu hun baas aan de bar hing. Allemaal, ongetwijfeld, dromend van een leven als mevrouw Livingstone, waarin ze geen klanten meer hoefden te bedienen maar in plaats daarvan met de Range Rover – of nog beter, hun eigen witte Mini Cooper – zouden kunnen gaan shoppen in de luxe winkels van Bergen. Ze zouden societyborrels geven op het nieuwe terras van Het Zeepaardje, dat dan ongetwijfeld ver- en uitgebouwd zou zijn tot een duinvilla waar interieurbladen mee zouden kunnen uitpakken. Deze man zag er bepaald niet uit alsof hij zich liet tegenhouden door zoiets kinderachtigs als bouwbeperkingen of het aangrenzend natuurgebied.

Om iets na vier uur rekende ik af en liep via de strandopgang terug naar de boulevard. De auto's van de bouwvakkers waren inderdaad verdwenen en het hek rond de bouwplaats was vergrendeld. Over de container was een groot plastic oranje zeil gespannen, waarvan een loshangende hoek klapperde in de wind. Even overwoog ik om Sam alvast in de auto te zetten. Al op het strand was hij weer een beetje gaan hinken en hij had vouwen onder zijn ogen. Ik kende mijn hond inmiddels goed – ik kon zien dat hij moe was. Maar het idee iets te ondernemen zonder hem als een schaduw naast me te hebben was me zo vreemd geworden dat ik hem toch maar meenam.

Ik greep me vast aan het bouwhek dat met zware cementblokken op zijn plaats werd gehouden en ging het duin in aan de noordkant van Het Zeepaardje. Het terrein was onregelmatig en prikkende struiken vormden een natuurlijke barrière tegen indringers. Ik gleed voortdurend weg in het zand en de mouwen van mijn jack bleven om de haverklap aan de duindoorn haken. Toen ik na veel geploeter de achterkant van het huis had bereikt, liep het zweet me over mijn rug.

Hoewel ik de indruk had gekregen dat het stuk duin achter het huis ook nog bij het perceel hoorde, ging het hekwerk van de bouwvakkers al enkele meters vanaf de achtergevel de hoek om, dwars over het terras heen. Des te beter, dacht ik, dan heb ik tenminste de kans om dat mysterieduin achter het huis eens op mijn gemak te bekijken. Zo van dichtbij leek het opeens minder op een natuurlijk aangewaaid duin dan op een hoge, opvallend symmetrische en met helmgras beplante zandberg.

Ergens daaronder, besloot ik, moest het stenen trappetje liggen waarop vader Weismann met zijn dochters geposeerd had. Vreemd.

Ik wurmde me verder langs de doornige struiken, in de richting van de zee. Sam worstelde achter me aan door het zand, hijgend van de inspanning, zijn tong uit zijn bek. Na een meter of tien bereikten we het einde van de zandberg en zag ik opeens het open duinlandschap zoals ik me dat herinnerde van de foto's die ik in mijn tas gevonden had.

Tot op dat moment was de dag donker geweest, schemerig bijna, maar net op dat moment kwam, minuten voor hij achter de horizon zou verdwijnen, de ondergaande zon onder het laaghangende wolkendek tevoorschijn en die zette alles in een gouden licht. Naar het noorden lagen, zover als het oog reikte, de duinen, prachtig uitgelicht en van extra dramatiek voorzien door het geloei van de wind en het geluid van de zee die daar ergens beneden als een razende tekeerging.

Vóór me zag ik, verrassend dichtbij, de schoorstenen en de achterkant van de letters van Livingstone's. Blijkbaar lag het strandpaviljoen op ongeveer dezelfde hoogte als Het Zeepaardje. En toen ik me omdraaide om de westkant van het mysterieduin nog eens te inspecteren, zag ik, daar waar het helmgras in de loop der jaren kennelijk was weggewaaid, een verweerde betonnen hoek uit het zand steken, als de top van een verborgen piramide.

~

Geen piramide, realiseerde ik me bijna onmiddellijk – een bunker. Dát had ik, nota bene als kleindochter van een man die nog eigenhandig had meegewerkt aan de bouw van de Atlantikwall, kunnen weten. Anna's duin was geen duin, maar een overblijfsel van de onneembaar geachte verdedigingslinie die mijn nijvere landgenoten hier meer dan een halve eeuw eerder hadden aangelegd. En die ze, getuige de verhalen van mijn grootvader, met verve hadden gecamoufleerd tegen aanvallen vanuit de lucht. En wat was nou een betere vermomming dan zo'n schattig huisje met een rieten dak, met daaromheen een idyllisch duinlandschap? Misschien had mijn opa hier zelf de elektriciteit nog wel aangelegd, zich met zijn maten verkneukelend over de manier waarop ze *der Feind* alweer te slim af waren.

Hoe moet het voor Anna zijn geweest om bij haar terugkomst na de oorlog dit ding te vinden op de plek waar ze als kind zulke zorgeloze dagen had beleefd – een blijvende schaduw die haar voor altijd het vrije uitzicht ontnam, zoals de nazi's haar voorgoed haar familie hadden ontnomen. Zou ze ooit nog geprobeerd hebben het bouwsel te laten afbreken? Of had ze het voortaan als háár bunker beschouwd – altijd handig om zich in te verbergen voor het geval er bij een volgende wereldbrand weer jacht op Joden gemaakt zou worden?

Het was dat de struiken in maart nog kaal waren, anders had ik de uitstulping aan het bouwsel waarschijnlijk niet eens gezien. Ik worstelde me er door het wegglijdende zand naartoe en kwam hijgend aan bij twee rechtopstaande betonnen platen, die samen met de daarboven liggende dwarsplaat een soort portiek aan de westkant vormden. Meer uit een behoefte om even op adem te komen en verlost te zijn van het voortdurende getrek van de wind dan met het idee dat ik echt iets zou vinden, stapte ik naar binnen.

En daar, ongeveer twee meter vanaf de ingang, zag ik in het schemerdonker een stalen deur.

Anna's duin, Anna's bunker, Anna's deur.

En, in de zak van mijn windjack, Anna's sleutelbos.

Ik had meteen de goede sleutel te pakken – die grote, door de tijd donker geworden sleutel waarvan ik had gedacht dat hij van een kelder of een niet meer bestaand schuurtje was. Net als de voordeursleutel een paar weken eerder had gedaan, draaide hij verrassend soepel in het slot. Ik duwde de deur open.

Het eerste waar mijn oog op viel was een kunststof leiding met een moderne lichtschakelaar. Zonder na te denken drukte ik erop. Van het ene op het andere moment hoorde ik het zachte gebrom van een aggregaat dat aansloeg en baadde alles om me heen in hel, wit tl-licht.

Ik stond in een hoge stenen ruimte met witgekalkte muren, die oogde als een werkplaats. Een keurige, goedgeorganiseerde werkplaats, waarvan het grootste deel van de muren in beslag werd genomen door een laboratoriumachtige metalen werkbank en professioneel aandoende stellingen. Tussen de planken was ruimte voor een rek met wetsuits, met erboven een smalle plank met potten talkpoeder en vet. Eronder was een vak voor surfschoenen, keurig op maat gesorteerd.

Onder de meterslange werkbank zag ik drie grote pakketten in zwarte nylontassen, met een afbeelding van een rubberboot erop. Ernaast, op houten bokken, hingen de bijbehorende buitenboordmotoren, schoon en zo te zien klaar voor gebruik. Op de werkbank lagen snijplanken, medisch aandoende weegschalen en een apparaat dat eruitzag alsof je er zakjes mee kon sealen. Aan de zijkant hing een messenrek. Boven het werkvlak waren een stel kleinere vakken aangebracht, waarin in plastic gewikkelde pakketjes ter grootte van een videoband opgestapeld waren. Erboven hing een sleutelrek, met genummerde sleutels.

Aan een kapstok op de tegenoverliggende muur hing een leren motorrijderspak met daarboven een donkere integraalhelm. Ik zag een doos met nieuwe weggooitelefoons. Zaklampen. Gereedschapkisten. Zuurstofflessen en duikapparatuur. Wagentjes met dikke rubberen wielen, die makkelijk door het zand konden rijden. Dozen met latex weggooi-handschoenen. Rugzakken. Bezems, een kruimeldief zelfs.

Het lijkt wel een plaatje uit een IKEA-folder, dacht ik – werkelijk aan alles was gedacht.

Eigenlijk wist ik al voor ik mijn vinger natmaakte en wat oplikte van het witte poeder dat op de werkbank was achtergebleven, wat dit was. Tijdens mijn jaren in Berlijn had ik genoeg ervaring met dit spul opgedaan – als er nachten doorgewerkt of doorgefeest moesten worden, als er moed verzameld moest worden voor optredens of speeches, of, zoals in het geval van Peter en mij, als we samen in bed doken om alles weer af te reageren. Daarbij had ik lang genoeg deel uitgemaakt van de justitiële Bundesausschuss om te weten dat de Nederlandse kuststrook bekendstond als een soort vergiet van professionele smokkel van drugs, met name cocaïne.

Sie kommen bei Nacht, sie kommen bei Nacht... Anna

Weismann was dus niet gek of paranoïde geweest. Ze waren inderdaad 's nachts gekomen – al waren het dan niet de Duitse nazi's die zij erin gezien had, maar ordinaire Hollandse drugshandelaren. En toen de oude dame te onrustig werd en te veel begon te praten, hadden ze ervoor gezorgd dat ze daarmee ophield.

Net op het moment dat ik zover gekomen was met mijn gedachten keerde Sam, die tot dan toe rustig naast me had gestaan, zich om naar de half openstaande deur achter ons. Zijn rugharen stonden rechtovereind. Zelf hoorde ik de mannenstemmen pas een paar seconden later, toen ze al in de portiek van de bunker waren en er geen enkele manier meer was om weg te komen.

'Godverdomme...' zei de ene, de kleinste, toen hij ons zag. De man naast hem zei niets, die keek alleen maar. En ik keek naar hem – van het kortgeknipte donkere haar naar zijn knappe gezicht, naar zijn dure Boss-trui en zijn motorlaarzen, die hij vanmiddag in Livingstone's ook aan had gehad.

Ik was trouwens niet de enige die in de strandtenteigenaar de man herkende die me een paar weken eerder met zijn motor zoveel angst had aangejaagd. Naast me hoorde ik een zacht, diep gegrom.

'Nee Sam,' zei ik. 'Nee, nee Sam, nie...'

Plop.

Het beeld bevroor. Sam hing in de lucht, zijn tanden blikkerend, nog maar een fractie van een seconde verwijderd van de keel van de lange man. Die maakte, zijn gezicht vreemd vertrokken, een afwerende beweging. Zijn partner had opeens iets in zijn hand dat op een pistool leek maar dan met een verlengstuk erop, gericht op mijn hond.

Plop.

Toen begon het beeld weer te bewegen. Sam viel uit de lucht en smakte als een zandzak met een doffe bons op zijn rechterflank op de vloer. Ik viel op mijn knieën en greep naar de lieve, lelijke kop van mijn hond. Het donkerrode bloed vond kronkelend zijn weg door het zand op de betonnen vloer.

En, in contrast met dat bewegende bloed, Sams lijf, zo stil. Zijn kop, zo onbeweeglijk, met glazige ogen en zijn tot een starre, angstwekkende grijns vertrokken muil.

Zo dood.

Ik keek op, recht in de ogen van de lange man.

Verbijsterd. Hij keek me onbewogen aan. Net zo onbewogen als toen hij ons daarnet in zijn bunker ontdekte. Hij keek niet boos, niet geschokt, niet eens onvriendelijk. Hij haalde nog net niet zijn schouders op. Zo van: ik had je nog gewaarschuwd hier weg te blijven – wat wil je nou. Zijn blik was neutraal, professioneel. Een zakenman die geconfronteerd werd met een zakelijk probleem.

Niemand zei iets. Buiten loeide de storm. Binnen was het stil. Ergens achter de twee mannen piepte de stalen deur van de bunker door de wind.

Zo, dacht ik, moeten deze mannen naar Anna gekeken hebben op het moment dat één van hen het leven uit haar keel kneep. En zo keken ze nu naar mij. Gewoon, de verkeerde vrouw op de verkeerde plaats. Gewoon, een klus die geklaard moest worden.

Ik was een klus die geklaard moest worden.

Dat de kleine man een stap naar voren deed zag ik niet eens. Het enige wat ik voelde was een soort luchtverplaatsing boven mijn rechteroor, en daarna helemaal niets meer.

Martin, 21 maart

Als het aan hem lag, was de enige goede parkeerwachter een dode parkeerwachter. Of een slapende of een neukende (hij was daar, vond hij zelf, heel ruimdenkend in), zolang zo'n type maar niet bezig was nietsvermoedende mensen als hijzelf met krankzinnige boetes op te zadelen, alleen maar omdat ze hun auto even ergens kwijt moesten. Zelf had hij de tijd nog meegemaakt dat hij zijn auto op de gracht in Amsterdam nog gratis en ongestraft kon parkeren, en hij kon nog steeds niet wennen aan de alom heersende terreur van parkeerbeheer.

Dat was dus ook nog zo'n dingetje geweest tussen hem en Bianca. Wat was ze woedend toen ze wéér een brief van het Justitieel Incassobureau tussen de post vond. 'Zondegeld, Martin,' riep ze dan, terwijl ze het ding voor zijn neus wapperde, 'zondegeld!' Pas toen ze weg was en Martin zelf zijn rekeningen moest gaan betalen, begon het tot hem door te dringen dat zijn anarchistische manier van parkeren inderdaad een tamelijk dure hobby was.

Dus voor zichzelf kon hij achteraf wel verklaren waarom hij die middag, tijdens de eerste grote voorjaarsstorm van het seizoen, aanvankelijk maar met een half oor had geluisterd naar de parkeerwachter aan de telefoon. De storm was op dat moment op haar hoogtepunt en het regende op de Edisonweg meldingen over omgevallen vrachtwagens, wegvliegende daken, bomen die de weg versperden en megafiles. De politie had toch verdomme wel wat beters te doen dan zich druk maken over een verkeerd geparkeerde of gestolen auto?

Werktuigelijk noteerde hij het kenteken en de plaats waar het gewraakte voertuig was aangetroffen – Zeiler Boulevard, Bergen aan Zee – en vergat prompt de hele melding. Pas tegen zeven uur, toen de wind alweer begon af te nemen en zijn dienst er bijna op zat, viel zijn oog op de aantekening die nog op zijn bureau lag. En pas toen – en eigenlijk vooral omdat hij zijn vertrek uitstelde, in de stiekeme hoop op een grote calamiteit waar ze hem alsnog voor nodig hadden – voerde hij het kenteken toch maar in het systeem in.

Wat de wind ook allemaal had weggeblazen, de verbinding met het systeem van de Rijksdienst voor het Wegverkeer was nog dik in orde. De melding betrof een Suzuki die eigendom was van een autoverhuurbedrijf in Amsterdam en in november was gehuurd door ene A.K. Schaefer te Berlijn. Kennelijk had het bedrijf nog lang vertrouwen gehouden in de dure kredietkaartmaatschappij van deze huurder, want de auto was pas veertien dagen geleden als gestolen opgegeven.

Schaefer, dacht Martin, die naam kende hij. Die vrouw duikt ook overal op waar je haar niet verwacht. Niet dat het hem na haar bezoek in februari verbaasde dat Annika Schaefer haar huurauto niet netjes op tijd had ingeleverd. En hij mocht dan vaak (vooral door vrouwen, merkwaardig genoeg) 'harteloos' genoemd zijn, hij was niet van plan om het haar nog moeilijker te maken dan ze het overduidelijk al had. Wat hem betrof kon ze die auto houden.

Met een beslist gebaar annuleerde Martin de melding, sloot zijn computer af en pakte het notitiebriefje om het in de prullenbak te gooien.

Pas toen zag hij het.

Bergen aan Zee.

De Zeiler Boulevard, ter hoogte van Het Zeepaardje.

Dus toch, dacht Martin triomfantelijk. Hij wíst het, hij had het al die tijd goed aangevoeld. Er was iets – een raar soort verband tussen die twee vrouwen. Het hoe en wat begreep hij nog niet, maar daar zou hij ongetwijfeld achter komen als hij nu naar Bergen aan Zee ging om die auto in beslag te laten nemen, mevrouw Schaefer in de kraag van haar windjack te pakken en haar eens een paar heel indringende vragen te stellen.

Met twee treden tegelijk spurtte Martin de trap af naar de kleedkamers beneden.

'Date?' vroeg Brigitte, die net naar boven kwam lopen, met een knipoog.

'Zoiets,' zei hij en hij grijnsde haar dankbaar toe. Zolang aantrekkelijke jonge vrouwen als Brigitte nog dachten dat hij afspraakjes had, was nog niet alles verloren.

Zoals gebruikelijk stond de Passat hem als een trouwe hond in de ondergrondse parkeergarage op te wachten, en van de maximumsnelheid trok hij zich, besloot hij, deze avond maar eens niet al te veel aan. Het was trouwens opmerkelijk rustig op de weg: de meeste mensen hadden de stormwaarschuwingen ter harte genomen en waren thuisgebleven.

Manoeuvrerend langs losgewaaide takken op de weg, scheurde Martin al na een kleine dertig minuten met bijna honderd kilometer per uur het kustdorp binnen. Van verre zag hij de eenzame Suzuki al staan, op de boulevard, schuin tegenover de grote puincontainer op de stoep voor het huis van Anna Weismann.

Mooi, ze was er dus nog.

Maar waar? dacht hij toen hij even later voor het huis stond.

De auto was leeg en de tuin van Het Zeepaardje was afgegrendeld met een bouwhek, dat met zware cementblokken zo stevig op zijn plaats gehouden werd dat zelfs de wind ze niet in beweging wist te krijgen. Erachter was de omtrek van het donkere en ontmantelde huis nog maar vaag te herkennen. Martin rammelde aan de sloten. Het leek verdomme de Nederlandse Bank wel, zo goed was dit bouwterrein afgesloten. Ook verder was er op de donkere, grotendeels met opgewaaid zand bedekte boulevard geen hond te bekennen – laat staan een vermiste Duitse politica.

Besluiteloos bleef Martin staan. De restaurants en strandtenten in het dorp waren inmiddels allemaal dicht – onderweg had hij er zelfs een paar gezien die de ramen met houten platen tegen de wind hadden gebarricadeerd –, dus daar hoefde hij haar dus niet te zoeken.

Waar was Annika Schaefer?

Terwijl hij zijn opties nog stond te overwegen – auto laten wegslepen en op haar blijven wachten in zijn eigen auto; een briefje onder haar ruitenwisser doen met de vraag of ze hem wilde bellen, of juist morgenochtend een verrassingsbezoekje brengen aan De Duindistel – viel Martins oog op een stel donkere vlekken in het zand bij zijn voeten. Hij hurkte, stak zijn vinger in het zand, rook eraan en herkende de onmiskenbare geur van bloed.

Hij kwam overeind, pakte zijn zaklantaarn uit de achterbak van de Passat en begon het vlekkenspoor te volgen. De bloedvlekken liepen door naar de rechterkant van Het Zeepaardje, daar waar de met bouwhekken afgezette tuin stopte en het donkere duingebied ernaast begon. Terwijl hij met zijn ene hand de lantaarn richtte op het duin voor zich en zich met de andere vasthield aan de hekken, baande Martin zich een weg door het helmgras en wurmde hij zich langs de duindoorns. Hier waren de bloedvlekken op de meeste plekken alweer verdwenen onder het zand, maar des te duidelijker zag hij de afdrukken van voetstappen, sleepsporen en gebroken takjes aan de struiken. Je hoefde geen rechercheur te zijn om te zien dat hier nog maar heel kort geleden mensen langs waren gekomen. En dat die, afgaande op de voetafdrukken, een stuk groter en zwaarder waren geweest dan de vrouw die hij zocht.

Na wat een eeuwigheid leek te duren, bereikte Martin het vlakkere terrein aan de achterkant van het hoge duin achter Het Zeepaardje. De sporen bogen de hoek om en verdwenen een meter of tien verderop abrupt in de zandheuvel. De lichtbundel van zijn lantaarn dwaalde over het duin en vond toen een rechthoekige manshoge uitsparing, met daarin, half zichtbaar, een roestige metalen deur. Opeens zag Martin een zinnetje van Anna uit de Weismann-correspondentie voor zich: '*Overal verdedigingswerken en bunkers, zelfs in onze achtertuin.*'

Verdomme, dacht hij, toch een aanwijzing gemist.

Hij klikte zijn lantaarn uit en sloop naar de deur, die op een kier stond en zachtjes bewoog in de nog altijd aanwakkerende wind. Pas toen hij heel zeker wist dat er binnen niets te horen was, duwde hij de deur open en deed de lantaarn weer aan. Hij zag een ruwe stenen muur, duidelijk een gang, met daarachter een grotere ruimte. Terwijl hij een paar passen naar voren deed, streek hij met zijn vrije hand over de muur en vond een lichtschakelaar.

Maar eigenlijk had hij het al geroken voor zijn ogen aan het felle licht gewend waren. De chemische, naar kerosine en zoutzuur zwemende lucht verraadde de aanwezigheid van grote hoeveelheden cocaïne, met daardoorheen de zoetige, licht ijzerachtige geur die hij eerder herkend had als de geur van bloed.

Heel veel bloed, zag Martin. Bloedplassen op de vloer, bloedvlekken opgespat tegen de muur, tegen de onderkant van de werkbank, de wetsuits, de rubberboten, tegen al die dingen die hij gezamenlijk zonder enige aarzeling identificeerde als een uiterst professioneel ingericht hoofdkwartier van een drugsbende. Tussen de bloederige, zanderige voetstappen op de vloer lag een rol vuilniszakken en een besmeurd veger en blik – kennelijk hadden de smokkelaars nog een halfslachtige poging gedaan de boel een beetje op te ruimen alvorens te besluiten eerst het lichaam weg te werken.

Het lichaam.

Annika Schaefer.

Opeens zag Martin de Duitse voor zich: de opgejaagde ogen die veel te groot leken voor haar smalle gezicht, haar verbeten mond, haar tengere handen die zo stevig om de hondenriem waren geklemd dat de knokkels wit waren. Wat ze zelf op haar kerfstok had wist hij niet, en ook niet hoe ze in godsnaam in deze rotzooi terechtgekomen was, maar dat ze er niet ongeschonden uit was gekomen, was wel duidelijk. Als ze überhaupt nog in leven was... De gebruikers van deze bunker waren zo te zien niet van het soort dat hun handel door een passant, toevallig of niet, zouden laten verpesten.

Hij liep terug naar buiten, terwijl hij op zijn telefoon keek of hij al bereik had. Zodra hij het 4G-tekentje zag scrolde hij naar het alarmnummer van de meldkamer aan de Edisonweg. Maar eenmaal in de betonnen portiek van de bunker, de wind weer vol in zijn gezicht, aarzelde zijn wijsvinger. Vervolgens scrolde hij terug naar de B, naar een nummer dat hij al jaren voor noodgevallen in zijn telefoon had staan, maar nooit eerder had gebruikt.

Tot zijn opluchting werd er bijna meteen opgenomen. Op de achtergrond hoorde hij de geluiden van een jong gezin aan de avondmaaltijd.

'Twisk,' zei Jaap Bouman, die Martins privénummer duidelijk ook nog in zijn contactenlijst had staan. 'Martin – wat kan ik voor je doen?'

'Excuses dat ik je thuis bel, chef,' zei Martin – hoorde hij nou een smekende toon in zijn stem? – 'maar dit is een noodgeval en bij de meldkamer geloven ze me nooit. Ik sta hier voor een bunker in Bergen aan Zee vol met drugs en bloed – die lui hebben een vermiste politica uit Duitsland vermoord, maar ze zijn nog maar net weg, misschien leeft ze nog, misschien kunnen we haar nog redden...'

Martin besefte dat hij klonk als een maloot of een dronkenman – iets wat met zijn geschiedenis ook niet bepaald een onaannemelijke conclusie zou zijn.

'Geloof me, Jaap,' zei hij, terwijl hij uit alle macht probeerde zijn stem rustig en overtuigend te laten klinken. 'Ik heb niet gedronken, geen druppel. Maar alsjeblieft – alarmeer de hulpdiensten, jou geloven ze wel. Ik wacht op jullie aan het einde van de Zeiler Boulevard, vlak voor de bocht. Het slachtoffer heet Annika, Annika Schaefer. Alsjeblieft, dit is het laatste wat ik van je vraag – ik beloof je: als dit misloopt neem ik meteen ontslag.'

'Je beseft dat dit me hoogstwaarschijnlijk mijn baan gaat kosten?' vroeg Bouman kalm. 'Oké, dan is het goed. Ik stap nu in de auto en mobiliseer alles wat ik te pakken kan krijgen. Politie, ambulance, brandweer, kustwacht, reddingsbrigade. Tot zo meteen.'

Vloekend worstelde Martin zich terug naar de boulevard, waar de wind nog steeds vrij spel had en het zand uit de duinen deed opstuiven in het licht van de straatlantaarns. De bloedvlekken op het trottoir voor Het Zeepaardje waren alweer zo goed als helemaal verdwenen. Koortsachtig speurde hij met zijn lantaarn de grond af, maar pas in de beschutting van een bankje vond hij wat hij zocht: verse bandensporen, van wat zo te zien een grote auto was geweest. Een meter of tien verderop, achter een vuilnisbak, vond hij ze opnieuw en iets verderop nog eens – nu bij een groot bord bij de strandopgang dat reclame maakte voor een trendy restaurant, ergens daarbeneden op het donkere strand.

Nu wisten ze in elk geval in welke richting ze moesten zoeken.

Martin spitste zijn oren en ging weer overeind staan.

Hoorde hij al iets boven het geluid van de wind en de branding?

Pas toen hij aan het begin van de boulevard het oranje en blauwe knipperen van zwaailichten zag, wist hij dat hij het juiste telefoonnummer had gekozen.

Annika, 21 maart

Ik kwam weer bij bewustzijn toen de Range Rover in beweging kwam.

Je leest weleens dat mensen in zo'n situatie even niet weten waar ze zijn of hoe ze daar zijn gekomen, maar ik wist het meteen. De bunker. De drugs. De motorrijder, die eigenlijk de eigenaar van Livingstone's was. Sam.

O mijn god – Sam.

Mijn hond lag naast me op de rubberen bodem van de kofferbak van de auto, zwaar en slap en verpakt in wat voelde als vuilniszakken. Het was intens donker – alleen toen de auto onder een straatlantaarn door reed zag ik wat snelle streepjes licht door de metalen rolhoes boven me. Voor in de auto hoorde ik mannenstemmen, maar de wind die aan de auto rukte maakte zoveel lawaai dat ik niet kon verstaan wat er precies werd gezegd.

Mijn reukzin leek scherper dan ooit: ik rook de onmiskenbare geur van een nieuwe auto; ik rook de zilte geur van de zee die door de noordwesterstorm tegen de kust werd gejaagd; ik rook bloed en doodsangst.

We passeerden nog een lantaarnpaal en meteen daarna maakte de auto een scherpe bocht naar rechts en reden we naar beneden. Ik voelde Sams zachte lijf tegen me aan rollen. Een halve minuut lang bonkten we over betonplaten, toen reden we over een zachtere ondergrond: zand. De bestuurder gaf extra gas, de Range Rover gromde en reed schokkerig over het strand waar Sam en ik enkele uren eerder nog samen hadden gelopen.

Het gebulder van de branding werd steeds oorverdovender: even dacht ik dat de bestuurder ons met auto en al in de zee wilde laten verdwijnen. Maar net daarvoor kreeg de auto vaste grond onder de wielen, maakte weer een scherpe bocht naar rechts en meerderde vaart.

Toen realiseerde ik me waar we heen gingen.

Wo ist Annika Schaefer?

Ergens diep in het drijfzand, dat vanaf morgen, zodra de storm was geluwd, door de baggeraars verder zou worden opgespoten tot een metersdikke laag die dit stuk van de Noord-Hollandse kust weer voor jaren tegen het geweld van de zee zou beschermen. En die daarna, zoals ik die middag op de waarschuwingsborden had gelezen, met helmgras beplant zou worden om de nieuwe zandlaag vast te houden en mijn graf nog eens extra te verzegelen. Niemand zou mij zoeken, om de eenvoudige reden dat ik al bijna een halfjaar voor mijn dood spoorloos verdwenen was.

Misschien zouden de verbleekte botten van mij en Sam ooit, in een verre toekomst, nog gevonden worden, als een verraderlijke storm of zeestroming er toch in zou slagen grip te krijgen op het nieuwe strand. Maar zelfs in het onwaarschijnlijke geval dat we geïdentificeerd zouden worden, zou de logische conclusie zijn dat de van haar voetstuk gevallen, van alles beroofde ex-politica Annika Schaefer geen uitweg meer had gezien uit haar zinloze bestaan en vrijwillig een einde aan haar leven had gemaakt.

Maar zo mocht het allemaal niet eindigen, zo roem- en geruisloos wilde ik niet van de aardbodem verdwijnen.

Wild graaide ik om me heen. Ik leefde nog – ik móést iets

kunnen doen om de minieme kans die ik nog had te benutten, ik moest iets kunnen vinden om als wapen te gebruiken wanneer straks de auto tot stilstand zou komen, de achterklep open zou gaan en ik in de loop zou kijken van het pistool dat Sam had gedood.

Maar mister Livingstone was veel te georganiseerd en te netjes om rommel in zijn kofferbak te laten slingeren, zoals normale mensen dat doen. Geen paraplu, geen gevarendriehoek, geen schroevendraaier, niet eens een lege jerrycan – helemaal niets. Het enige wat mijn grabbelende vingers voelden was de rubberen mat en het nog warme lijf van Sam, dat bij iedere hobbel zachtjes tegen me aan rolde, kleverig van het uit het de vuilniszakken lekkende en stollende bloed.

De gedachten tolden door mijn hoofd en leken rond te dansen achter mijn ogen.

Annichen, benutze dein Gehirn! Du hast wenigstens eines – das kann man von deinem dummen Grossvater nicht sagen.

Verkeerde hond op de verkeerde plaats.

Dog no good.

Sie hat uns alle verraten.

Verkeerde vrouw op de verkeerde plaats.

Annika, *Mädchen*, jij kunt verdomd goed denken...

Denk Annika, denk!

Er was íéts, ik wist het zeker. Er was iets wat ik me nu moest herinneren. Iets wat te maken had met mijn opa en de oorlog en honden en grote mannen. Opa's commandant, de grote bullebak die op de loop was gegaan voor een teckeltje. De ongecontroleerde beweging van de motorrijder op de dijk, toen Sam vanaf de achterbank als een dolle tekeer was gegaan. Zijn vertrokken gezicht toen de hond hem daarnet in de bunker naar zijn keel was gevlogen.

Mr. Livingstone was bang voor honden.

Juist op dat moment minderde de auto vaart en ploegde het rulle zand weer in. Blijkbaar waren we in de buurt van de baggerwerkzaamheden en het drijfzand aangekomen.

'Sorry Sam,' mompelde ik, terwijl ik aan mijn dode hond begon te sjorren. 'Sorry jongen.'

Trekkend en rukkend wist ik het hondenlijf uit de vuilniszakken te krijgen. Vervolgens ging ik op mijn knieën zitten, met mijn gezicht richting de achterkant van de auto, en trok Sam aan zijn voorpoten over me heen, net zo lang tot ik zijn kop over mijn hoofd hing. Ik voelde zijn bloed langs mijn nek en ruggengraat lopen – het lekte bij de kraag van mijn windjack naar binnen.

De Range Rover kwam schokkend tot stilstand. Boven het gebulder van de zee uit hoorde ik het geluid van open- en dichtslaande autoportieren. Even later ging de achterklep open – langzaam en mechanisch, zoals dat bij dure auto's met afstandsbediening gaat. Het bleef donker: kennelijk hadden de mannen alle lichten van de auto gedoofd. Toen zag, of liever voelde ik beweging in de grauwe duisternis voor me.

Nu.

Met alle kracht die ik nog had richtte ik me op en sprong uit de auto, Sam nog steeds boven op me. Ik gromde en grauwde er zelfs bij, zoals hij zou hebben gedaan als hij nog geleefd had.

Ik kwam precies tegen de lange man terecht.

'Godverdegodver... dat klerebeest leeft nog!'

Hij deinsde naar achteren, struikelde, viel ruggelings in het zand, Sam en ik boven op hem. Ik rook het leer van zijn jack, voelde de warmte eronder en rolde onder Sam uit, weg van hem.

Ik kwam overeind en begon te rennen.

Ik keek niet om, ik rende alleen maar. Weg van hier, weg van de branding en de woedende zee, naar de donkere duinrand die, nauwelijks zichtbaar in deze maanloze nacht, even verderop onbeweeglijk op me lag te wachten.

Als ik dáár maar kon komen.

Ren, Annika, ren!

Ik rende, ik ploeterde, ik zwoegde door het mulle zand. Mijn longen deden pijn, mijn ademhaling bonkte zo hard in mijn oren dat ze zelfs de wind en de brullende zee overstemde.

Ik struikelde, ik kroop, ik rende weer verder.

Ik was, schatte ik, ongeveer nog een meter of vijf verwijderd van de prikkeldraadafrastering die het strand van het duin scheidde, toen ik ver achter me het geluid van dichtslaande autoportieren en het starten van de motor hoorde. Een seconde later zag ik links van me twee brede banen licht over het duin schijnen. De lichtbundels begonnen te bewegen over het zand, te zoeken en te tasten.

Waar is Annika Schaefer?

Ik zag het prikkeldraad voor me, maar kwam nauwelijks vooruit. Ik struikelde weer en kroop verder, weg van de lichtbundels die steeds dichter langs me heen scheerden. Tot ze me in het vizier kregen en verblindden. Ik hoorde de bestuurder van de auto het gaspedaal intrappen.

Ik was zo ver gekomen, ik kón nu niet opgeven.

Met de laatste kracht die ik nog had greep ik me vast aan het prikkeldraad en probeerde me er, hand voor hand, aan verder te trekken om uit het dodelijke licht van de koplampen van de Range Rover te komen. Maar de lichtbundels werden alleen maar intenser en groter. Toen stopten ze met bewegen. Ik bleef hijgend liggen, ik had niet eens meer de kracht mijn handen uit het prikkeldraad te trekken.

Wéér het geluid van autoportieren en mannenstemmen, nu gekmakend dichtbij. Dan het doffe geplop dat in de bunker een eind had gemaakt aan Sams leven en nu kleine wolkjes in het zand rond mij deed opstuiven. Een harde klap tegen mijn linkerheup, die me nog verder in de afrastering duwde. En nog eentje. Plots had ik geen gevoel meer in mijn linkerbeen.

Tegen beter weten in probeerde ik nog verder te kruipen, naar het veilige donker naast de lichtbundels – mezelf voorttrekkend aan het roestige prikkeldraad, mijn ene been achter me aan slepend. Het geplop begon weer.

Toen, van het ene op het andere moment, baadde het hele strand in een hel, wit licht waar geen ontkomen meer aan was. Ik bleef stilliggen, de zijkant van mijn gezicht in het zand, mijn rechterhand nog steeds hangend aan het prikkeldraad.

Wat vreemd... ik dacht dat de dood zwart was.

Ik proefde bloed en zand. Met het ene oog waarmee ik nog iets kon zien, zag ik onnatuurlijk scherp en dichtbij, zandkorrels, schelpen, een stuk drijfhout. Daarachter de zwarte Range Rover, tot in het kleinste detail zichtbaar door het licht dat nu van alle kanten leek te komen. Daar weer achter zag ik vaag de nog altijd kolkende, woedend opspattende zee en de gele borden die waarschuwden voor het drijfzand.

Boven het geluid van de golven en de wind uit hoorde ik een zware mannenstem schallen, maar ik had niet meer de kracht om me erop te concentreren of om te bedenken wat dit kon betekenen. Ik had het opeens verschrikkelijk koud en ik was zo moe, zo ongelooflijk moe. Ik wilde alleen maar gaan slapen.

Op dat moment verscheen er tussen mij en het licht een donkere schim die naar me toe kwam en steeds groter werd. Ik deed nog een allerlaatste poging om weg te kruipen, maar mijn ledematen waren lood geworden en ik kon alleen nog maar machteloos wachten op het onvermijdelijke moment dat de schaduw zich over me heen zou buigen en er niets anders zou resten dan duisternis.

Annika, 24 maart

Toen ik wakker werd, waren mijn armen vastgebonden. Ik lag plat op mijn rug en op mijn linkerbeen leek iets zwaars te liggen. Alleen mijn rechterbeen kon ik een beetje bewegen. Ik had vreselijke dorst – mijn neus en keel waren droog en ruw, alsof iemand er schuurpapier doorheen had getrokken. Er zat ook een soort rietje in, waardoor ik niet kon praten. Om een of andere reden had diezelfde persoon een mes boven mijn rechteroog gehangen: zodra ik mijn hoofd probeerde te bewegen, snerpte de pijn erdoorheen. Maar het allerergste waren mijn handpalmen. Ze brandden en schrijnden, alsof ze werden geroosterd boven een vuurtje waarvan ik ze onmogelijk kon terugtrekken.

Ik knipperde met mijn ogen tegen het felle licht. Het apparaat dat me wakker had gemaakt, begon sneller te piepen. Vaag zag ik hoofden boven me zweven. Ik probeerde om hulp te schreeuwen, maar er kwam geen geluid uit mijn keel. Mijn armen los te trekken, weg van het vuur, maar ik kreeg ze niet los. Overeind te komen, maar het gewicht op mijn been was te zwaar. Te rennen, maar mijn benen weigerden me te gehoorzamen.

Iemand legde iets vochtigs en koels op mijn voorhoofd. Ik voelde een staafje met koude vloeistof tussen mijn lippen. 'Mevrouw Schaefer, mevrouw Schaefer,' hoorde ik een vrouw in het Nederlands zeggen. 'Hoort u mij? Bent u wakker? Kunt u met uw ogen knipperen als u mij hoort?'

'Reageert ze?' vroeg een mannenstem.

'Ik denk van wel,' zei de vrouw. 'Ik blijf maar gewoon doorpraten. Mevrouw Schaefer, kunt u mij verstaan?'

Boven me verscheen een stuk papier waarop in grote viltstiftletters MAANDAG 24 MAART stond geschreven.

'Het is maandag, 24 maart,' zei de vrouw. 'Uw naam is Annika Schaefer. U bevindt zich op de intensivecareafdeling van het Medisch Centrum Alkmaar, waar u vrijdagavond met zware verwondingen bent binnengebracht. De afgelopen dagen hebben we u kunstmatig in een coma gehouden. Inmiddels is uw situatie zodanig verbeterd dat we u nu wakker proberen te laten worden. U heeft nu nog een buisje in uw keel dat u helpt te ademen, maar waardoor u nog niet kunt praten. Als uw beademing goed op gang komt, halen we dat er over een paar uur uit.'

'Zet mevrouw maar voorzichtig een beetje overeind,' zei de mannenstem. 'Dan kan ze tenminste zien waar ze is.'

De bovenkant van het bed kwam omhoog, met mij erbij. Door een floers van pijn zag ik een grote zaal met door apparatuur omringde bedden en in het wit geklede figuren die bedrijvig heen en weer liepen. Ik kon nu ook mijn armen zien. Ze waren van pols tot vingertoppen ingezwachteld en vastgebonden aan de zijkanten van het bed. Ik probeerde een paar vingers te bewegen, maar de pijn was te erg.

'Tja, uw handen,' zei een vrouwengezicht met bezorgde ogen dat boven mij leek te zweven. 'Het zal nog wel even duren voor u mensen weer gewoon een hand kunt geven. Het prikkeldraad was roestig en de wonden op uw handpalmen zijn flink gaan ontsteken. We proberen dat onder controle te krijgen.'

'Daarnaast heeft u een zware hersenschudding en twee schotwonden in uw heup en onderrug.' Een jongere man in de witte jas – een arts? – nam het gesprek over. 'Gelukkig zijn er geen vitale onderdelen geraakt en we verwachten dat u daar volledig van zult herstellen. We zijn vrijdag de halve nacht met u bezig geweest. Het grootste probleem was al dat bloed, vooral op uw hoofd en uw rug, waarvan we de oorzaak maar niet konden vinden.'

Sam.

Naast me hoorde ik het gebiep van de hartbewaking sneller en sneller gaan.

'En toen zei iemand: dat is natuurlijk van die dode hond geweest,' ging de arts door, terwijl hij het geluid van het apparaat geroutineerd wat zachter draaide. 'Hadden we al die tijd voor niets gezocht!'

Hij keek me aan alsof hij net een goede grap had verteld.

Ik herinnerde me het slappe hondenlijf dat tegen me aan rolde in, wat was het ook weer, o ja, de kofferbak. De kofferbak van de Range Rover. Op het strand. In de storm. Ik herinnerde me de onwezenlijk stille, ordelijke bunker met al die keurig gesealde pakketjes boven de werkbank. Ik zag de mannen die daar opeens hadden gestaan. En ik, vallend op mijn knieën. Bloed, langzaam kronkelend over de zanderige vloer. Het knappe, rustige gezicht van Mr. Livingstone: ik had je nota bene nog gewaarschuwd, wat wil je nou?

En de lieve lelijke clownskop van mijn hond, zijn ogen glazig, zijn bek vertrokken in een angstaanjagende doodsgrijns.

Het apparaat naast me leek op hol te slaan. Ik had het bloedheet en ijskoud tegelijk. Mijn hoofd leek te worden overgenomen door een film die gemaakt was door een krankzinnige regisseur. Hij had allerlei angstaanjagende beelden dwars door elkaar heen gemonteerd en ik kreeg ze maar niet in een logische volgorde. Ik probeerde mijn hoofd af te wenden, weg van deze nachtmerrie. Ik probeerde weg te komen uit het bed waarin ik lag vastgebonden. Ik probeerde om hulp te roepen, maar ik kon geen geluid maken.

Ik hoorde nog net hoe de verpleegster gealarmeerd iets zei over mijn temperatuur en dat die weer aan het stijgen was. Ik merkte ook nog dat het licht boven mijn hoofd werd gedimd en de gordijnen om mijn bed werden dichtgetrokken. En ver weg leken allerlei mensen om me heen opeens haast te hebben. Daarna liet ik me alleen maar willoos, hulpeloos en in blinde paniek meevoeren in de horrorfilm die de Gekke Regisseur in mijn hoofd liet draaien.

Ik zag het stijve lichaam van Anna Weismann, half verscholen onder haar bank. Ik zag muren met daarin stukken van verminkte mensen die begonnen te bewegen, handen die naar me werden uitgestoken, halfvergane gezichten die naar me grijnsden. Ik zag koplampen die me te pakken kregen in het donker – of waren het de flitslichten van de camera's die me gevangen hielden voor de voordeur van mijn huis in de Bleibtreustrasse?

Ik zag onderarmen met tatoeages – maar ik kon niet zien van wie ze waren en ook niet of het nu tekeningen, cijfers of letters waren of gewoon zinloos gekrabbel op een mensenhuid. Ik zag donkerrood bloed over de vloer kronkelen en wijn van een muur druipen. Of was het wijn die door het zand kronkelde en bloed dat van de muur droop?

Ik voelde een vrouw worstelen onder me. Haar handen, nog verrassend sterk, klauwden naar de mijne tot die hun kracht verloren, terugvielen en ze stil werd. Ik bleef hijgend boven op haar zitten, het kussen nog op haar gezicht, mijn hart zo hevig bonkend dat ik dacht dat ik zelf zou stikken.

Ik hoorde de woedende zee, de branding waarin ik dreigde te verdwijnen. Ik voelde diep, bodemloos zand dat me naar beneden probeerde te trekken. Een schaduw boog zich over me heen. Ik haalde het kussen weg en zag het gezicht van een oude vrouw, haar dode, nietsziende ogen wijd opengesperd en op mij gericht.

Blauwe ogen. Katja's ogen, míjn ogen.

Plop.

Martin, 24 maart

'Brigadier Twisk,' sprak de commissaris plechtig, terwijl hij er achter het spreekgestoelte nog eens goed voor ging staan, 'is een uitzonderlijke collega. Zijn klassieke speurdersinstinct in combinatie met de moderne samenwerkingsmethoden binnen het team Recherche en Opsporing hebben ertoe geleid dat wij, als Politie Noord-Holland Noord, de drugshandel aan onze kust een gevoelige nederlaag hebben kunnen toebrengen. Afgelopen vrijdagavond hebben we twee Nederlandse kopstukken van een grote, internationaal opererende smokkelaarsbende aangehouden en een onschuldig slachtoffer uit hun handen gered.'

Hij keek de volgepakte kantine van het hoofdbureau aan de Edisonweg nog eens rond, voor maximaal effect.

'Onze recherche heeft in samenwerking met het nationaal team Drugs en Georganiseerde Criminaliteit vanaf vrijdagavond een grootscheeps onderzoek in gang gezet,' vervolgde hij. 'Op dit moment worden in heel Noord-Holland huiszoekingen verricht, computers en telefoons in beslag genomen en familie, vriendinnen en personeelsleden van de arrestanten ondervraagd. Op grond van de gevonden informatie hebben collega's in Engeland vanochtend vroeg een vijftal arrestaties verricht. Inmiddels hebben we ook contact gelegd met de politie in Zuid-Amerika, waar de in beslag genomen drugs vandaan kwam en waarschijnlijk onder vrachtschepen en plezierjachten naar hier werd vervoerd. Meer resultaten worden elk moment verwacht.'

Even zweeg de commissaris, als altijd onberispelijk in het pak. Toen hij zich ervan verzekerd had dat alle ogen nog steeds op hem gericht waren, glimlachte hij warm naar Martin die, zichtbaar ongemakkelijk, met zijn armen over elkaar op de eerste rij zat.

'Zoals velen van jullie weten is brigadier Twisk – Martin, als ik zo vrij mag zijn – als gevolg van persoonlijke omstandigheden de afgelopen periode tijdelijk in de uniformdienst werkzaam geweest. Maar nu hij met dit excellent staaltje speurwerk weer eens heeft laten zien hoezeer hij een rechercheur in hart en nieren is, gunnen we hem vanzelfsprekend graag weer een plekje in zijn oude nest bij de recherche. Martin, welkom terug! Collega's, graag een hartelijk applaus!'

Lul, dacht Martin, terwijl mensen zich om hem heen verdrongen om hem te feliciteren. Brigitte – God, wat rook die meid toch lekker – gaf hem drie klinkende zoenen op zijn wangen. 'Ik wist dat je het in je had,' zei ze stralend. Mees kneep zijn hand bijna fijn. 'Goed gedaan, man,' zei hij. 'Echt retegoed om je weer terug te hebben in het team.' Vanaf het podium keken de commissaris en het hoofd public relations welwillend toe, alsof zij God waren en zagen dat het goed was.

Martin zocht de ogen van zijn chef. Haal me hieruit, seinde hij zonder woorden. Bouman baande zich een weg door het gewoel, pakte Martin aan zijn elleboog en trok hem mee richting de uitgang. 'Kom op, jongens,' riep hij, 'genoeg gefeest voor vandaag, aan het werk. We zijn er nog lang niet.'

Ze waren er, dacht Martin terwijl hij – nu alweer gewoontegetrouw – naar zijn oude werkplek liep, inderdaad nog lang niet. Sinds vrijdagnacht hadden ze hun twee arrestanten bijna onafgebroken verhoord, maar zowel strandclubeigenaar Vincent van der Steen als zijn vaste medewerker Kevin Bakker hielden de kaken tot dusverre stevig op elkaar.

O ja, Van der Steen wilde best toegegeven dat hij de bunker af en toe gebruikte voor de opslag van zijn surfspullen. Hij had, zei hij, de sleutel ooit gekregen van zijn voormalige pianolerares, voor wie hij weleens wat karweitjes opknapte. Voor de aangetroffen duikpakken en rubberboten had hij ook een verklaring – duiken was een hobby van hem en die boten lagen er om met vrienden te gaan varen. Maar nu hij het tegenwoordig zo druk had met zijn strandtent, gebruikte hij de bunker eigenlijk amper meer. Wel had hij de sleutel een tijdje geleden uitgeleend aan wat vage kennissen uit Zaandam of Amsterdam – hij meende dat ze Jan en Mo heetten. En die waren er kennelijk iets gaan doen wat niet mocht. Heel vervelend, dat vond hij zelf ook. Temeer omdat hij zelf uiteraard helemaal niets af wist van cocaïnesmokkel, het witwassen van geld of andere illegale praktijken.

Met de dood van zijn voormalige pianolerares had Van der Steen vanzelfsprekend ook niets van doen.

'Welnee!' had hij gezegd, zijn wenkbrauwen verontwaardigd opgetrokken. 'Waarom zou ik dat arme mens nou iets aan willen doen? In november belde juffie – zo noemde ik haar altijd, dat vond ze leuk – me nog omdat ze zich zorgen maakte over mensen die 's nachts door haar tuin liepen. Stropers natuurlijk, dat heb ik haar ook gezegd en toen leek ze gerustgesteld. Misschien heeft ze een van hen betrapt en heeft die haar iets aangedaan?'

Maar wacht even: toen hij haar huis kocht, had hij niet beter geweten dan dat ze een natuurlijke dood was gestorven. Hadden ze dat op de regionale televisie niet ook gezegd?

En ja, dat 'incident' met die Duitse vrouw en haar hond, zoals hij het noemde, vond Vincent ook heel betreurenswaardig.

Hij en Kevin waren die avond naar de bunker gegaan om gaffertape te halen vanwege een ingewaaid raam in Livingstone's en ze waren zich werkelijk doodgeschrokken toen ze daar onverhoeds werden aangevallen door een dolle hond. Waarom Kevin een pistool bij zich had gehad wist Vincent ook niet, dat moesten ze hem vragen, maar die had het beest toen in een reflex neergeschoten. Pure zelfverdediging – dat had Vincent die Duitse mevrouw ook nog proberen uit te leggen.

Maar de dame was dus compleet doorgedraaid en toen had Kevin voorgesteld om haar mee naar het strand te nemen om haar een beetje af te laten koelen. Achteraf misschien niet zo slim, nee – ze hadden natuurlijk beter de politie kunnen bellen. Maar ze hadden ook gezien dat er vreemd spul in de bunker lag en ze hadden geen zin zich problemen op hun hals te halen.

Ondertussen was de Duitse mevrouw als een gek op het strand gaan rondrennen en ze waren zo bang geweest dat ze in het donker het drijfzand in zou lopen, dat ze achter haar aan waren gegaan. Kevin had zelfs nog een paar keer geschoten om haar te waarschuwen.

En bij deze verklaring wilde Vincent van der Steen – armen over elkaar, zelfingenomen glimlach en een tevreden blik naar de advocaat die naast hem zat – het graag laten.

God, dacht Martin, terwijl hij vol afschuw had gekeken naar de man aan de andere kant van de verhoortafel. Wat zijn dit soort types toch eigenlijk sááí. Vreemd dat buitenstaanders altijd dachten dat criminelen op een of andere manier interessante karakters waren. In zijn ervaring waren ze, allochtoon, autochtoon of buitenlands, allemaal even plat. En ze eindigden ook allemaal hetzelfde: gedreven door honger naar macht en geld en verslaafd aan het spul waarin ze handelden, werden ze in de loop der tijd steeds gekker en agressiever, net zo lang tot ze voorgoed achter de tralies verdwenen of zelf het loodje legden.

Even typerend was, in Martins ervaring, hun houding tijdens verhoren. Stuk voor stuk hadden ze last van wat hij psychiaters in de rechtszaal altijd zo mooi hoorde omschrijven als 'een gebrekkige gewetensfunctie'. En dus onkenden ze altijd, glashard – ook al zaten ze zoals deze twee gasten onder het bloed en waren ze met een pistool in de hand aangetroffen.

Ondertussen was alleen het in de bunker en het strandpaviljoen gevonden materiaal al ruim voldoende om twee heren een flinke tijd van de straat te houden. Afgezien daarvan leek de nerveuze, voortdurend aan zijn nagelriemen pulkende Kevin hem uit wat minder spijkerhard hout gesneden dan zijn baas. Vroeg of laat zou hij in de gaten krijgen dat Vincent van plan was hem voor zo veel mogelijk te laten opdraaien en zou zijn loyaliteit vanzelf gaan kraken.

Meer hoofdbrekens had Martin over de zaken Weismann en Schaefer, die hij en Mees – op hun eigen verzoek – onder hun hoede hadden gekregen. Het probleem in de eerste zaak was dat, zoals Van der Steen al zo fijntjes had opgemerkt, nog altijd niet aangetoond was dat de oude dame überhaupt om het leven was gebracht. Aanvullend forensisch onderzoek was nauwelijks meer mogelijk nu mevrouw zelf waarschijnlijk in een urn op een schoorsteenmantel in New York stond en het interieur van haar huisje alleen nog maar in duizenden stukjes in de in beslag genomen puincontainer terug te vinden was.

Martin had de brieven die hij van Anna's neef had gekregen nog eens nauwkeurig doorgelezen, maar meer dan dat de oude dame aan het eind van haar leven steeds banger was geworden, had hij daar niet in kunnen vinden. Vanochtend had de Alkmaarse officier van justitie dan ook laten weten dat ze voorlopig niet voldoende bewijs hadden om Van der Steen en Bakker voor de moord op Anna Weismann in staat van beschuldiging te stellen. Voor de poging tot moord dan wel doodslag op Annika Schaefer waren ze inmiddels wel formeel aangeklaagd, maar zolang het slachtoffer niet in staat was zelf een verklaring af te leggen over wat er die avond nu precies in de bunker en op het strand was gebeurd, bestond er een kans dat ze er met een beroep op noodweer vanaf zouden komen en hoogstens voor verboden wapenbezit veroordeeld zouden worden.

De afgelopen dagen had Martin elke dag een paar keer gebeld naar het Medisch Centrum Alkmaar. Keer op keer had hij uitvoerig moeten uitleggen wie hij was en waarom hij informatie wilde – het ziekenhuis werd, zo zei de receptioniste verontschuldigend, werkelijk belaagd door journalisten die met allerlei smoezen informatie over de toestand van mevrouw Schaefer probeerden te ontfutselen. Maar keer op keer had hij hetzelfde te horen gekregen: de patiënte was nog steeds niet bij bewustzijn en haar situatie was kritiek.

En ook nu zei de intensivecaremedewerkster dat de toestand van Frau Schaefer nog altijd niet verbeterd was. Die ochtend hadden ze geprobeerd haar wakker te maken, maar de patiënte was zo in paniek geraakt dat de koorts meteen weer was opgelopen tot boven de veertig graden. Morfine en andere verdovende middelen leken nauwelijks effect te hebben en de patiënte was inmiddels zo verzwakt dat ze het niet aandurfden haar opnieuw in coma te brengen.

'Ik werk hier al twaalf jaar en ik heb toch al heel wat patiënten meegemaakt,' zei de verpleegster, de zorg hoorbaar in haar stem, 'maar deze mevrouw is echt extreem onrustig en bang. Ze blijft maar huilen en zich verzetten. We hebben haar zelfs weer moeten vastbinden. Het lijkt net alsof ze het zichzelf om een of andere reden niet gunt om tot rust te komen. Daardoor krijgt haar lichaam niet de kans om zich te herstellen, en ze is al zo fragiel. Misschien is het het beste als u uw mobiele telefoonnummer bij mij achterlaat – dan kan ik u bellen mocht het vanavond of vannacht aflopen.'

Met een zwaar hart gaf Martin zijn telefoonnummer en hij beëindigde het gesprek. Hij was, dacht hij, nou verdomme al meer dan een kwarteeuw politieman – hij moest inmiddels toch wel een keer gewend zijn aan mensen die doodgingen? Maar hij was er nog steeds niet aan gewend en in dit geval viel het hem wel heel zwaar. Of dat nu was omdat hij vermoedde dat Annika Schaefer de sleutel kon geven tot Anna's dood of omdat hij het gewoon met haar te doen had – geslagen honden had hij óók altijd het liefst zelf mee naar huis willen nemen – wist hij niet, en wilde hij eigenlijk ook niet weten.

Hij keek op de klok boven de deur en rekende terug: het was inmiddels ochtend aan de oostkust van Amerika. Weer pakte hij de telefoon. Een slecht humeur had hij toch al en Frits Weismann moest nu echt op de hoogte gesteld worden van het feit dat zijn tante ongeweten gastvrijheid had verleend aan een drugsbende in haar achtertuin en dat de Alkmaarse recherche besloten had het onderzoek naar haar dood te heropenen.

Nadat Martin zijn verhaal had gedaan, werd het even stil in New York.

'*My God, after all she had been through,*' zei Frits Weismann uiteindelijk. '*Poor Anna*. Ze was er zo zeker van dat ze veilig zou zijn in haar kleine huis aan de duinen. Dus misschien waren het niet alleen de geesten uit het verleden waar ze bang voor was, zoals ik dacht, misschien werd ze toen al bedreigd door die drugshandelaren. Misschien had ik het nog kunnen voorkomen, als ik er na haar laatste kaartje meteen heen was gegaan...'

Martin hoorde hem zuchten aan de andere kant van de oceaan.

'*Life is not fair, you know.*'

'*No sir,*' zei Martin gelaten, denkend aan de arrogante grijns van Vincent van der Steen en aan de toestand waarin hij Annika Schaefer afgelopen vrijdagavond na een wilde rit over het strand had aangetroffen – hangend aan het prikkeldraad, als een verfrommeld, eigenlijk al halfdood kraaitje.

'*No sir, life is not fair at all.*'

Annika, 28 maart

Ik droomde over mijn grootvader.

Hij zong. Hij zong zijn liedjes voor oma en zij lachte haar meisjeslach, dwars door de slaapkamermuur heen. Achter onze flat knarsten de treinen op het grote rangeerterrein naast de haven en even verderop gromde en bromde de Hansamijn, zoals die mijn hele jeugd gedaan had. Het was precies zoals mijn opa zei: hier in het Ruhrgebied werd Duitslands welvaart weer opgebouwd en daar konden we trots op zijn. En ik sliep rustig in, want alles was goed in de wereld.

De volgende ochtend werd ik wakker in het Medisch Centrum Alkmaar en bleken opa's liedjes niet alleen de nachtmerries van mijn oma, maar ook de Gekke Regisseur verjaagd te hebben. Ik kon weer min of meer helder nadenken en zelfs begrijpen wat mijn verplegers me vertelden.

Dat het felle licht op het strand waarvan ik had gedacht dat het mijn dood aankondigde, afkomstig was geweest van politieschijnwerpers. Dat het geluid dat ik boven de storm uit had gehoord, een megafoon was geweest. En dat de schaduw die zich over me heen had gebogen en waarvan ik had gedacht dat het Petrus was die me op stond te wachten bij de hemelpoort, de politieagent was die mijn leven had gered.

Maar wat de liedjes van mijn grootvader niet hadden kunnen verjagen, waren de beelden uit mijn koortsdromen en de spoken uit het verleden.

Later die ochtend mocht het buisje van de beademing uit mijn keel, en terwijl de verpleegster mijn uitgedroogde mondhoeken zorgzaam insmeerde met vaseline, hoorde ik wat er allemaal gebeurd was sinds ik halfdood van het strand was gehaald.

'Wij hebben echt een paar keer gedacht dat we je zouden verliezen,' zei ze. 'Je was zó ziek. Pas vannacht zakte de koorts. We zijn allemaal zo blij dat je er nog bent. Hebben we een keer een celebritypatiënt, waren we die bijna verloren!'

Ik keek haar niet-begrijpend aan.

'Ja, heus,' zei ze met de glanzende ogen, 'sinds zaterdagochtend bekend werd dat jij hier lag en wie je bent en wat je gedaan hebt, staat het hierbeneden in de hal vol cameraploegen en journalisten. Het lijkt wel alsof we hier een bekende popster hebben liggen. Annika – ik mag je toch wel Annika noemen? –, je bent een echte heldin geworden!'

Ze toonde me de voorpagina van een Duitse krant.

'*Verschwundene Politikerin lässt große Holländisch-Britische Drogenbande auffliegen*,' las ik op de voorpagina van de *Bild*, in precies dezelfde wrede zwarte blokletters waarmee de krant me een halfjaar geleden als voortvluchtige misdadigster had neergezet. Naast het stuk prijkte een dusdanig geflatteerd portret waar ik mezelf nauwelijks in herkende. Eronder stond een foto van de ingang van een groot, lelijk betonnen complex met geparkeerde ambulances en camerawagens ervoor: '*Hier kämpft die mutige Annika für ihr Leben.*'

Ik wendde mijn hoofd af. Ik was, dacht ik, helemaal niet moedig en ik had helemaal geen drugsbende opgerold, ik was alleen maar op het verkeerde moment op de verkeerde plek geweest. En ik vocht hier in het ziekenhuis ook helemaal niet voor mijn leven – de enigen die dat deden waren de artsen en mijn verpleegster, die ik nu, omdat het anders zo zielig voor haar was, een zwak glimlachje schonk als bevestiging dat ik het ook allemaal heel spannend vond.

Maar toen ik me even later liet wegzakken in een door medicatie opgewekte sluimer, was mijn laatste gedachte hoe intens ik verlangde naar de eenzaamheid die ik die winter als zo'n geruststellende metgezel had leren kennen.

Ik wilde alleen maar naar huis, ik wilde naar Sam.

~

Na vier dagen op de intensive care werd mijn conditie stabiel genoeg geacht voor overplaatsing naar een reguliere verpleegafdeling. Ongetwijfeld met dank aan de sterrenstatus die ik ongewild had verworven, kreeg ik discreet een aan het einde van een gang gelegen eenpersoonskamer met eigen badkamer. Ik was nog maar amper in het kamertje geïnstalleerd of ik schrok al op van een harde, krakende stem op de gang.

'*Ich bin der gesetzliche Vertreter der Familie vom Frau Schaefer,*' zei de stem op die overbekende *Befehl ist Befehl*-toon waardoor ik me zo vaak had laten overbluffen.

'*Ich bin extra wegen Frau Schaefer aus Deutschland hierher gekommen.* Mijn cliënte heeft mij nodig, ik eis onmiddellijke toegang tot haar en zal me anders wenden tot uw meerderen.'

Nee, dacht ik paniekerig, níét hij.

Gelukkig wisten mijn Noord-Hollandse verplegers hem met een anitautoritaire inslag bij me vandaan te houden. '*O nein, davon ist überhaupt keine Sprache,*' hoorde ik een van hen parmantig zeggen, duidelijk niet onder de indruk van die dominante Duitser in zijn maatpak die hen omver probeerde te blazen. 'Wij hebben de strikte opdracht gekregen niemand toe te laten. Zelfs de politie heeft mevrouw Schaefer nog niet kunnen spreken.

Alleen zijzelf kan besluiten of ze u wil ontvangen. En als meneer deze afdeling nu niet on-mid-del-lijk verlaat, zal ik helaas de bewaking moeten bellen om meneer daarbij te assisteren.'

Ik hoorde het woedende gesputter in het Duits langzaam wegsterven over de gang. Even later stak de verpleger zijn hoofd om de hoek van mijn deur.

'Er is hier een nogal persistente meneer uit Berlijn,' zei hij. 'Hij zegt dat hij de advocaat van uw familie is. Wilt u hem zien?'

'Nee,' zei ik, 'absoluut niet.'

'Dat gevoel had ik al,' zei de verpleger opgewekt en hij verdween weer.

Nog twee dagen lang bleef de advocaat van mijn voormalige schoonfamilie vergeefs proberen toegang tot me te krijgen. Toen droop hij weer af naar Berlijn, met achterlating van een krankzinnig groot boeket, dat ik onmiddellijk aan de ziekenhuiskapel doneerde. In de bijgaande brief wenste hij me in de meeste hoffelijke termen *'im Namen der ganzen Familie, und insbesondere Walter und Ingrid'* beterschap en schreef hij dat het *'für Allen'* beter zou zijn als ik zo snel mogelijk contact met hem zou opnemen.

In normale omstandigheden had dit een moment van triomf moeten zijn, in mijn omstandigheden was het alleen maar een moment van dreiging en angst. Het was duidelijk dat Morten Reichmann en met hem de buitenwereld me nu weer in het vizier had, en dat ze net zomin nog zouden loslaten als de koplampen van de Range Rover dat op het strand hadden gedaan. En dat terwijl ik alleen maar redenen had om zo snel mogelijk weer uit hun gezichtsveld te verdwijnen.

Maar hoe? Van de schotwonden en de hersenschudding herstelde ik goed, maar toen ik tijdens de verbandwissel zag wat er van de binnenkant van mijn handen was overgebleven, besefte ik hoever ik nog verwijderd was van het moment dat ik mezelf weer zou kunnen redden. Mijn handpalmen en het onderste deel van mijn vingers waren veranderd in een landkaart van etterende wonden en vers littekenweefsel. Kennelijk had ik me die nacht op het strand zo vaak en zo heftig aan het prikkeldraad vastgegrepen en me er weer van losgerukt, dat er letterlijk geen vierkante centimeter gave huid meer was overgebleven.

Eén ding was zeker, dacht ik wrang: een handlezeres zou voortaan nooit meer iets anders in mijn handen kunnen lezen dan dat me iets vreselijks was overkomen. Volgens mijn artsen had ik nog een lang revalidatieprogramma voor de boeg. Beschadigingen van deze orde, zeiden ze, leidden in de meeste gevallen tot fibromatosis facialis palmaris, een aandoening waarbij het bindweefsel achter de huid verhardde tot strengen die op den duur elke beweging onmogelijk maakten.

Toen ik de term opzocht op de tablet die het ziekenhuis samen met een aangepast toetsenbord tot mijn beschikking had gesteld, besefte ik dat ik de ziekte al kende uit mijn jeugd in de mijnstreek. *Kutschern Klaue*, noemden we het – koetsiersklauw, een schrikbeeld voor mijn opa en zijn kameraden, wier stoere knuisten door deze ziekte gedegradeerd konden worden tot zielige, krachteloze vogelklauwtjes.

En, zelfs nog meer dan mijn handpalmen, schrijnde het verlies van mijn hond. De ziekenhuispsycholoog of -predikant – ik vond de man zo onbeduidend dat ik niet eens had geregistreerd wat zijn functie nu eigenlijk was – die me de eerste tijd op de verpleegafdeling bijna elke dag kwam opzoeken, probeerde me te vertellen dat ik dankbaar moest zijn dat ik zelf nog leefde, dat ik niet in rouw kon blijven hangen en verder moest met mijn leven.

'Het was maar een hond,' zei hij op een gegeven moment. 'Je kunt toch gewoon een nieuwe nemen.'

Vanaf dat moment weigerde ik de man nog in mijn kamer toe te laten.

Ik kreeg de beelden maar niet van mijn netvlies – niet van toen Sam nog leefde en al helemaal niet van zijn dood. Ik kon maar niet stoppen mezelf te verwijten dat ik het dier die avond niet in de auto had gelaten, maar hem had meegenomen naar die ellendige bunker, naar die klootzakken, naar zijn dood. En ik durfde nauwelijks te gaan slapen, zo bang was ik om weer wakker te worden en te beseffen wat er gebeurd was. Wat ik gedaan had.

Op een avond was ik zo onrustig dat ik me maar in mijn badjas wurmde, en, mijn ellebogen steunend op krukken, op goed geluk begon te lopen door de verlaten, halfdonkere gangen van het ziekenhuis. Een verpleegster kloste me tegemoet op haar Zweedse klompen. Ze deed net of ze het compleet normaal vond me om halftwaalf op de gang aan te treffen.

'Dat gaat al aardig met het lopen, hè mevrouw Schaefer,' zei ze. 'Maar wel voorzichtig doen, hoor.'

Ook de bewakers die ik later tegenkwam zeiden me gedag en lieten me verder met rust. Ook in hun ogen was ik gewoon die merkwaardige, eenzelvige Duitse patiënte met het sensationele verhaal die blijkbaar zo op haar privacy gesteld was dat ze liever 's nachts, onttrokken aan het zicht van andere mensen, weer leerde lopen.

Die nacht dwaalde ik urenlang door dat grote half verduisterde gebouw dat voelde als een gigantisch beest dat wel dommelde maar nooit sliep, net zoals ik ooit met Sam eindeloos over verlaten stranden had gezworven. Ik liep en ik liep, gang na gang, etage op, etage af – mijn ingezwachtelde handen als bokshandschoenen voor me uit houdend, de schaduw van mijn gestorven hond op mijn hielen.

Annika, 7 april

Mijn bezoeker droeg een spijkerbroek en een leren jack, met daaronder een houthakkershemd en een T-shirt met daarop in gotische letters NOTHING ELSE MATTERS. Hij had twee bekertjes met machinekoffie in zijn handen en duwde de deur van mijn kamer open met zijn schouder. Even dacht ik dat hij op zoek was naar een andere patiënt maar een verkeerd kamernummer had. Of misschien was het een brutale journalist, die langs het wakend oog van de verpleging had weten te glippen.

Pas toen hij begon te praten begreep ik wie hij was.

'Goedemiddag, mevrouw Schaefer,' zei hij. 'Wat goed om u weer te zien. Wij kennen elkaar nog – Twisk, recherche politie Noord-Holland, basisteam Alkmaar. Ik leid nu het onderzoek in uw zaak. Ik zal uw verklaring opnemen, uw vragen beantwoorden en u de komende tijd op de hoogte houden over de voortgang.'

'Ik herkende u helemaal niet, zo zonder uw uniform,' zei ik aarzelend.

'O, dát,' zei hij nonchalant, terwijl hij de koffiebekertjes op mijn bedtafeltje neerzette en een stoel bij mijn bed aanschoof, 'dat was maar een tijdelijke situatie.'

De rechercheur legde een aantekenblok voor zich op tafel, zette zijn telefoon in opnamestand en legde in het kort uit wat er allemaal gebeurd was sinds ik tweeënhalve week eerder meer dood dan levend in het ziekenhuis terechtgekomen was. Het meeste van wat hij vertelde was geen nieuws voor me: in de kranten die de verpleging me bracht had ik al uitgebreid kunnen lezen over de 32-jarige Vincent van der S., de Bergense Golden Boy aan wiens luxeleventje ik zo abrupt een einde had gemaakt.

Vervolgens moest ik mijn verklaring afleggen. De politieman stelde zijn vragen met een scherpte die bij zo'n nonchalant ogende lobbes bijna onnatuurlijk aanvoelde. Een beetje ongemakkelijk vertelde ik hoe ik in de kofferbak van de Range Rover mijn dode hond over me heen getrokken had in een laatste, wanhopige poging om aan mijn belagers te ontsnappen.

'Als een soort... eh carnavalsmasker,' legde ik bijna gegeneerd uit.

De rechercheur keek me eerst ongelovig aan. Toen zag ik de lachrimpels om zijn ogen dieper worden. 'Dat is ook een manier,' zei hij, terwijl hij mijn antwoord noteerde.

Ik had geen idee of ik dit als een compliment moest opvatten of niet. Evenmin begreep ik waarom de man met geen enkel antwoord van mij helemaal tevreden leek en maar voortdurend dóór bleef vragen. Ik had gedacht dat de zaak vrij duidelijk was – Livingstone & co hadden de wantrouwig geworden Anna vermoord, haar huis gekocht en vervolgens geprobeerd mij te laten verdwijnen – maar hij wilde nog veel meer weten.

Waarom was ik die eerste keer eigenlijk naar Bergen aan Zee gegaan?

Hoe was ik zo gefascineerd geraakt door de onbekende vrouw die Anna Weismann heette?

Hoe zat het nu eigenlijk met die motorrijder die me eerder zo bang had gemaakt en waarin ik de strandclubeigenaar had herkend?

En hoe was ik eigenlijk op het idee gekomen dat er weleens een bunker achter Anna's huis zou kunnen zijn?

De vragen klonken logisch genoeg, mijn antwoorden leken me daarentegen alleen maar steeds dieper het moeras in te voeren. Pas na anderhalf uur was de politieman eindelijk uitgevraagd, alhoewel hij er nog steeds niet erg overtuigd uitzag.

'Dit lijkt me voor nu wel even voldoende,' zei hij, terwijl hij de opname stopte en zijn stoel naar achteren schoof. 'U zult wel moe zijn en voorlopig kunnen wij wel weer vooruit. Mocht ik verder nog vragen hebben, dan ziet u me wel weer terug. Dus tenzij u zelf verder nog iets dringends heeft?'

Ik schudde mijn hoofd, hopende dat hij me zo snel mogelijk met rust zou laten. De enige vraag die ik zelf had durfde ik niet te stellen, uit angst voor het antwoord. Ik was zo lang van de wereld geweest – Sams stukgeschoten en leeggebloede lijf was zeker allang vernietigd of met het vuilnis meegegaan.

'Heeft u al enig idee wat u hierna gaat doen? Gaat u weer terug naar Duitsland?' vroeg de rechercheur terloops, terwijl hij opstond en zijn leren jack aantrok.

'Ik weet het nog niet,' zei ik.

'Er zullen wel veel Duitse uitgeverijen geïnteresseerd zijn in uw verhaal,' vervolgde hij. 'Mocht u daarbij een goede advocaat nodig hebben, dan kan ik u er wel eentje aanbevelen. En laten we wel zijn: u zult toch íets moeten doen. Poetsen voor Ronnie Groot' – hij knikte naar mijn ingezwachtelde handen – 'zit er niet meer in.'

Ik zweeg. Mijn onbehagen groeide. Wat wist deze politieman eigenlijk allemaal van me? Waarom begon hij in godsnaam opeens over een advocaat? Dit gesprek was toch alleen een formaliteit geweest?

De scherpe lichtblauwe ogen keken me doordringend aan.

'Maar na alles wat er gebeurd is, zult u het toch wel fijn vinden dat ze u nu in uw vaderland weer met open armen binnenhalen?' drong hij aan.

Onwillig haalde ik mijn schouders op.

'Ik heb geen idee, ik ben daar nog niet zo mee bezig,' zei ik. 'En u heeft gelijk, ik ben moe, ik wil nu graag gaan slapen.'

~

Natuurlijk sliep ik niet. Slaap was nu wel het allerlaatste waar ik behoefte aan had. Had mijn fysieke toestand het niet verhinderd, dan was ik meteen het ziekenhuis uit gevlucht, zo bang was ik van het gesprek geworden.

In plaats daarvan baande ik me met mijn verbonden handen moeizaam een weg door de enorme stapels post en kranten die zich de afgelopen weken op de onderste plank van mijn bedkastje hadden opgestapeld. Ik zag mijn hele Berlijnse leven langs me heen trekken: oud-Bondsdagcollega's, voormalige partijgenoten en zelfs het kantoor van de kanselier – heel attent voorzien van een door haarzelf geschreven boodschap – hadden bloemen en beterschapskaarten gestuurd.

Van Ingrid was er een opgetogen brief – 'Verbeeld je, R. smeekte me bijna je te schrijven, zo graag wil hij contact met je!' – en Walter stuurde een kaart waarin hij omstandig zijn spijt betuigde over hoe het tussen ons was gelopen en zijn hoop uitdrukte dat we ooit weer als vrienden met elkaar om zouden kunnen gaan. Mijn voormalige schoonmoeder had me in haar merkwaardige, naar links overhellende handschrift een kaartje gestuurd, waarin ze me stijfjes beterschap wenste.

Zelfs Ronnie had zich niet onbetuigd gelaten. '*Für unsere Heldin Annika, von alle mitwerkenden der Duindistels*', las ik in zijn overbekende hanenpoten op een kaartje bij een boeket dat eruitzag alsof het bij het plaatselijk benzinestation in de aanbieding was geweest.

Daarnaast waren er, precies zoals de rechercheur al voorspeld had, tientallen aanbiedingen van mediaorganisaties die brood zagen in mijn verhaal. Her en der werd al met bedragen gezwaaid – ik zag vijf, zes nullen zelfs. Er waren in Berlijn nu duidelijk al net zo veel mensen die er veel geld voor over hadden om te zorgen dat ik mijn mond opendeed als er waren die me wilden betalen om die juist dicht te houden.

Maar dit was allemaal niet wat ik zocht.

Online zocht ik verder. De rechercheur – had die man een studie van me gemaakt of zo? – had gelijk: ik zou in mijn vaderland met open armen worden binnengehaald. Op wonderbaarlijke wijze was de berekenende, overambitieuze politica zoals die in november nog in de media had gefigureerd, nu getransformeerd tot een – in de woorden van een Berlijns societyblad – 'aantrekkelijke, gepassioneerde blondine met een alom bewonderd gevoel voor rechtvaardigheid'. Sommige commentatoren speculeerden zelfs al op een mogelijke terugkeer naar Berlijn om mijn plaats als kroonprinses van de Duitse politiek weer op te eisen.

Ook Ronnie, zo las ik, had goed garen gesponnen bij de hele affaire. Aan iedereen die hem een microfoon onder zijn neus hield – en waarschijnlijk ook aan hen die dat niet deden – vertelde hij hoe hij mijn redder in nood was geweest. '*Ich hatte von erste Augenblick gefühlt, Annika Schaefer war eine sehr besondere Frau and sie brauche Hilfe,*' zoals hij in zijn ongeëvenaarde steenkolenduits tegenover een *Tagesschau*-verslaggever verklaarde. Daarom had hij me voorzien van huisvesting en werk – wat voor werk zei hij er even niet bij – en '*die wunder-*

bare, dappere Hund Sam' die zijn leven voor me had opgeofferd. Maar te midden van al deze onzinartikelen, vond ik uiteindelijk ook waar ik naar zocht en waar ik zo bang voor was: een longread getiteld 'The Unlikely Rise and Fall and Rise Again of a German Politician', gepubliceerd op vrijdag 5 april op de site van *The New York Times*.

Ik moest toegeven dat de Brusselse correspondente – herkende ik haar naam niet als iemand die zich al bij een uitgever als mijn potentiële biografe had opgeworpen? – kosten noch moeite had gespaard in haar zoektocht naar wat ze noemde '*the true story* achter het fenomeen Schaefer'. Ze was er zelfs helemaal voor naar Dortmund-Huckarde afgereisd. De meeste mensen die ze daar had gesproken, waren ongevaarlijk – ze kenden mij en mijn grootouders amper en konden dus ook niets vertellen.

Maar het leeftijdsloze, door en door fatsoenlijke gezicht van Ulrike Schultz had ik op bijgaande foto onmiddellijk herkend en ik had de muizenval voelen dichtklappen.

'Annika Schaefer was een van de meest begaafde leerlingen die ik ooit heb meegemaakt,' zegt dr. Ulrike Schultz, die in de jaren tussen 1985 en 1989 haar lerares klassieke talen was op het Heinrich-Heine-Gymnasium in Dortmund. 'Maar het was een gesloten, heel onzeker meisje – een soort muisje. Ik kon later wel begrijpen waarom mensen haar moeilijk te peilen vonden. Ze woonde in die jaren bij haar grootouders, Klaus en Trude Schaefer, schatten van mensen werkelijk, maar misschien niet het ideale gezelschap voor een opgroeiende jonge vrouw. Hoe dan ook, Annika had toen niet de sociale capaciteiten om goed met haar klasgenoten om te kunnen gaan. Ze was duidelijk bovengemiddeld intelligent, maar ze was in veel opzichten heel kinderlijk, veel jonger dan haar leeftijd.'

Duidelijk aangedaan vertelt Mrs.Schultz hoe ongerust ze was toen Annika Schaefer in de winter van 1989-1990 steeds vaker spijbelde. 'Ik vond het zo zonde van zo'n begaafd kind. Dus op een dag – ik denk dat het een paar maanden was nadat haar grootvader was overleden, ik herinner me dat het die dag heel koud was – ging ik naar hun flat in de Thielenstrasse om haar over te halen weer terug naar school te komen. Maar ik kwam niet verder dan de voordeur. Kleine Annika deed vriendelijk, maar was in mijn beleving tegelijkertijd ongebruikelijk gedecideerd: ik kende haar bijna niet terug. Ze zei dat het prima ging met haar en haar grootmoeder, dat ze gewoon geen zin meer had om naar school te gaan en dat ze geen hulp nodig had.'

Later, toen ze Annika Schaefer terugzag als een succesvolle politica en carrièrevrouw, was haar vroegere lerares trots en opgelucht dat ze duidelijk toch een manier gevonden had om haar opleiding af te maken. 'Ik ging ervan uit dat ze naar een andere school was gegaan en vervolgens naar de universiteit. Pas vorig jaar begreep ik dat ze dat nooit gedaan heeft. Sindsdien blijft het me bezighouden wat er die winter nu echt gaande was achter de voordeur van de Thielenstrasse... Ik weet het nog steeds niet, het blijft een mysterie.'

You can run, but you can't hide. In dit digitale tijdperk zou deze tekst nog jaren voor iedereen met een paar muisklikken te vinden zijn. Het was nu nog maar een kwestie van tijd voordat iemand – of dat nu een journalist of een ingehuurde privédetective zou zijn – op het idee zou komen zich wat verder te gaan verdiepen in wat zich in de winter van 1989-1990 in de Thielenstrasse had afgespeeld.

Nooit zou ik, besefte ik nu, meer terug kunnen gaan naar mijn geliefde Berlijn, nooit zou ik daar kunnen gaan onderhandelen over afkoopsommen of boekdeals. Nooit zou ik me überhaupt kunnen veroorloven om nog ergens op te vallen. Dat was nu eenmaal de prijs die je betaalde voor succes en roem – geheimen zijn een luxe die je je niet meer kunt veroorloven, uiteindelijk komt alles uit. Misschien had ik op dat ellendige strand nog kunnen wegrennen voor Livingstone en zijn vriendje, maar aan het verleden was geen ontsnapping mogelijk.

~

Die avond, na het eten, toen het ziekenhuis zich alweer opmaakte voor de nacht, klonk er een zacht klopje op mijn kamerdeur. In de deuropening, in het al gedimde licht, herkende ik de gestalte van de politieman die het me die ochtend zo lastig had gemaakt.

O God, dacht ik – niet hij, niet nu, niet weer.

'Mijn excuses dat ik u nogmaals stoor,' zei hij. 'Maar ik was vanochtend nog vergeten u iets te geven.'

Uit het witte plastic tasje in zijn hand haalde hij een blikken bus en een smalle leren band die onder de donkere vlekken zat. Halverwege zat een nog dichtgegespte sluiting. Het leer was doorgesneden.

'We hebben een collecte voor hem gehouden op het bureau,' zei hij. 'Dat had hij wel verdiend.'

Even leek hij de spullen aan me te willen overhandigen, maar na een blik op mijn handen bedacht hij zich. In plaats daarvan zette hij de bus op mijn nachtkastje. Erop, zag ik nu, zat een plaatje met de afdruk van een hondenpoot en de naam 'Sam Schaefer' erin gestanst. De doorgesneden halsband legde hij naast me op mijn kussen.

'Het spijt me dat we hem niet hebben kunnen redden,' zei hij. Hij klonk ongebruikelijk formeel, alsof hij zijn condoleances aanbood op een begrafenis. 'Sam was een tophond.'

Toen draaide hij zich om en verdween zonder zelfs maar gedag te zeggen. Mij liet hij achter in mijn ziekenhuiskamer met de ingeblikte as van mijn dode hond en zijn halsband, waaraan ik, zelfs door de stank van geronnen bloed heen, zijn vertrouwde hondengeur nog kon ruiken.

Die nacht huilde ik – ik huilde zoals ik niet meer had gedaan sinds die avond in de herfst van 1989, toen ik zestien was en mijn grootvader stierf.

Annika, winter 1989-1990

'Wir schaffen das schon, wir schaffen das,' zei mijn grootmoeder, terwijl ze me hulpeloos op mijn rug klopte. Dikke tranen rolden over haar wangen en ze klemde de dode hand van haar man zo stevig in de hare dat het leek alsof ze van plan was samen met hem begraven te worden. 'We redden het wel.'
Maar we redden het niet. Helemaal niet zelfs.
Mijn grootvader stierf op de laatste oktoberdag van 1989, op de derde verdieping in het Klinikum Dortmund dat die laatste weken het centrum van onze wereld was geworden. Klaus Schaefer was toen nog maar 66 jaar oud. De officiële doodsoorzaak was hartfalen als gevolg van pneumoconiose. In gewonemensentaal betekende het dat hij langzaam was gestikt als gevolg van de ontstekingen, littekens en andere verwoestingen die kolenstof, steenstof en tabak in de loop der jaren in zijn longen hadden aangericht.
Het gekke was dat zelfs toen de ambulance hem vanuit de Thielenstrasse naar het ziekenhuis bracht, ik nog niet werkelijk geloofde dat hij niet meer thuis zou komen. Frau Schultz had gelijk: ik wás kinderlijk voor mijn leeftijd. Ik kon me het leven zonder mijn sterke grootvader eenvoudigweg niet voorstellen. Ik kon me niet voorstellen dat hij me nooit meer aan het lachen zou maken door tegen zijn toen al onafscheidelijke zuurstofapparaat te praten alsof het een hondje was: *'Komm Benno, wir gehen mal spazieren!'*

Daarbij leek hij in het ziekenhuis aanvankelijk werkelijk op te knappen. Pas later begreep ik dat het blozende, bijna jonge uiterlijk dat hij toen kreeg, een bijwerking was van de infectieremmende medicijnen die hem in grote hoeveelheden werden toegediend.

In het begin draaide ik voorafgaand aan elk bezoek thuis zorgvuldig een paar sjekkies voor hem en smokkelde die mee het ziekenhuis in. Steevast zat hij me dan al in de gang in zijn rolstoel op te wachten. 'Opa moet nodig een luchtje scheppen, hè?' zei hij knipogend, nadat ik hem omhelsd had. Dan reed ik hem en Benno naar een nooduitgang die uitkwam op een klein balkon en daar zaten we dan heel vredig samen in de najaarszon, uitkijkend over het landschap van daken en boomtoppen. Hij rookte, ik vertelde over school en de laatste nieuwtjes uit de Thielenstrasse. Ik hoor het hem nog zeggen: '*Ach, Annichen, Liebchen*, jij bent een lieve meid, je zorgt goed voor je oma.' Het amechtige gehijg waarmee hij sprak hoorde ik niet, of wilde ik niet horen.

Op een dag wachtte opa ons niet op in de gang, maar werden we doorverwezen naar een kleine kamer waarnaar hij was overgeplaatst. Toen ik hem zijn sjekkies wilde toestoppen – misschien kon hij ze nu op de wc roken? –, maakte hij een afwerend gebaar: nee. Pas toen drong het tot me door hoe intens grauw en moe zijn gezicht afstak tegen het witte kussen.

Drie dagen later was hij dood. Nadat de dokters het beademingsapparaat dat hem die laatste dagen nog tevergeefs leven had proberen in te blazen, hadden afgezet en de slangen hadden ontkoppeld, mochten we bij hem. Zijn ogen waren gesloten, zijn lippen al blauw van zuurstofgebrek. Alle kracht die hij nog had was geconcentreerd in zijn handen, waarmee hij die van ons tastend zocht. Als in een droom zag ik de oude littekens op zijn armen, blauw van het mijnstof, als tatoeages. Nauwelijks had ik zijn eeltige hand vastgepakt of ik voelde het leven wijken uit zijn vingers. En ik kon, liggend op zijn schouder zoals ik mijn hele jeugd had gedaan, alleen nog maar huilen, terwijl mijn oma me tevergeefs probeerde te troosten.

~

Waarschijnlijk was ze toen al aan het dementeren. Of misschien was mijn grootmoeder al veel langer, sinds de oorlog al, geestelijk niet helemaal in orde, maar was ze al die jaren door mijn opa overeind gehouden en afgeschermd. Misschien was dat ook de reden dat er bij ons thuis zo goed als nooit iemand over de vloer kwam en we zo lang als ik me kon herinneren altijd met zijn drieën waren.

Feit is dat oma bijna onmiddellijk na het overlijden van haar man de greep op het leven leek kwijt te raken. De eerste dagen, toen we voortdurend mensen om ons heen hadden, viel het nog niet zo op. Maar toen ik de dag na de begrafenis om vier uur 's middags uit school kwam, zat ze wezenloos voor zich uit te staren – in dezelfde stoel waarin ik haar die ochtend had achtergelaten, in dezelfde peignoir en met dezelfde ontbijtspullen voor zich.

En de dag erna weer, en de volgende dag ook.

'Kom, oma,' zei ik, terwijl ik haar knuffelde. 'Kom, u gaat u aankleden, ik ruim even op en dan gaan we samen koken.' Terwijl ze gedwee deed wat ik zei, leek er weer wat leven in haar ogen te komen. Maar toen ik die nacht naar de wc ging, zag ik licht schijnen van onder haar slaapkamerdeur en bleek ze nog steeds in haar kleren op de rand van het bed te zitten, met dezelfde wazige blik als waarmee ik haar eerder die dag aan tafel had aangetroffen.

Vanaf dat moment stond ik 's ochtends vroeger op, zodat ik haar kon helpen met wassen en aankleden en ontbijt maken. Ik begon uren aan het eind van de schooldag te verzuimen, zodat ik eerder naar huis kon. Nadat ik een keer was thuisgekomen in een gang vol rook en een droogkokende pan op het fornuis in de keuken had gevonden, verzuimde ik ook steeds vaker tussenuren om nog snel op de Thielenstrasse te gaan kijken. En ondertussen veranderde ik in haar bijzijn in een jongere, vrouwelijke versie van mijn grootvader: opgewekt en vol met de plagerijtjes en knuffels waarmee aanvankelijk weer een glimlach op haar gezicht te toveren was.

Het zal ergens aan het begin van de winter zijn geweest dat de angstaanvallen begonnen. '*Sie kommen, sie kommen bei Nacht,*' mompelde ze 's avonds gealarmeerd, terwijl ze onrustig door de woonkamer liep, trekkend en rukkend aan de gordijnen zodat er aan de zijkanten geen licht langs zou schijnen. Ze begon klaaglijk te huilen en heen en weer te wiegen. '*Es gibt Vollalarm! Vollalarm! Wir müssen in den Bunker. Kommt, kommt doch!*'

Zelfs met alle grapjes die ik kon bedenken kreeg ik haar nu niet meer uit de boze droom waarin ze leek te verkeren. Met de grootste moeite – ze was een zware vrouw en ik maar een tenger meisje – wist ik haar in bed te krijgen. Een uur of wat later schrok ik wakker van ijselijk geschreeuw vanuit de slaapkamer. Met grote ogen klampte mijn oma zich aan me vast.

'*Sie sind allen tot!*' brabbelde ze. 'De bunker heeft een voltreffer gekregen... Papa, mama, Gretchen, oom Hans, tante Trude, Theodore. Günther was de laatste, ik heb hem nog uren horen kreunen. En nu hoor ik niets meer, ik kan niets zien, ik kan me niet bewegen, ik kan hier niet uit. Alsjeblieft, help me!

Ik wil niet doodgaan, ik ben zo bang om dood te gaan!'

Pas later, toen ik me in de geschiedenis van Dortmund en de Tweede Wereldoorlog begon te verdiepen, begreep ik welke gebeurtenissen haar geest in die winter beheersten. Op 12 maart 1945 – een datum die ik alleen maar kende van het grote grafmonument op het Hauptfriedhof waar mijn grootouders ieder jaar bloemen legden – voerden de geallieerden het zwaarste bombardement van de hele Tweede Wereldoorlog uit. Dortmund, dat bij eerdere luchtaanvallen al grotendeels in puin was gelegd, werd op die dag belaagd door een luchtvloot bestaande uit 1100 viermotorige Amerikaanse B-17's en Britse Lancasters, geflankeerd door ruim 400 jachtvliegtuigen. Samen gooiden ze meer dan 5000 ton bommen op de stad.

Dat er ondanks evacuaties nog zoveel slachtoffers vielen kwam doordat de aanvalsvloot eerst over de kapotte stad heen leek te vliegen, om daarna toch richting stad te draaien, zodat de bewoners maar vijf minuten hadden om de schuilkelders in te vluchten in plaats van de gebruikelijk twintig. Drie opeenvolgende bommentapijten van ieder anderhalve kilometer breed vaagden al het leven weg. Mensen stikten in bunkers of verbrandden levend. Sommige schuilkelders kregen voltreffers, in andere scheurden de longen van de vluchtenden door de luchtdrukverplaatsing van de extreem zware bommen. Datgene wat daarna nog bewoog, werd onder vuur genomen door de laag overscherende jachtvliegers.

Lang nadat de laatste vliegtuigen in de donkere nacht verdwenen waren, ontploften nog overal in de brandende stad bommen met een vertraagde ontsteking en doodden hulpverleners en overlevenden. Hele buurten waren veranderd in onafzienbare, brandende puinvlaktes. Ook van de straat vlak bij de haven en de Hansamijn waar mijn vier grootouders met hun kinderen naast elkaar woonden, was zo goed als niets meer over. De enige die na een halve dag levend onder het puin vandaan gehaald kon worden, was mijn grootmoeder.

 Dit bombardement was nu haar dagelijkse realiteit. En dus ook de mijne.

Die herfst was de Berlijnse Muur gevallen en op onze zwartwittelevisie zag ik hoe mijn leeftijdsgenoten nog altijd feestvierden op de restanten ervan, en hoe politici oreerden over de glorieuze toekomst die het herenigde Duitsland te wachten stond. Ondertussen leefde ik in onze flat aan de Thielenstrasse met 'die Tommies' en 'die Ammies' die in de hallucinaties en nachtmerries van mijn oma iedere avond vanuit de lucht hel en verdoemenis kwamen brengen.

 Ik deed wat ik kon. Ik zong elke avond de liedjes voor haar die mijn grootvader ook voor haar gezongen had om haar rustig te krijgen. En als ik haar 's nachts naast me in het houten ledikant onrustig voelde worden, begon ik, zelf nog half slapend, opnieuw, als een vastgelopen jukebox:

Sag' beim Abschied leise 'Servus', nicht 'Lebwohl' und nicht 'Adieu',
diese Worte tun nur weh.
Doch das kleine, Wörter' 'Servus', ist ein lieber letzter Gruss,
wenn man Abschied nehmen muss.
Es gibt Jahraus Jahrein, ein neuen Wein und neue Liebelein.
Sag' beim Abschied leise 'Servus', und gibt's auch ein Wiedersehen,
einmal war es doch schön...

Voor de buitenwereld hield ik krampachtig verborgen wat zich bij ons afspeelde. Een paar jaar eerder was ik met mijn grootmoeder op bezoek geweest bij de vrouw van onze bakker, die wegens wat toen nog 'vergeetachtigheid' genoemd werd, op een gesloten afdeling van een verpleeghuis was opgenomen. Ik herinnerde me een oord vol kreunende, vastgebonden en bange mensen. Had mijn opa er niet op vertrouwd dat ik goed voor oma zou zorgen? En bovendien – al zouden die mensen in het verpleeghuis haar overdag rustig weten te houden, wie zou er dan 's avonds en 's nachts voor haar zingen?

Tot eind januari lukte het me nog om af en toe naar school te gaan, altijd in truien en bloesjes met lange mouwen, zodat mijn leraren en klasgenoten de blauwe plekken die mijn oma's vertwijfelde handen op mijn armen maakten, niet zouden zien. Maar op een dag stonden er twee mensen van de maatschappelijke zorg onaangekondigd op de stoep. Zij hadden van de buren gehoord dat het niet zo goed ging met mijn grootmoeder – konden ze ons misschien helpen?

'Nee,' zei ik. 'Nee, het gaat prima. *Wir schaffen das schon.* Ik kan u helaas niet binnenlaten, want mijn oma doet haar middagdutje en ik wil haar niet storen.'

Vanaf dat moment besloot ik maar helemaal niet meer naar school te gaan, bang dat oma de volgende keer open zou doen.

In februari belde Frau Schultz onverwacht aan, haar neus rood van de kou, haar ogen vol bezorgdheid. Ik was toch zo'n helder kind, zei ze, het was zo zonde als ik zou stoppen met school. Ik maakte me zo breed mogelijk op onze drempel.

'Nee,' zei ik weer. 'Nee, het gaat prima. *Wir schaffen das schon.* Ik kan u helaas niet binnenlaten, want mijn oma doet haar middagdutje en ik wil haar niet storen.'

Het was een uitzonderlijk mooi voorjaar. Alle buren hadden de ramen en balkondeuren openstaan en zaten op het grasveld voor onze flat biertjes te drinken. Behalve wij. 'Goh,' zei de buurvrouw van tweehoog rechts, 'je oma hebben we ook al lang niet meer gezien. Wil ze niet eens even lekker naar buiten, genieten van het mooie weer?' En verbeeldde ik me nou dat ook andere buren argwanend naar me keken als ik probeerde in het trappenhuis zo onopvallend mogelijk langs hen heen te glippen?

Natuurlijk wist ik best dat ik de huisarts erbij moest halen. Maar ik wist ook dat het dan maar een kwestie van tijd zou zijn voor de ambulance zou komen voorrijden – naar het ziekenhuis, of erger nog, naar het verpleeghuis. En hoe zou het dan met mij moeten? De flat was van de woningbouwvereniging van de Hansamijn en ik kon er moeilijk in mijn eentje blijven wonen.

Dus stelde ik het uit. Nog één nachtje, dacht ik, nog één nacht dat ze gewoon hier kan slapen, in haar eigen huis, in het bed dat ze zoveel jaren met opa heeft gedeeld. Samen – het enige wat we nog hebben.

Op een ochtend werd ik wakker in het grote ledikant en hoorde ik haar rasperige ademhaling niet meer. Even dacht ik: wat ligt oma lekker rustig te slapen. Maar toen draaide ik me om en keek recht in de blauwe ogen die zowel mijn moeder als ik van haar had geërfd. Pas toen drong het tot me door wat een rommel het om ons heen was: op haar nachtkastje lag een gebroken waterglas, de lamp lag op de grond aan haar kant en mijn hoofdkussen daarnaast.

En toen herinnerde ik het me. Hoe oma die nacht maar niet stil had willen worden, hoe bang ik was geweest dat de buren haar zouden horen en hoe verschrikkelijk moe ik was geweest. Hoe ik in mijn wanhoop mijn kussen op haar gezicht had gelegd om haar gejammer te dempen en hoe ze toen eindelijk stil was geworden. En hoe ik al die tijd was blijven doorzingen.

Ik wachtte de huisarts op voor de flat, zodat hij niet per ongeluk een praatgrage buurvrouw tegen het lijf zou lopen. Even later arriveerde hij op zijn fiets, gekleed in een modieus ribfluwelen pak, met donker krulhaar dat een stuk langer was dan mijn opa betamelijk zou hebben gevonden. Het was een nieuwe, jonge dokter – de oude, die mijn grootouders decennialang gekend had, was kort ervoor met pensioen gegaan.

Ik bracht hem naar de slaapkamer van mijn grootouders. Hij constateerde haar dood en vroeg toen of ze ziek was geweest. Nee, loog ik, ik had niets ongebruikelijks aan haar gemerkt. Ze had een verkoudheidje, verder niets, en de avond ervoor had ze gewoon haar soep opgegeten. Na een kort onderzoek zei hij dat ze waarschijnlijk in haar slaap een hartstilstand of een hersenbloeding had gekregen. Dat gebeurde wel vaker bij oude mensen, voegde hij eraan toe, en voor hen was het een zegen om zo te kunnen gaan.

'Ze heeft niet geleden, Annika,' zei hij.

U moest eens weten, dacht ik bitter.

Enkele dagen later begroef ik mijn oma bij mijn opa en mijn moeder. Een paar straten verderop zaten mijn klasgenoten te zwoegen voor hun eindexamen. Onder het handjevol aanwezigen was ook de huisarts.

'Sterkte Annika,' zei hij na de korte ceremonie, 'jij hebt goed voor je grootmoeder gezorgd.'

Zijn ogen leken te boren tot in het diepst van mijn ziel. Ik wendde mijn van schaamte gloeiende gezicht af.

'Uit coulance', zoals de boekhouder schreef, liet de Hansamijn me nog twee maanden in de flat aan de Thielenstrasse blijven. Maar al ruim voor die tijd had ik een baantje als schoonmaakster gevonden bij een klein advocatenkantoor in Dortmund-centrum en een goedkope gemeubileerde kamer, niet ver daarvandaan. Voor de inboedel van mijn grootouders gaf de opkoper 200 mark. En dat was, zei hij, nog royaal want het was allemaal oude troep. Ik betaalde er de aanbetaling van mijn kamer mee en hield nog net genoeg over voor een taxi om mij naar mijn nieuwe onderkomen te brengen.

En zo reed ik voor de laatste keer weg uit de Thielenstrasse, zonder van iemand afscheid te nemen. Ik was net zeventien, ik had geen familie, ik had geen diploma en niets meer in de wereld dan twee grote koffers die de chauffeur in de achterbak had gezet, mopperend dat het maar zo'n kort ritje was en hij 'geen verhuisbedrijf' was.

En de rest is, zoals dat heet, geschiedenis.

Annika, 25 april

Ik stond te wachten in de hal van het revalidatiecentrum in Beverwijk en dacht aan een van de verhalen uit de klassieke mythologie waarmee Ulrike Schultz haar lessen altijd afsloot. Het ging over een Griekse koning die ezelsoren had. De enige die dat wist was zijn kapper en die was op straffe van de dood verboden er ooit een woord tegen iemand over te zeggen. Maar de kapper werd zo ziek van zijn geheim, dat hij op een dag in een holte van een boom fluisterde: 'Koning Midas heeft ezelsoren.' Opgelucht ging hij naar huis.
Enige tijd later werd de boom gerooid. Van het hout werd een harp gemaakt. Toen het instrument voor het eerst aan het koninklijke hof werd bespeeld, zong het instrument: 'Koning Midas heeft ezelsoren.'
Annika Schaefer vermoordde haar grootmoeder.
Hoorde ik die woorden in het geroezemoes van de kantine achter me, in het gezoef van de rolstoelwielen over het linoleum? Ik schudde mijn hoofd, weg met die gedachten, en probeerde me te concentreren op de afspraak van vanmiddag. Met rechercheur Twisk.
'Zeg maar Martin,' had hij gezegd toen hij hier eergisteren was om mij mijn verklaring te laten ondertekenen. 'Of Mart, zo noemen mijn vrienden me.'
Toen vroeg hij of ik er misschien voor voelde een strandwan-

deling te maken – dan kon hij me alvast een beetje voorbereiden op wat me straks bij het proces te wachten zou staan mocht ik worden opgeroepen als getuige.

'Maar dan niet 's nachts,' zei hij erbij.

Eerst dacht ik dat hij een grapje maakte. Het was me al eerder opgevallen dat hij een nogal ontregelend gevoel voor humor had – in ieder geval voor mij als Duitse. Ik was al bezig naar de beleefde woorden te zoeken om te weigeren, toen de fysiotherapeute die me net kwam halen me voor was.

'Wat een goed idee!' riep ze enthousiast. 'Annika, je zit hier altijd maar binnen en je hebt nooit bezoek. Een beetje frisse lucht en wat gezelschap zullen je goeddoen.'

Toen kon ik dus niet meer weigeren.

Gisteren bracht de therapeute me handbeschermers – een soort handschoenen zonder vingertoppen maar met een middenstuk gevoerd met gel –om mijn nog altijd pijnlijke handpalmen tegen onverwachte aanrakingen te beschermen. 'Voor je date,' zei ze knipogend.

Ik glimlachte flauwtjes. Als íemand fysiek totaal niet mijn type was, dan deze grote politieman wel, met zijn Vikingsnor en zijn idiote t-shirts. Dat hij in mij was geïnteresseerd was duidelijk, maar ik vroeg me af of dat was op de manier waarop de fysiotherapeute het bedoelde. Hij leek naar iets op zoek. Soms had ik het onbehaaglijke gevoel dat hij mijn verhaal had geraden of het op de een of andere vreemde manier voelde. Maar dat kon niet, hield ik mezelf voor – dat was *unmöglich*.

Door de glazen schuifdeuren zag ik een oude, vuile Volkswagen met een slordige bocht het parkeerterrein op rijden. Weer duwde ik de gedachten uit mijn hoofd. Ik zou wel zien. De afgelopen maanden hadden me geleerd – of misschien was het Sam wel die het me leerde – dat je het leven niet kunt regisseren, zoals ik altijd had gedacht.

Je kon het maar beter nemen zoals het kwam, en nu kwam rechercheur Martin Twisk.

Martin, de dag erna

Vertrouwen, dacht Martin, neerkijkend op de slapende gestalte naast hem – vertrouwen, daar komt het allemaal op neer. Wie te vertrouwen en wanneer?

Hij herinnerde zich een grote drugshandelaar met wie hij, toen dat soort contacten tussen criminelen en politieagenten nog gewoon kon, weleens een borrel dronk. Hij mocht de man wel, hij had zelfs een soort zwak voor hem. Het was ook een onderlegd iemand – hij had verstand van literatuur, was opgegroeid in Amsterdam-Zuid, was naar een goede school gegaan. Zijn vader was een succesvol frisdrankenfabrikant geweest, de man was nu een minstens zo succesvolle drugshandelaar.

Op zo'n dronken avond kwam het gesprek op die vader. De man had verteld hoe die hem als kleine jongen boven op een kast in de hal zette en zei: 'Laat je maar vallen, ik vang je wel op.' Dat ging vijf, zes keer goed. Toen zette die vader een stap achteruit en liet het kind op de harde tegelvloer vallen.

'Zo,' zei hij toen, 'nu heb je een waardevolle les geleerd: vertrouw nooit een mens.'

Die drugshandelaar had inderdaad nooit meer iemand vertrouwd. Niet zijn vrouwen, niet zijn vrienden, niet zijn medewerkers, niet zijn lijfwachten. Uiteindelijk was hij volstrekt paranoïde geworden en was hij met vijf kogels in zijn lijf geëindigd op de stoep naast een bekend Amsterdams hotel, helemaal alleen.

Martin, die die nacht als een van de eerste agenten ter plaatse was geweest, had daar en toen gezworen dat hij die fout niet ging maken. Wat hij ook allemaal voor rottigs in zijn leven had meegemaakt, welke ellende hij ook dagelijks in zijn werk meemaakte: híj zou zijn geest nooit laten vergiftigen door wantrouwen.

Toch was argwaan precies de reden dat hij gistermiddag met Annika Schaefer een strandwandeling was gaan maken. Hij vertrouwde haar nog steeds niet helemaal. Hij voelde, wist bijna zeker dat ze iets te maken had met de nog altijd onopgeloste moord op Anna Weismann, ook al had hij nog altijd geen plausibel motief kunnen bedenken. Maar ze had zich zo raar gedragen, zo vreemd gereageerd, er zo schuldig uitgezien. Er was iets met haar en hij kon haar niet zomaar weer laten gaan.

Uiteindelijk had Martin zijn chef in vertrouwen genomen. Bouman had zijn schouders opgehaald. 'Wat betreft Van der Steen hoeven we qua bekennen niets te verwachten – die vent doet zijn naam eer aan. Maar onze Mees is na al die verhoren zo ondertussen Kevins nieuwe beste vriend geworden en heeft goede hoop hem aan de praat te krijgen.'

'Morgenmiddag gaat hij weer eens met hem babbelen. Maar als jij ondertussen een wandelingetje wilt maken met mevrouw Schaefer vind ik het prima. Als ze haar getuigenverklaring ondertekend heeft, heb je formeel niets meer met haar te maken. Dus volg je instinct maar. Doe een beetje bezorgd tegen haar, hou een beetje contact, wie weet komt er nog wat boven. De zaak een beetje omwoelen kan nooit kwaad.'

Dat had Martin zich geen twee keer laten zeggen. Hij had Annika de afspraak opgedrongen – en heus wel gezien dat ze eigenlijk wilde weigeren –, hij had haar opgehaald bij het revalidatiecentrum en was met haar via de bloeiende bollenvelden naar Callantsoog gereden. Onderweg was ze al een beetje losgekomen, had hem verteld over haar grootvader die zo gek van die bloeiende bollen was geweest. En nauwelijks had hij een parkeerplaats gevonden of het begon. Ze wilde hem, zei ze, straks graag in vertrouwen iets vragen.

'O, dat is prima,' had hij zo onschuldig mogelijk geantwoord. 'Natuurlijk, als ik je ergens mee kan helpen, zeg het vooral.'

Hij probeerde zijn gezicht in de plooi te houden en niet al te triomfantelijk te kijken. Zie je wel, er wás iets.

Even later liepen ze over de boulevard. Er woei een koude wind en de hemel was bewolkt, maar toch hing er iets lichts, iets verwachtingsvols in de lucht. Strandpaviljoens werden opgebouwd, strandhuisjes geplaatst en aan de boulevard poetsten uitbaters het zout van hun windschermen, dromend van een mooie zomer, hordes zorgeloze bezoekers, geld in het laatje.

Toen stond Annika opeens stil.

Nu komt het, dacht Martin.

'Het is zo raar,' zei ze, terwijl ze keek naar de honden die ballen haalden voor hun baasjes en speelden in de vloedlijn. 'Al die weken was Sam nog om me heen, maar nu zie ik hem opeens niet meer.'

Ze zag er nu zo totaal verweesd uit dat het Martin opeens niets meer uitmaakte of ze zo meteen de moord op Anna Weismann zou gaan bekennen – en desnoods de moorden op John F. Kennedy en Marilyn Monroe erbij. In zijn hele leven was hij nog nooit iemand tegengekomen die zo volstrekt alleen was als deze vrouw. Zelf zag hij, romanticus als hij was, zich graag als een eenzame wolf, maar er waren natuurlijk genoeg mensen die bij hem hoorden – zijn zus, Arend-Jan, zijn collega's, Siem natuurlijk. Zelfs Bianca, scheldend of niet, zou nooit echt uit zijn leven verdwijnen.

Maar Annika Schaefer leek bij helemaal niemand te horen. Op dat moment hoorde hij een vertrouwd geluid uit zijn binnenzak.

'Excuses,' zei hij, 'dat kan iets dringends van mijn werk zijn.' Het was een sms'je van Jaap Bouman:

> Hi Mart, Kevin is inderdaad gaan praten – en hoe! Het arme mens wilde zich verstoppen in haar bunker en is recht in hun armen gelopen. Je had gelijk: toch moord. Wandel ze!

Verbijsterd keek Martin van zijn telefoon naar de vrouw voor hem, die hem (of verbeeldde hij zich dat maar?) verwachtingsvol stond aan te kijken. En toen, waarom wist hij eigenlijk niet, sloeg hij zijn armen om haar heen en zoende haar. Hij liet haar ook bijna meteen weer los.

'Excuses,' zei hij, 'ik liet me even gaan. Maar dit is zulk fantastisch nieuws: Van der Steen en Bakker hebben de moord op Anna bekend.'

'O,' zei ze, terwijl er langzaam een glimlach over haar gezicht trok. (Hij had haar, dacht hij, nog nooit zien lachen.) 'Wat fijn, wat goed voor je. Geweldig. Gefeliciteerd.'

Ze keken elkaar aan en toen deed ze iets onverwachts. Ze ging op haar tenen staan en zoende hem terug.

Martin zuchtte. Op de wekkerradio zag hij dat het 3.35 uur was. Het wolvenuur. Annika lag in foetushouding, haar gezicht merkwaardig jong in haar slaap, haar gehavende handen gekruist voor haar borst. Ze leek wel zestien, zoals ze er nu bij lag. Ze was zo níet zijn gebruikelijke type vrouw dat hij er bijna om moest lachen. En hij had nog altijd geen idee wie ze eigenlijk was en hij wist nog steeds niet wat ze die middag aan hem had willen vragen.

Annika Schaefer had geheimen, dat was duidelijk.

Maar ja, die had Martin Twisk ook.

Ze was *trouble*.

Maar ja, dat was hij óók.

Hij wist natuurlijk best wat nu verstandig zou zijn. Gewoon, wat hij deed met al zijn scharrels – ze een ontbijtje geven, thuisbrengen, vagelijk beloven nog eens wat te laten horen en dat vervolgens nooit meer doen. Dat zou beslist de verstandigste optie zijn. En de meest voor de hand liggende. En de veiligste.

Hij bleef maar denken aan die avond op het strand, toen het hem opeens als zo krankzinnig belangrijk was voorgekomen om haar te vinden.

En hij bleef maar denken aan sommige zinnetjes uit de Weismann-brieven:

'*Zolang we elkaar maar hebben, redden we het wel.*'

'*Hun liefde is het enige wat ik nog heb.*'

En hij bleef maar kijken naar die tengere, kwetsbare rug naast hem in bed.

En hij bleef maar denken: wat als ik het deze keer eens anders doe?

Verantwoording

Het verhaal achter dit boek begon in augustus 2016 ergens in de duinen bij Bergen. Die ochtend hadden we onafhankelijk van elkaar een nieuwsbericht gelezen over een Duitse SPD-politica die spoorloos was verdwenen nadat was uitgekomen dat ze gelogen had over haar cv. Ze was geen juriste, had nooit als zodanig gewerkt en bleek zelfs haar middelbare school niet te hebben afgemaakt: het schandaal was groot. Maar wat ons het meest opviel aan de berichtgeving was dat niemand geïnteresseerd leek in het waarom: hoe was het mogelijk dat een vrouw die klaarblijkelijk intelligent genoeg was om jarenlang als parlementslid te functioneren, überhaupt haar middelbare school niet had afgemaakt en de studie van haar keuze niet had kunnen volgen?

Of en hoe de desbetreffende mevrouw is opgedoken en wat er verder met haar is gebeurd hebben we nooit meer gelezen en daar zijn we ook niet naar op zoek gegaan zijn. Wij waren naar aanleiding van het bericht inmiddels begonnen met het verwezenlijken van een langgekoesterde droom: om ons naast carrières in de journalistiek en de literaire non-fictie eens te wagen aan een fictieproject. Dit, zoals dat heet 'ter leering ende vermaeck', met vooral in het begin een grote nadruk op het laatste.

Gezien onze gedeelde fascinatie voor misdaad en historie was vanaf het begin duidelijk dat die twee elementen een grote rol in ons verhaal zouden gaan spelen. Daarbij waren we vanaf het begin van plan om allerlei verhalen te gebruiken die we in de loop der jaren als 'bijvangst' van ons oorspronkelijke werk hadden verzameld. Tenslotte wilden we gebruikmaken van de historische achtergronden van de plaatsen waar het verhaal zich afspeelt. Zo hebben we waar het gaat om de oorlogsgeschiedenis van Bergen aan Zee dankbaar geput standaardwerk *Bergen (NH) 1940-1945 – Duitse bezetting, Atlantikwall en gevolgen voor de inwoners* van P. Harff en D.Harff en de website defensie.nl.

In Dortmund bezochten we onder andere het laatste restant van de Hansamijn in Huckarde, de Kokerei Hansa die als industrieël erfgoed wordt bewaard. In de *Ruhr Nachrichten* onder de kop 'Der Tag, als Dortmund im Bomben-Inferno unterging' vonden we een schat aan ooggetuigenverklaringen van de bombardementen op Dortmund gedurende de laatste oorlogswinter. Om een idee te krijgen van het dagelijks werk van een Duits parlementslid togen we naar de Rijksdag in Berlijn en voor de lotgevallen van de familie Weismann baseerden we ons losjes op die van de vergelijkbare Duits-Joodse bankiersfamilie Gutmann, zoals door Vivian J. Rheinheimer beschreven in *Herbert M. Gutmann, Bankier in Berlin, Bouherr in Potsdam, Kunstsammler*. Het lied 'Sag beim Abschied leise Servus' is een productie van Peter Kreuder (1936).

Alhoewel we ons wat betreft geografie en historie dus zo veel mogelijk aan de feiten hebben gehouden, zijn de personages in dit boek stuk voor stuk een product van onze verbeelding. Datzelfde geldt voor vakantiepark De Duindistel, Het Zeepaardje en strandtent Livingstone's. Elke overeenkomst met bestaande personen of locaties berust op toeval.

Voor het delen van hun expertise ten aanzien van respectievelijk het politiewerk en de gang van zaken op een intensive care zijn we dank verschuldigd aan Harry Hamakers van de politie Amsterdam-Amstelland en IC-verplggekundige Lotte Korver. Marinus Pütz hielp ons met de Duitse teksten. Bert Vuijsje, Ivan Borghstein, Sefanja Nods, Sietske van der Woude, Martin Bouman, Monique Busman, Trees van Niel, Annette Portegies en Ernie Tee leverden als meelezers en -denkers tijdens de verschillende stadia van het boek een onmisbare bijdrage.

Ten slotte willen we Overamstel Uitgevers bedanken voor hun vertrouwen in dit project. In Jasper Henderson vonden we een fantastische redacteur en in Tomás Kruijer een deskundig en enthousiast uitgever. Zonder hen was het boek niet geworden wat het nu is.

JS & AZ, februari 2018

Boek twee, *Rijke mensen zijn anders*, verschijnt in 2019

Het is een van de heetste zomers van de eeuw en rechercheur Martin Twisk heeft het zwaar. Hij moet de geruchtmakende moord op een omstreden societymiljonair oplossen – uitgerekend in het milieu waar hij zich als volksjongen het minst op zijn gemak voelt. Martins gehate tweelingbroer komt na jaren in een Thaise gevangenis als terminale kankerpatiënt terug naar Nederland en wil de laatste maanden van zijn leven bij hem doorbrengen. En, misschien nog het ergste: Annika, de Duitse politica met wie Martin in het voorjaar een romance beleefde, is met een advocaat teruggegaan naar Berlijn en bedingt daar een miljoendeal. Zal ze nu ooit nog terugkomen?